Isabella Nelte

Denkanstöße 2025

PIPER

Zu diesem Buch

In einem Band versammelt liefern die Denkanstöße 2025 aufschlussreiche Gedanken und Ansichten eines gesamten Jahres zum Mitdenken und Mitreden. So analysiert die Politologin Daniela Schwarzer die innen- und außenpolitischen Krisen, die unser Land erschüttern und mutiges Handeln erfordern. Die Politikwissenschaftlerin Janka Oertel richtet ihren kritischen Blick nach China und warnt vor dem Machtanspruch Xi Jinpings. Nach jahrelangen Recherchen im Milieu der Inlandsspione durchleuchtet der Journalist Ronen Steinke den deutschen Verfassungsschutz. Die Kommunikationswissenschaftlerin Natasha A. Kelly zeigt auf, welche rassistischen Vorurteile den westlichen feministischen Diskurs bestimmen. Eindrücklich schildert der Theaterwissenschaftler C. Bernd Sucher die Situation deutscher Jüdinnen und Juden und fragt: Haben Juden in Deutschland eine Zukunft? Die Publizisten Stefan Aust und Alexander Kluge beleuchten die Wirkmacht der Medien und untersuchen das Konstrukt der Öffentlichkeit. Der Philosoph Julian Nida-Rümelin greift die hitzige Debatte um die »Cancel Culture« auf und beschreibt die Gefährdungen der Demokratie, während der Philosoph Thomas Metzinger für einen neuen normativen Kontext plädiert, der uns den Ausstieg aus dem giergetriebenen ökonomischen Wachstumsmodell ermöglicht. In ihrer kulturgeschichtlichen Betrachtung bringt die Journalistin Kerstin Decker die Geburt der europäischen Demokratie mit der Kraft des Windes in Verbindung.

Isabella Nelte studierte Literaturwissenschaft und Kunstgeschichte, bevor sie sich mit einer antiquarischen Buchhandlung einen Lebenstraum erfüllte. Sie lebt mit ihrer Familie in einer alten Mühle im Taunus.

Denkanstöße

2025 ... aus Gesellschaft, Philosophie und Wissenschaft

Herausgegeben von Isabella Nelte

PIPER

Mehr über unsere Autorinnen, Autoren und Bücher:
www.piper.de

Unser Versprechen für mehr Nachhaltigkeit
• Klimaneutrales Produkt
• FSC®-zertifiziertes Papier
• Hergestellt in Europa

FSC
www.fsc.org
MIX
Papier | Fördert gute Waldnutzung
FSC® C083411

Originalausgabe
ISBN 978-3-492-32052-8
September 2024

Umschlaggestaltung: Büro Jorge Schmidt, München
Umschlagmotiv: Bilder unter Lizenzierung von Shutterstock.com genutzt
Satz: Eberl & Koesel Studio, Kempten
Gesetzt aus der Times New Roman
Litho: Lorenz & Zeller, Inning am Ammersee
Druck und Bindung: CPI books GmbH, Leck
Printed in the EU

INHALT

Vorwort

»Nur wer nicht sucht, ist vor Irrtum sicher«, schrieb Albert Einstein und wies so vor nunmehr neunzig Jahren auf zwei Aspekte des Denkens hin, die heute aktueller denn je erscheinen: Denken erfordert Flexibilität, und es erfordert Mut.

Denn Denken bedeutet oft, in die falsche Richtung zu galoppieren und am Ende womöglich nie auf den Pfad zur Wahrheit zu treffen. Zugleich kann es passieren, dass wir auf diesem Irrweg irgendwann Ballast abwerfen und alte Gewissheiten zurücklassen, nur um später neue, ähnlich zweifelhafte Ansichten aufzugreifen. Vielleicht drehen wir uns im Kreis, und vielleicht geraten wir auf Abwege.

Doch das alles sollte uns nicht schrecken und davon abhalten, geistig in Bewegung zu bleiben. Zur echten Gefahr wird das Denken nämlich nur, wenn es erstarrt. Dann verfestigt es sich zu Dogmen, die jede Form von Kritik und Reflexion ausschließen. Dogmatisches Denken schafft eine Welt, in der Nuancen verloren gehen, und führt zu Intoleranz gegenüber abweichenden Meinungen. Unsere Geschichte ist reich an Beispielen, in denen dogmatisches Denken zu Leid, Unterdrückung und Kriegen geführt hat.

Aus diesem Grund gilt es, nicht träge im Denken zu werden. Wir sollten immer wieder aufs Neue unser Wissen hinterfragen und Gelerntes korrigieren. Zugleich müssen wir dafür Sorge tragen, dass unsere Wissenschaften in unterschiedlichste Richtungen schauen, wie der Philosoph Julian Nida-Rümelin mahnt:

»Wahre Wissenschaft ist vielfältig, sie respektiert den Streit der Hypothesen und Theorien, die beständige Abwägung von Argumenten, die nie enden wollende Suche nach den richtigen Überzeugungen. Sie führt eben nicht zu der einheitsstiftenden Schau des Guten, sondern bleibt auf dem Weg. Sie bezieht alle ein, auch diejenigen, die sich irren.«

Das Zitat stammt aus Nida-Rümelins Beitrag zu den *Denkanstößen 2025*, in dem er für unabhängiges, eigenständiges Denken wirbt. Auch die weiteren Beiträgerinnen und Beiträger des vorliegenden Bandes – Janka Oertel, Daniela Schwarzer, Ronen Steinke, Natasha A. Kelly, C. Bernd Sucher, Stefan Aust, Alexander Kluge, Thomas Metzinger und Kerstin Decker – wollen mit ihren Erläuterungen und Betrachtungen dazu anregen, kritisch zu denken und unangenehmen Fragen nicht aus dem Weg zu gehen.

Als Wissenschaftlerinnen, Publizisten, Journalistinnen und Experten liefern sie Analysen, benennen Probleme, decken Missstände auf und nehmen ungewöhnliche Standpunkte ein. Sie versorgen uns mit neuem Wissen und animieren uns gleichzeitig dazu, flexibel und mutig im Denken zu bleiben.

In diesem Sinne wünsche ich Ihnen eine anregende und bewegende Lektüre!

Isabella Nelte

ERKENNTNISSE

Aus Politik und Wirtschaft

Daniela Schwarzer
Krisenzeit. Sicherheit, Wirtschaft, Zusammenhalt – Was Deutschland jetzt tun muss

Deutschlands politische 180-Grad-Wende

Drei Tage nach Beginn des russischen Großangriffs auf die Ukraine trat an einem eiskalten Sonntagvormittag der Deutsche Bundestag zu einer Sondersitzung zusammen, »in einer historischen Ausnahmesituation«, wie Bundestagspräsidentin Bärbel Bas die Lage treffend benannte. Der Plenarsaal war voll, neben vielen anderen saß auch Altbundespräsident Joachim Gauck auf der Ehrentribüne. Bundeskanzler Olaf Scholz erklärte, dass 33 Jahre nach dem Fall der Mauer europäische Geschichte neu geschrieben werde: »Mit dem Überfall auf die Ukraine will Putin nicht nur ein unabhängiges Land von der Weltkarte tilgen. Er zertrümmert die europäische Sicherheitsordnung, wie sie seit der Schlussakte von Helsinki fast ein halbes Jahrhundert Bestand hatte.« Als »Zeitenwende-Rede«[1] werden die Worte des Bundeskanzlers in die Annalen eingehen, und vieles von dem, was seither in Deutschland und Europa politisch umgesetzt wird, fußt auf folgender Einschätzung: »Am Donnerstag hat Präsident Putin mit seinem Überfall auf die Ukraine eine neue Realität geschaffen. Diese neue Realität erfordert eine klare Antwort.«[2]

Scholz kündigte eine 180-Grad-Wende in der deutschen Russlandpolitik an, die in ihrer bisherigen Form seit Langem massiv von befreundeten und verbündeten Staaten kritisiert worden war. Oberste Priorität der Ampelkoalition, die erst wenige Monate zuvor ins Amt gekommen war, wurde nichts weniger als die Neuausrichtung der deutschen Sicherheits- und Verteidigungspolitik sowie seiner Energie- und wenig später auch seiner Wirtschaftspolitik. Auch über Russland hinaus begannen Deutschland und Europa in Reaktion auf Moskaus Angriff ihre Abhängigkeiten und Verwundbarkeiten zu analysieren; das Verhältnis zu Peking und damit auch immer stärker Europas Positionierung zwischen China und den USA rückten in den Mittelpunkt. Russlands Krieg in Europa erschütterte Deutschland,

Europa und weitere Teile der Welt nicht nur deshalb so sehr, weil der Angriff an sich eine tiefe Zäsur ist. Er brachte auch viele Gewissheiten ins Wanken, auf denen Deutschland mit gusseiserner Sturheit über Jahre sein Handeln gründete, trotz so vieler Anzeichen, dass sich die Welt verändert hatte.

Die Zeitenwende, die Kanzler Scholz am 27. Februar 2022 beschrieb, hatte nicht mit der neuen Phase des Krieges drei Tage zuvor begonnen. Zu diesem Zeitpunkt wurde allerdings klar, dass bereits sehr viel ins Rutschen gekommen war. Deutschland hatte sich nie konkret selbst auf seine äußere Sicherheit vorbereitet, obwohl es schon seine geografische Lage dazu hätte zwingen müssen. Selbstzufriedenheit, falsche Annahmen und vermeintliche Gewissheiten standen dem im Weg – neben nackten wirtschaftlichen Interessen. Russlands Aggressionen in Europa ließen dann im europäischen Haus gleichsam erste Mauerteile einstürzen, der Sturm wurde stärker und zerstörerischer. Eiliges Sandaufschütten und Flicken half zunächst; aber immer deutlicher wird, dass eine ganz neue Statik gebraucht wird, um in unruhiger Zeit eine Bastion der Stärke zu sein – denn ruhiger werden wird es nicht.

Sicherheit und Verteidigung

Es gehört seit Jahren zum guten Ton in Berlin, in außen- und sicherheitspolitischen Reden auf Deutschlands Verantwortung international und in Europa einzugehen. Das tat auch Olaf Scholz vor dem Deutschen Bundestag: Deutschland als führende Wirtschaftsmacht und Exportnation trage Verantwortung für die Sicherheit und Stabilität in der Welt. Vor ihm hatten seine Amtsvorgängerin Angela Merkel oder auch die Bundespräsidenten Joachim Gauck und Frank-Walter Steinmeier, noch in seiner Rolle als Außenminister, sich über die Jahre hinweg immer wieder mit Deutschlands internationaler Rolle auseinandergesetzt. Diese Reden blieben allerdings im Wesentlichen folgenlos.

Scholz' Regierungserklärung hingegen beinhaltete konkrete Schritte, wie Deutschland seiner Verantwortung endlich besser gerecht werden würde. Die größte Überraschung war seine Ankündigung eines 100 Milliarden Euro schweren Sondervermögens für Verteidigungsausgaben. Deutschlands Alliierte rieben sich die Augen: Wollte der verteidigungspolitische Zwerg Deutschland, der sich Macht und Einfluss weltweit durch seine Wirtschaftskraft sicherte, nun tatsächlich auch militärisch eine ernst zu nehmende Rolle spielen? Scholz erklärte sich: »Die Mittel werden wir für notwendige Investitionen und Rüstungsvorhaben nutzen. Wir werden von nun an Jahr für Jahr mehr als zwei Prozent des Bruttoinlandsprodukts in unsere Verteidigung investieren.«[3]

Diese Ausgabenhöhe bis 2024 zu erreichen, hatten sich die NATO-Staaten in Reaktion auf Russlands Annexion der Krim bereits im März 2014[4] als Ziel gesetzt. Deutschland gehört zu den Mitgliedern der Allianz, die dem seither und auch 2023 nicht gerecht wurden und die Verteidigungsausgaben seit dem NATO-Zwei-Prozent-Beschluss nicht linear steigerten: Deutschlands Verteidigungsetat stieg zwischen 2019 und 2023 von 1,26 Prozent auf lediglich 1,6 Prozent des BIPs.[5] Der Anteil der Militärausgaben am Bruttoinlandsprodukt (BIP) soll unter Einbeziehung des in der Scholz'schen Rede angekündigten Sondervermögens nun auf zwei Prozent oder mehr ansteigen. Gegenüber den anderen Mitgliedern der NATO war diese Absichtserklärung, auch wenn sich später Umsetzungsprobleme zeigten, wichtig. Denn Deutschland ist nach den USA das wirtschaftsstärkste Mitglied der Allianz. Die Geduld mit Berlin, das die Verantwortung für seine Sicherheit über Jahrzehnte unter vergleichsweise geringen Kosten an die Allianz ausgelagert hatte, war bereits überstrapaziert.

Mit dem Sondervermögen avancierte Deutschland zum Staat mit dem größten Verteidigungsetat in der Europäischen Union. Scholz machte klar, wohin die große Summe fließen sollte. Er kündigte konkrete Beschaffungsentscheidungen an, etwa den Kauf von bewaffneten Heron-Drohnen aus Israel ebenso wie von amerikanischen F-35-Kampfjets als Trägerflugzeuge für Nuklearsprengköpfe. Damit bekräftigte er Deutschlands Beitrag zur nuklearen Teilhabe und unterstrich die Bedeutung der NATO als Sicherheitsgaranten Europas. Die Beschaffung des amerikanischen Kampfjets würde, das war Scholz klar, seinen engsten europäischen Partner, Frankreich, verärgern. Berlin und Paris investieren seit Jahren gemeinsam in die

Entwicklung des Kampfjets FCAS (Future Combat Air System), und auf französischer Seite besteht die Sorge, dass Berlin die transatlantische Zusammenarbeit wieder stärker in den Vordergrund schieben könnte. Deshalb signalisierte Scholz im gleichen Atemzug mehr Investitionen in künftige europäische Rüstungsprojekte: »Wir werden technologisch auf der Höhe der Zeit bleiben. Darum ist es mir zum Beispiel so wichtig, dass wir die nächste Generation von Kampfflugzeugen und Panzern gemeinsam mit europäischen Partnern und insbesondere mit Frankreich hier in Europa bauen.«

Der Bundeskanzler blieb in seiner Rede nicht nur bei der konventionellen Verteidigung. Er arbeitete mit einem breiten Sicherheitsbegriff, der auch der neuen Sicherheitsstragie von Juni 2023 zugrunde liegt.[6] Der breite Sicherheitsbegriff trägt den neuen Bedrohungsformen Rechnung und damit auch der Tatsache, dass Deutschland von Russland und anderen autoritären Staaten auf neue Art seit Jahren angegriffen wird. Scholz kündigte an, dass die Bundesregierung besondere Aufmerksamkeit darauf verwenden würde, Deutschlands »Resilienz [zu] stärken, technisch und gesellschaftlich, zum Beispiel gegen Cyberangriffe und Desinformationskampagnen, gegen Angriffe auf unsere kritische Infrastruktur und Kommunikationswege«. Mit anderen Worten: Deutschland bereitet sich besser auf hybride Angriffe vor, die auch ins Mark der zivilen Infrastruktur gehen können.

Dass der Begriff der Resilienz dabei so zentral ist, charakterisiert die neue Sicherheitslage: Durch die neue Art, wie Konflikte ausgetragen werden, sind wir nicht nur nach außen hin, sondern auch im Inneren des Landes verwundbar. Vollständigen Schutz kann der Staat nicht gewährleisten, und es ist wichtig, die Gesellschaft und die Wirtschaft darauf vorzubereiten. Es geht darum, die Fähigkeit zu stärken, sich von einem möglichen Angriff zu erholen, also nach einem Schock zurück in ein neues Gleichgewicht zu kommen, in der Versorgung, der Wirtschaft, im Gesundheitswesen, in der Gesellschaft. Diese neue Realität ist keine Folge von Russlands Krieg in der Ukraine, denn seit Jahren sind Deutschland, seine europäischen Nachbarn und auch die USA hybriden Bedrohungen ausgesetzt. Die Politik muss die schwierige Aufgabe meistern, zwischen Beruhigung und Warnung die richtige Balance zu finden; ohne Panik zu verbreiten muss sie die Bevölkerung auf eine neue Sicherheitslage einstellen und die Aufmerksamkeit für Bedrohungen und die Fähigkeit zur besonnenen Reaktion darauf entwickeln.

In Deutschland hatte sich seit Ende des Kalten Krieges ein Gefühl von Sicherheit eingestellt, das für die Gesellschaft und die Politik angenehm war, aber in der heutigen Situation selbst zum Risiko geworden ist. Denn es muss wieder zur Selbstverständlichkeit werden, dass für Sicherheit im breitesten Sinne mehr getan werden muss – durch höhere Staatsausgaben für Verteidigung, innere Sicherheit und resiliente Infrastruktur und durch mehr Investitionen seitens der Wirtschaft, etwa in Cyberabwehr und kritische Infrastruktur, und durch eine bessere Vorbereitung der Gesellschaft auf neue Risiken.

Erste Bilanz der Zeitenwende

Die Zeitenwende, die Bundeskanzler Scholz in seiner Regierungserklärung am 27. Februar 2022 konstatierte, veränderte aufgrund ihrer Klarheit zur russischen Invasion die außen- und sicherheitspolitische Debatte in Deutschland. Seine Rhetorik hat Eingang gefunden in die Sprache der demokratischen Parteien im Bundestag und der einflussreichsten Stimmen in der Gesellschaft. Das ist ein nicht zu unterschätzender politischer Erfolg in einem Land, in dem Sicherheitsthemen über Jahre zu wenig Aufmerksamkeit bekamen und Russland nicht als der aggressive Nachbar gesehen wurde, der es ist.

Die Ankündigung höherer Verteidigungsausgaben war ein einschneidender Kurswechsel, und zwar für alle drei Koalitionsparteien. Dies gilt besonders für die Grünen, die allerdings seit Beginn des Krieges keine Zweifel daran gelassen haben, dass die Ukraine von Deutschland entschieden und schnell militärisch unterstützt werden sollte und dass Deutschland mehr für seine Sicherheit ausgeben muss. Schwieriger gestaltet sich die Lage innerhalb der Sozialdemokratischen Partei: Die SPD hat in der Vergangenheit als Regierungskoalitionspartner bei der Steigerung der Verteidigungsausgaben häufig gebremst, sodass Deutschland sich dem NATO-Zwei-Prozent-Ziel nur sehr, sehr langsam annäherte. Die FDP stellt in der Ampelkoalition den Finanzminister, der sich einer Konsolidierung des Staatshaushalts nach COVID-Ausnahmejahren verschrieben hat. Kaum im Amt, sah er sich neben dem Sonderfonds und der Zusage zu laufend höheren Verteidigungsausgaben auch noch mit maßgeblichen Ausgabepaketen zur Kompensation der hohen Energiepreise konfrontiert. Der möglicherweise lang andauernde Krieg und die Notwendigkeit, dass Deutschland weiter stark unterstützt, vielleicht bald sogar noch stärker, sollte das US-Engagement angesichts der dortigen Präsidentschaftswahl 2024 sinken, dürften zu schwierigen Abwägungsentscheidungen führen. Sie betreffen die Einhaltung der Schuldenbremse und die Frage, in welchen anderen Bereichen gekürzt wird, zugunsten von nötigen Mehrausgaben für die eigene Verteidigung und die Unterstützung der Ukraine.

Nicht nur die Ampelkoalition, Deutschland insgesamt erkannte Schritt für Schritt den Preis, den Sicherheit in einer veränderten Welt hat. In der politischen Debatte wird zum ersten Mal ernsthaft thematisiert, welche Abwägungsentscheidungen künftig getroffen werden müssen, etwa zwischen Sozial- und Verteidigungsausgaben, wenn Deutschland angesichts größerer Unsicherheiten mehr zum eigenen Schutz und für Stabilität in seiner Nachbarschaft wird tun müssen. Diese Entscheidungen sind auch deshalb so schwierig, weil es auch aus sicherheitspolitischen Erwägungen nicht darum gehen kann, Mittel etwa von Sozial- zu Verteidigungsausgaben umzuschichten. Denn der wichtigste Faktor für eine Resilienz der Gesellschaft in diesen Zeiten ist der innere Zusammenhalt.

So klar die Zeitenwende-Rede die Notwendigkeit der militärischen Unterstützung der Ukraine benannte, so schleppend begann allerdings ihre Umsetzung im ersten Kriegsjahr. 2022 wurde kein Euro aus dem Sondervermögen in die Bundeswehr investiert, und das Ziel, mindestens zwei Prozent des Haushalts für Verteidigung auszugeben, wurde auch mit dem Haushalt 2023 nicht erreicht.[7] Anfang Dezember 2022 veröffentlichte das Institut der deutschen Wirtschaft (IW) eine Studie, nach der das Zwei-Prozent-Ziel mit dem Sondervermögen nur in den Jahren 2024 und 2025 erreicht werden könne.[8] Dass dies nicht früher geschehen konnte, liegt daran, dass die Beschaffungen nicht schnell genug vorankommen. Ab

2026 ist laut IW wiederum im Vergleich zum Zwei-Prozent-Ziel mit einer Finanzierungslücke von 9,7 Milliarden Euro zu rechnen, die sich in den Jahren danach weiter vergrößern würde.

Zum zentralen Thema wurde in der deutschen und europäischen Debatte die Lieferung von Panzern wie dem Gepard oder dem Marder sowie besonders den Kampfpanzern Leopard 1 und 2. Unterschiedliche Begründungen und immer neue Bedingungen, wie etwa die Abstimmung mit europäischen Alliierten oder auch den Amerikanern, wurden von deutscher Seite vorgebracht und sorgten im In- und Ausland für Verwirrung. Berlins Zögern dauerte trotz des offensichtlich dringenden Bedarfs in der Ukraine so lange, dass Deutschlands Entschiedenheit, das Land im Krieg effektiv zu unterstützen, von Kiew und von NATO-Partnern besorgt infrage gestellt wurde.

Plötzlich sagten dann Frankreich und Deutschland im Januar 2023 im Abstand weniger Tage die Lieferung von Schützenpanzern nach Kiew zu. Der französische Präsident Macron machte gänzlich unabgestimmt unilaterale Zusagen im Gespräch mit dem ukrainischen Präsidenten Selenskyj, Berlin zog nach und versprach, Marder zu liefern. Die beiden größten EU-Staaten versäumten es so, diese wichtige Unterstützungsentscheidung koordiniert zu treffen, sie gemeinsam zu kommunizieren und umzusetzen. Eine verpasste Chance in einer Zeit, in der das deutsch-französische Verhältnis immer wieder von gegenseitigen Verärgerungen, Interessenskonflikten und wenig weitsichtigem, kaum gemeinsamem Handeln geprägt war und beide Regierungen längst an Führungskraft in der EU eingebüßt hatten.

Erst im zweiten Jahr nach der Zeitenwende-Rede, als nicht mehr von der Hand zu weisen war, dass der Konflikt in der Ukraine lang andauern und die Veränderungen im europäischen und internationalen Sicherheitsumfeld langfristig ein entschiedeneres Engagement Deutschlands und Europas erfordern würden, beschleunigte sich die Umsetzung von den angekündigten Veränderungen. Kurz nach seinem Amtsantritt kündigte der neue Verteidigungsminister Boris Pistorius (SPD) an, das NATO-Zwei-Prozent-Ziel ab dem Jahr 2024 aus dem allgemeinen Haushalt erreichen zu wollen.[9] Die Lieferung von Leopard-Kampfpanzern sagte die Bundesregierung im Januar verbindlich zu, nach intensivstem Druck der Ukraine und Deutschlands östlicher EU-Nachbarn. Über Monate hatte Olaf Scholz erklärt, dass Deutschland Kampfpanzer nur in Koordination mit den NATO-Alliierten liefern würde. Zwischenzeitlich schien es so, als ob der Bundesregierung ein politisches Plazet der USA, ohne eigene Kampfpanzer-Lieferungen, reichen würde, zumal der deutsche Leopard 2 aus militärischer Sicht für die Ukraine als deutlich besser verwendbar erscheint. Schließlich bestätigte die US-Regierung, parallel zu den deutschen Leoparden Abrams-Panzer zu liefern. Präsident Bidens Nationaler Sicherheitsberater Jake Sullivan erklärte, dass Biden mit der US-amerikanischen Kampfpanzerlieferung ein Zugeständnis an Scholz gemacht habe, um die Einheit des Bündnisses sicherzustellen und um zu gewährleisten, dass die Ukraine am Ende das bekomme, was sie auf dem Schlachtfeld eigentlich brauche – nämlich Leopard-Panzer.[10] Überzeugt davon, dass auch die US-Panzer für die Ukraine von großem Nutzen sein könnten, zeigte er sich nicht. Der Präsident habe sich »zunächst gegen die Entsendung von Abrams-Panzern entschieden«, weil »sie auf dem Schlachtfeld in diesem Kampf nicht nützlich sein würden.«[11] Die Bundesregierung ließ durch einen Regierungssprecher klarstellen, Deutschland habe nicht gedrängt, und die Entscheidung sei im Konsens gefallen. Wie die Motivlage der USA tatsächlich war, ist nicht abschließend geklärt, aber deutlich ist zweierlei: Deutschland hat seine Entscheidung, Leopard-Panzer zu liefern, erst verkündet, als die USA bereit waren, Abrams-Panzer zuzusagen. Das Kalkül des Kanzlers scheint über den direkten Nutzen, den die jeweiligen Panzer auf dem Schlachtfeld bringen, hinauszugehen: Sollte Russland der Unterstützung der Ukraine mit westlichen Kampfpanzern mit Eskalation begegnen, steht es nicht nur den Europäern gegenüber, sondern auch den USA. Ein möglichst enger Schulterschluss mit Washington wird in dieser Logik zur wichtigen Rückversicherung.

Neben der verteidigungspolitischen Neuausrichtung ist die größte Konsequenz aus Russlands Angriff auf die Ukraine für Deutschland eine Energiekrise mit weitgehenden innenpolitischen, aber auch geopolitischen Folgen. In der Zeitenwende-Rede kündigte Bundeskanzler Scholz an, Deutschlands über Jahre aufgebauter Importabhängigkeit von Russland ein Ende zu bereiten: »Eine verantwortungsvolle, vorausschauende Energiepolitik ist nicht nur entscheidend für unsere Wirtschaft und unser Klima, sondern entscheidend auch für unsere Sicherheit.« Was Deutschlands Partner über Jahre, und mit besonderem Nachdruck seit der Annexion der Krim, eingefordert hatten, nämlich die Energieversorgung Deutschlands und der EU auch unter sicherheitspolitischen Gesichtspunkten zu gestalten, wurde nun sehr abrupt zur zentralen Aufgabe der Ampelkoalition.

Die Erkenntnis darüber, dass enge Verflechtungen mit Russland vom Stabilitätsinstrument zur Bedrohung geworden waren, erfolgte in einer Situation, in der die Preise für fossiles Gas bereits seit einem Jahr in die Höhe geschossen waren. Über Jahrzehnte hatte sich die deutsche Industrie auf billige Energieimporte aus Russland verlassen und die Regierungspolitik unterstützt, die Deutschland in eine einseitige Abhängigkeit von einem zunehmend totalitären Staat gebracht hat. Sehr schnell wurde nun deutlich, dass die wirtschaftlichen und innenpolitischen Kosten dieser Abhängigkeit Berlin erpressbar machten und seinen außenpolitischen Handlungsspielraum massiv einschränkten. Deutschland ist ein rohstoffarmes Land und deckt bislang rund 70 Prozent seines Energieaufkommens durch Importe diverser Energieträger. Zu Kriegsbeginn bezog es mit 55 Prozent mehr als die Hälfte seines Erdgases und ein Drittel seines Öls aus Russland.[12]

Die Zahlen machen klar, wie groß die Aufgabe war, die Energieabhängigkeit von Russland zu reduzieren. Umso größer wurde sie, als Deutschland kurz vor der endgültigen Umsetzung seines Atomausstiegs stand. Nach schwierigen Verhandlungen innerhalb der Ampelkoalition bekannte sich die Bundesregierung im November 2022 trotz der Energiekrise zum Ende der Nuklearenergie, das schließlich nur um einige Monate, von Ende 2022 bis Mitte April 2023, hinausgezögert wurde. Deutschland verabschiedete sich also von einer signifikanten Energiequelle, obwohl es in Rekordzeit und früher als geplant eine grundlegende Energietransformation durchführen muss.

Die völlige Abkehr von den engen Lieferbeziehungen mit Russland erschien angesichts seines großen Anteils an Gas- und Ölimporten zunächst unmöglich und teuer. Entsprechend abwehrend reagierten Vertreterinnen und Vertreter der Bundesregierung, als Expertinnen und Experten forderten, den Import von fossilen Energien aus Russland einzustellen, um das Land finanziell unter Druck zu setzen.[13] Zudem bestand die Gefahr, dass Russland selbst seine Lieferungen an Deutschland und andere Unterstützer der Ukraine reduzieren könnte, bevor dies seitens der Importländer geschehen würde. In Berliner Entscheiderkreisen hielt sich lange die Annahme, dass Russland diese Option nicht nutzen würde – zu wichtig seien die Einkünfte für das Land, und Putin sei, trotz allem, ein rationaler Staatslenker. Im Sommer 2022 wurden sie eines Besseren belehrt: Im Zuge einer Wartung der Ostsee-Pipeline Nord Stream 1 schützte Russland technische Probleme vor und reduzierte die Lieferungen Schritt für Schritt, bevor es sie im September ganz einstellte.

Dass die energiepolitische Entkopplung von Russland relativ schnell möglich war und nicht mit verheerenden Folgen für die deutsche Wirtschaft einherging, ist einer der großen politischen Erfolge des Jahres 2022. Ganz konkret ließ dieser sich im Winter 2022/23 an zu über 90 Prozent gefüllten Gasspeichern messen. Deutschlands Antwort auf den fossilen Energiekrieg zu Zeiten des Atomausstiegs hat vier Komponenten: Lieferquellen diversifizieren, Energie sparen, Speicher füllen und – am wichtigsten und langwierigsten – erneuerbare Energien ausbauen. Nach dem Erfolg im ersten, glücklicherweise milden, Winter nach Kriegsbeginn müssen die Bemühungen in diesen Bereichen indes unermüdlich weitergehen, denn für den folgenden Winter könnten neue Unsicherheiten entstehen, ob die Gasspeicher ausreichend gefüllt sind, um gemeinsam mit alternativen Energiequellen eine ausreichende Versorgung zu gewährleisten.

Kurzfristig entscheidend für die Versorgungssicherheit war die

Diversifizierung von Energiequellen durch die Erhöhung der Liefermengen aus europäischen Ländern sowie neue Zulieferverträge mit anderen Staaten. Es ging darum, die Versorgungsrisiken und den Energiepreisanstieg, sowohl für die Bevölkerung als auch für die Wirtschaft, so schnell wie möglich zu begrenzen. Der wichtigste Beitrag dazu: Seit Dezember 2022 landet in Brunsbüttel und Wilhelmshaven Flüssiggas an. Nur knapp zehn Monate dauerten die Planung und die Inbetriebnahme des ersten LNG[14]-Terminals – so schnell, dass Kanzler Scholz vom neuen »Deutschland-Tempo« sprach. Weitere Terminals sollen folgen, und Ende 2023 soll LNG rund ein Drittel des deutschen Gasverbrauchs ausmachen. Den Bedarf decken unter anderem langfristige Verträge mit der katarischen Regierung für einen Zeitraum von 15 Jahren mit Lieferungen ab 2026. Um die Lieferbeziehungen weiter zu diversifizieren, wird mit Australien, Algerien und Nigeria verhandelt.[15] Gas durch Fracking oder in der Nordsee zu fördern, sind weitere, jedoch kontrovers diskutierte Optionen im Zuge des Versuchs, Risiken durch Lieferbeziehungen mit nicht demokratischen Staaten weitgehend zu reduzieren.

Während die Terminals aktuell für das Anlanden von fossilem Flüssiggas gebaut werden, sollen sie in Zukunft auch für nachhaltigere Energiequellen wie grünen Wasserstoff genutzt werden können,[16] so hat es der zuständige Bundesminister für Wirtschaft und Klimaschutz Robert Habeck versprochen. Das Fraunhofer-Institut für System- und Innovationsforschung stellt allerdings klar, dass die Umstellung nicht ohne erhebliche Anpassungen möglich ist und teuer wird. Bei einer Umrüstung auf Wasserstoff würden sich nur »etwa 50 Prozent der ursprünglich in das LNG-Terminal investierten Kosten übertragen lassen.«[17]

Eine Versorgungsnot trat trotz Russlands Beendigung seiner Lieferungen nicht ein, und die Strom- und Gaspreisbremsen konnten die wirtschaftlichen Folgen für die meisten Menschen bereits im ersten Kriegsjahr abschwächen. Um die hohen Energiepreise zu kompensieren, beschloss die Bundesregierung bereits zu Beginn der russischen Invasion ein Entlastungspaket, das die Abschaffung der EEG-Umlage, eine Erhöhung der Pendlerpauschale, einen Heizkostenzuschuss für Geringverdiener, Zuschüsse für Familien und steuerliche Entlastungen beinhaltete. Die Speicherkapazität für Erdgas wurde um zwei Milliarden Kubikmeter erhöht. Der befürchtete und von radikalen Kräften herbeigewünschte »Wutwinter« trat nicht ein, auch dank der milden Temperaturen im Herbst und Winter 2022/2023. Doch der Ausbau der erneuerbaren Energien geht bisher zu langsam voran, da sich etwa Planungs- und Investitionsversäumnisse der vorherigen Jahre nicht so schnell beheben lassen. Besonders der Ausbau der Windenergie liegt weit hinter Plan.

In einer Zeit, in der Deutschland und Europa an einem Weg zur Klimaneutralität bis 2045, beziehungsweise 2050 in der EU, arbeiten wollten und russisches Gas entscheidend für den Übergang sein sollte, waren der Preisanstieg und die Versorgungsunsicherheit ein enormer Schock. Schlimmer noch: Kohle und Öl in Deutschlands und Europas Energiemix haben wieder zugenommen.[18] So vermeldete das statistische Bundesamt 2022 für das dritte Quartal im Vergleich zum Vorjahreszeitraum 13,3 Prozent mehr Kohlestrom und 4,5 Prozent mehr Strom aus Erdgas[19], obwohl auch der Beitrag von Energiequellen wie Windkraft und Fotovoltaik zur Deckung des Energiebedarfs in Deutschland stieg.[20] Bis zum Jahr 2030 sollen in Deutschland mindestens 80 Prozent des Energiebedarfs durch erneuerbare Energien gedeckt werden, was eine entschiedenere Politik erfordert.[21] Um erneuerbare Energien schneller auszubauen, hat der Bundestag im Februar 2023 vereinfachte Verfahren beschlossen. In diesem Zusammenhang betonte Wirtschaftsminister Habeck, die erneuerbaren Energien seien zentral für den Klimaschutz und den Standort Deutschland: »Die Bundesländer und die Genehmigungsbehörden haben nun die gesetzlichen Grundlagen, um den Windkraftausbau mit voller Kraft voranzutreiben und Anlagen zügig zu genehmigen.«[22] Im Einklang mit einer Notfallverordnung der EU-Energieminister:innen von Dezember 2022 können aufwendige Umwelt- und Artenschutzprüfungen entfallen, wenn das betroffene Gebiet bereits eine strategische Umweltprüfung durchlaufen hat. Eine beschleunigte Installation von Solarenergieanlagen und der Wärmepumpenausbau sind weitere dringende Prioritäten.[23]

Mit anderen Worten: In der Energiekrise hat die Bundesregierung nicht nur die Folgen von Russlands Krieg in der Ukraine zu managen, sondern muss gleichzeitig die ohnehin notwendige und geplante Energiewende beschleunigen. Bis 2045 strebt die Bundesregierung CO_2-Neutralität an, bis 2050 die gesamte Europäische Union. Dass notwendige Investitionen in die Energiewende von der Vorgängerregierung trotz des beschlossenen Atomausstiegs nicht getätigt wurden, erhöht die Kosten, mit denen Deutschland sich jetzt konfrontiert sieht, gewaltig. Gleichzeitig aber kann der Energiekrieg mit Russland zu einer Beschleunigung der ökologischen Wende führen, was mittel- bis langfristig positive Auswirkungen haben wird.

Vor dem Hintergrund der dreifachen Herausforderung, CO_2 zu reduzieren, die Importabhängigkeit von Russland zu beenden und gleichzeitig nicht andere Abhängigkeiten zu schaffen, hat die Diskussion um Wasserstoff an Bedeutung gewonnen. Herkömmlicher sogenannter grauer Wasserstoff wird aus fossilen Brennstoffen gewonnen, vor allem aus Erdgas, wobei rund zehn Tonnen CO_2 pro Tonne Wasserstoff anfallen und in die Atmosphäre abgegeben werden. Grüner Wasserstoff dagegen entsteht durch die CO_2-neutrale Wasserelektrolyse, möglichst mittels Strom aus erneuerbaren Energien, und wird von der Bundesregierung als eine der wichtigsten Energiequellen der Zukunft betrachtet, da er Klimaneutralität in der Industrie, im Verkehr sowie in der Wärmeversorgung verspricht.[24] Da die Herstellung von grünem Wasserstoff noch sehr kosten- und energieintensiv ist, wird heute aber größtenteils Wasserstoff aus anderen, nicht nachhaltigen Herstellungsverfahren verwendet.[25] Zwischen Deutschland und Frankreich ist ein erbitterter Streit entbrannt, der am Beispiel des Wasserstoffs die konträren energiepolitischen Strategien und Risikoeinschätzungen illustriert: Frankreich, das zunehmend auf Atomenergie setzt, befürwortet die Verwendung von Wasserstoff, der durch Wasserelektrolyse mittels Atomstrom entsteht, und fordert dessen Bewertung als »grün«. Für Deutschland ist dies keine Option: »Kernenergie ist keine erneuerbare Energie und Wasserstoff aus Kernenergie ist kein grüner Wasserstoff«, zitiert die *Financial Times* das Bundesministerium für Wirtschaft und Klimaschutz.[26] Die neuen Vorschriften, die die Europäische Kommission im Februar 2023 vorlegte und die als Sieg für Frankreich gelten, sehen vor, dass Wasserstoff, der aus Stromnetzen mit hohem Kernenergieanteil stammt, als »grün« gelten darf, wenn der herstellende Konzern einen langfristigen Vertrag über den Einsatz erneuerbarer Energien unterzeichnet. So soll kurzfristig die Menge des aus fossilen Brennstoffen hergestellten Wasserstoffs reduziert und langfristig ein Anreiz für Investitionen in erneuerbare Energien geschaffen werden.[27] Dass Frankreich sich dafür eingesetzt haben soll, dass Uran-Importe aus Russland nicht sanktioniert werden und Europa und insbesondere Frankreich somit weiterhin Uran aus Russland beziehen, findet in dieser Debatte bisher wenig Beachtung[28], ist aber aus sicherheitspolitischer Sicht sehr wichtig. Auch die Frage, welche Abhängigkeiten von neuen Lieferpartnern entstehen, ist von höchster Relevanz. Die Diversifizierung von politischen Risiken muss in Einklang gebracht werden mit der Stabilität von Lieferbeziehungen und einem akzeptablen Lieferpreis. Kleinere Partnerschaften helfen vor allem beim ersten Kriterium.[29] An der Tatsache, dass 2022 auch Katar und die Vereinigten Arabischen Emirate stärker mit Deutschland ins Geschäft kamen, zeichnen sich schwierige Abwägungsentscheidungen ab. Nicht nur wirtschafts- und energiepolitische Kriterien sollten eine Rolle spielen, sondern auch die Frage, wie Deutschland künftig mit autoritären Staaten umgeht und der menschenrechtsorientierten Außenpolitik der Ampelkoalition gerecht werden kann.

Druck auf Deutschlands Wirtschaftsmodell

Für die deutsche Wirtschaft sind die hohen Energiepreise die offensichtlichste Konsequenz des Krieges. Bereits vor Kriegsbeginn erhöhten sich nicht nur die Preise für Gaslieferungen aus Russland, auch viele andere Rohstoffe und Vorprodukte wurden teurer oder ihre Lieferung unzuverlässig. Dies gefährdete vielerorts Just-in-time-Produktionen, was wiederum die Herstellungskosten mancher Produkte in die Höhe trieb. Unternehmenschef:innen stehen seither vor immer neuen, drängenden Fragen, die sie in der Vergangenheit, als Lieferketten stabil waren, nicht kannten. Im Unternehmensalltag sind die Folgen der veränderten geopolitischen Lage also längst Realität geworden: »Moment, ist denn alles verfügbar – nicht nur technologisch, sondern auch bei den Rohstoffen? Haben wir genügend Kupfer? Haben wir genügend Aluminium? Haben wir genügend Nickel?«[30], fragt etwa Bosch-Chef Stefan Hartung. Er zeigt damit, dass heute ganz anders und sehr viel kurzfristiger an die unternehmerische Planung herangegangen werden muss.

Weitere Veränderungen werden dazukommen, auch wenn diese Entwicklung nicht grundsätzlich neu ist, denn bereits seit einigen Jahren fordert die Zunahme von geopolitischen Risiken viele deutsche Unternehmen heraus. Der Krieg und seine Folgen haben aber diese Veränderungen deutlich verschärft, und es wird immer klarer: Das deutsche Geschäftsmodell funktioniert unter den neuen Rahmenbedingungen nicht mehr so einfach wie früher, und eine Rückkehr zu einer geopolitisch vergleichsweise ruhigen, berechenbaren, wirtschaftlich offenen Welt wird es in absehbarer Zeit nicht geben. Neben Russland sind daher auch China und andere Staaten, die mit Deutschland im Systemkonflikt stehen, ins Zentrum der Aufmerksamkeit gerückt. Die wirtschaftlichen Abhängigkeiten sind über Jahre weiter gefördert worden und entsprechend gewachsen, obwohl die Interessenskonflikte und unterschiedlichen Wertevorstellungen sichtbar waren. Die Aufgabe für die Ampel-Regierung war also von Anfang an weit umfassender als eine Energieentkopplung von Russland. Obwohl die Risiken früh analysiert und sogar politisch benannt wurden, sorgten gute Deals und das Prinzip Hoffnung dafür, dass Deutschland in einer geopolitischen, konflikthaften Welt seine Versorgungssicherheit vernachlässigt hat und politisch erpressbar geworden ist. »Egal welchen Deckel wir hochheben, wenn wir in den Topf gucken, wollen wir am liebsten nicht sehen, was drin ist«, seufzte ein Mitglied der Bundesregierung bereits drei Monate nach Amtsantritt erschöpft. Das große Aufräumen, das eingesetzt hat, kostet politisch viel Kraft und erfordert von Politik wie Unternehmen neue Herangehensweisen.

Deutschland steht auch deshalb unter großem Druck, weil industriepolitische Eingriffe unserer wichtigsten Handelspartner für eine Verzerrung der Wettbewerbsfähigkeit sorgen. Der Weltwirtschaft droht also nicht nur eine Desintegration, weil die Risiken allgemein wachsen, sondern zudem auch wegen eines protektionistischen Subventionswettlaufs. Plötzlich ist es nicht mehr nur der chinesische Markt, in dem der Staat für Wettbewerbsverzerrungen sorgt und dessentwegen Europa einfordern muss, dass die gegenseitige Marktöffnung von einem fairen »level playing field« begleitet wird. Nun setzt seit August 2022 das US-amerikanische Subventionspaket IRA, der Inflation Reduction Act, Deutschland und Europa unter Druck – mit Maßnahmen, die in einem politisch höchst angespannten Umfeld die USA auf Kurs für ihre grüne Transformation bringen und dabei Arbeitsplätze und Wachstum fördern sollten. Die USA schützen sich mit dem IRA primär vor grüner Technologie und Sicherheitsrisiken aus China und richten die Maßnahmen nicht gezielt gegen die Europäer. Wegen ihres protektionistischen Effekts hat das Gesetz jedoch große Auswirkungen auf die europäische Wirtschaft. Für Europa ist das ein weiteres warnendes Beispiel, dass es die Folgen der nationalen, protektionistischen Politik der beiden Großmächte direkt zu spüren bekommt. Deutschland und Europa müssen sich noch viel intensiver damit befassen, wie sie in einer zunehmend protektionistischen Welt ihre Interessen und ihre Wettbewerbsfähigkeit verteidigen können – ohne in einen protektionistischen Subventionswettlauf mit den wichtigsten Wirtschaftspartnern einzusteigen.

Deutsche Unternehmen müssen sich längst an die neuen Rahmenbedingungen anpassen. Der notwendige Strukturwandel betrifft Millionen von Menschen: Im Arbeitsalltag gibt es neue Herausforderungen, Qualifikationsanforderungen ändern sich. Produktionsabläufe müssen durch Anforderungen des Klimaschutzes und der Digitalisierung oder zur Energieeinsparung neu gestaltet werden, manche Anlagen können nicht mehr genutzt werden und müssen abgeschrieben werden. Mit dem notwendigen Wandel sind für die Menschen und Organisationen Unsicherheiten und auch Verluste verbunden. Dies kann sich in Bitterkeit und Frustration über die Politik niederschlagen und möglicherweise den Druck hin zu einem protektionistischeren Modell erhöhen – obwohl Deutschlands Wachstumsgarant immer noch die wirtschaftliche Offenheit in Europa und in der Welt ist.

Auch im Falle dieser Umbrüche gilt: Der Krieg verschärft und beschleunigt Trends, die es längst gab. Die Digitalisierung und die notwendige Anpassung an Klima- und Nachhaltigkeitskriterien haben es nötig gemacht, Unternehmensmodelle und die Zukunft der Arbeit neu zu denken. Dass viele internationale Konzerne trotz dieser schwierigen Rahmenbedingungen in den letzten beiden Jahren immer noch satte Gewinne schreiben konnten, darf über diese strukturellen Umbrüche nicht hinwegtäuschen. Dies hängt damit zusammen, dass Verluste in einem Bereich durch Wachstum in anderen Regionen ausgeglichen oder gestiegene Kosten an die Kunden weitergegeben werden konnten. Für viele mittelständische Betriebe gab es diese Option nicht, und ob es für die Großen so weitergehen kann, hängt mehr denn je von der Weiterentwicklung der globalen Lage ab. Die Handelsbeziehungen haben sich bereits verändert und werden dies weiter tun. Regionalisierung und eine Konzentration der Wirtschaftsbeziehungen auf befreundete Staaten wird fortschreiten – mit Konsequenzen für Unternehmen und ihre Wettbewerbsfähigkeit, aber auch für die Konsumenten. Denn die globalen Handelsbeziehungen haben in vielerlei Hinsicht die Preise niedrig gehalten und damit zur Wettbewerbsfähigkeit der deutschen Wirtschaft und zur Kaufkraft der deutschen Konsumenten beigetragen. Mit dem Ende der Energiepartnerschaft mit Russland ist einer der Pfeiler des deutschen Erfolgsmodells geborsten. Das hat die Berliner Politik so lange verhindert, bis sie die Augen nicht mehr vor der Aggressivität Russlands verschließen konnte. Die Invasion eines europäischen Nachbarn mit dem Ziel, dessen Identität auszulöschen, die vor den Augen der Welt offen sichtbaren Kriegsverbrechen, die Ermordung wehrloser Menschen und Putins Androhung eines nuklearen Infernos stellen eine seit 1945 beispiellose Zäsur dar. In dem international unsicheren wirtschaftlichen und politischen Umfeld, das sich nicht nur auf Deutschlands und Europas wirtschaftliche Perspektiven und innere Stabilität auswirkt, sondern auch die politischen Führungen in den USA und China sehr beunruhigt, kommt nun ein Protektionismus hinzu, der in den nächsten Jahren weiterwachsen dürfte. China und die USA werden wichtige Wirtschaftspartner für die EU bleiben, doch unter weniger berechenbaren und für Europa weniger vorteilhaften Bedingungen. Diese neue Realität hat Deutschland und Europa bereits verändert und wird es weiter tun, denn es gibt keinen Weg zurück zum Status quo ante. Die deutschen und europäischen Antworten auf diesen Wandel sind längst noch nicht vollständig ausbuchstabiert.

Janka Oertel
Ende der China-Illusion. Wie wir mit Pekings Machtanspruch umgehen müssen

Warum unsere Annahmen auf den Prüfstand müssen

Die Geschichte der europäisch-chinesischen Beziehungen ist eine Erzählung mit Höhen und Tiefen. Gerade für Deutschland war die Zusammenarbeit mit China in den letzten dreißig Jahren eine echte Erfolgsstory: Deutschlands Wirtschaft hat unheimlich von Chinas Aufstieg profitiert und ihn gleichzeitig befördert. Er hat uns reicher gemacht und resilienter gegenüber den kleinen und großen Krisen, die uns begegnet sind. Auch wegen des florierenden China-Geschäfts war Deutschland in der Lage, die Rolle eines finanziell potenten Stabilitätsankers in Europa zu spielen – von der Eurokrise bis zur Coronapandemie.

Das Gute am China-Geschäft war das hohe Maß an Komplementarität. Einfach ausgedrückt bedeutete dies: China brauchte Kapital, Technologie und Innovation; deutsche Konzerne brauchten günstige Produktionsmöglichkeiten und neue Märkte. Das passte hervorragend zusammen. Und tatsächlich: Deutsche Autos, deutsche Maschinen und deutsche Chemieprodukte verkauften sich brillant in China. Wenn die Grundlage der Modernisierung Chinas der Aufbau einer eigenen Industriebasis war, dann lieferte Deutschland dafür die Bauteile. Wie es einmal ein ehemaliger Geschäftsführer eines deutschen Mittelständlers zu mir sagte: »Wir kamen überhaupt nicht hinterher zu produzieren, so rasant wuchs der Bedarf in China. Da brauchtest du keine Werbung und kein Marketing. Einfach nur rausgehauen haben wir die Produkte. Was wir nur konnten.« Die zweistelligen Wachstumszahlen des chinesischen Marktes, vor allem in den 1990er- und frühen 2000er-Jahren, schufen ein Klima der ungeahnten Möglichkeiten. Deutsche Konzerne waren wie im Rausch. Mehr China. Mehr Markt. Mehr Gewinne. Mehr, mehr, mehr …

Deutschland verlor dabei – anders als die USA – nur wenige Jobs nach China und auch nicht die eigene industrielle Basis. Ein Konzern wie Volkswagen produzierte nicht günstig in China, um dann in Wolfsburg Arbeitsplätze abzubauen. Der Kuchen wurde einfach immer größer.[1] Für Europa in Europa, für China in China wurden so immer mehr Autos verkauft. Mehr als so mancher Ingenieur des Traditionskonzerns vielleicht je zu träumen gewagt hatte. Deshalb haftete dem China-Geschäft in der breiten deutschen Öffentlichkeit auch kaum negativer Beigeschmack an. Solange die Kanzlerin bei ihren insgesamt zwölf China-Reisen immer die Menschenrechtslage ansprach, war für viele Bundesbürger:innen alles in Ordnung. Für Jahrzehnte schien es zu stimmen, dieses *win-win,* von dem die chinesische Führung immer sprach. Alle konnten sich als Gewinner fühlen.

In jüngster Zeit allerdings ändert sich die Stimmung zunehmend. Es sind Brüche aufgetreten. Und dabei ist es bemerkenswert, dass der erste wirklich laute Weckruf gerade aus der deutschen Wirtschaft kam. Noch verwunderlicher ist es, dass es ausgerechnet der Bundesverband der Deutschen Industrie (BDI) war, der die Botschaft in der Breite zur Diskussion stellte. Der BDI steht selten im Verdacht, revolutionäre Umstürze anzuzetteln, gehört er doch eigentlich eher zum konservativen Spektrum des deutschen Verbandswesens. Aber im Januar 2019 war es ein Positionspapier[2] ebendieser Organisation, das etwas tat, was andere bisher vermieden hatten: die Entwicklungen, die man als Unternehmer:in vor Ort beobachten konnte, weiterzudenken und das Problem, das sich da zusammenbraute, klar zu benennen. Es war der Moment, an dem eine neue Form des Wettbewerbs ins Spiel kam, genauer: der »Systemwettbewerb«.

In den sonst doch oft etwas trockenen Debatten des deutschen und europäischen Politikbetriebs kam dieser Moment einem echten Paukenschlag gleich. Die Formulierung »Systemwettbewerb« versuchte, die Herausforderung zu beschreiben, der sich deutsche Konzerne im nach wie vor florierenden China-Geschäft gegenübersahen. Der Wandel von Komplementarität zu Konkurrenz. Und er räumte im selben Atemzug mit einem Mythos auf: der Illusion des friedlichen Aufstiegs der Volksrepublik, der nur Gewinner und keine Verlierer kenne.

Um China ranken sich viele Mythen und Allgemeinplätze. Das ist nicht verwunderlich. Für die meisten Deutschen ist China weit weg, das politische System wenig einladend, die Sprache kompliziert. Aber es haftet eben allem auch ein Hauch Mystisches, etwas Jahrhundertealtes, kulturell Beeindruckendes an. Die Verkürzungen und Vereinfachungen, mit denen einem sehr komplexen Land und einer sehr komplexen Beziehung begegnet wird, sind nicht mehr angemessen. China ist zu wichtig geworden. Es erfordert, genauer hinzusehen. Während wir in Deutschland intensiv die Entwicklungen in den USA verfolgen, ein Präsidentschaftswahlkampf dort in den Medien hierzulande eine zentrale Rolle spielt, bleibt die Beschäftigung mit China noch vergleichsweise kursorisch. In deutschen Schulen wird die pazifische Dimension des Zweiten Weltkriegs kaum gelehrt und bleibt die Auseinandersetzung mit Chinas Geschichte und Kultur eher eine Fußnote.

Hinzu kommt, dass viele der entstandenen Glaubenssätze, mit denen versucht wird, das Phänomen China zu fassen, Versionen der Wirklichkeit und Geschichtsschreibung sind, die von der Kommunistischen Partei Chinas ganz bewusst verbreitet und immer wieder wiederholt werden. Realität entsteht auch durch das Ausbleiben von Widerspruch, und Repetition sorgt für Gewöhnungseffekte. Wenn ein großer Kommunikations- und Propagandaapparat bestimmte Sätze in Dauerschleife von sich gibt, dann werden sie irgendwann kaum noch hinterfragt. »Die Kommunistische Partei Chinas hat 400 Millionen Menschen aus der Armut befreit« ist so ein Satz, oder: »China hat noch nie ein anderes Land angegriffen und kolonialisiert«, »Eine Entkopplung von China ist nicht möglich«, »China ist nicht Russland«, »Ohne Zusammenarbeit mit China ist globaler Klimaschutz unmöglich«, »China will das eigene System nicht exportieren«.

Aber nicht nur die Partei hat den Mythos des modernen China geschaffen, viele andere Akteure haben kräftig daran mitgebaut: Unternehmer:innen, die davon schwärmen, wie effizient die Dinge in China geregelt sind und mit welcher Geschwindigkeit Projekte auf den Weg gebracht werden können; Politiker:innen, die beeindruckt von der Art, wie ihnen der Empfang bereitet wird, und angesichts der schieren Möglichkeiten und technischen Finessen, die ihnen in China von Robotern serviert werden, den Abstieg des Westens voraussagen; Expert:innen, die Chinas kulturelle Besonderheiten beschwören und deshalb jede umfangreichere Kritik an der Kommunistischen Partei zur Anmaßung erklären.

All die Überhöhungen und absoluten Aussagen trüben den Blick dafür, zu beschreiben, was derzeit passiert. Das ist schon ohne diese ganzen argumentativen Strohmänner, die es aus dem Weg zu räumen gilt, kompliziert genug. Obwohl sich der Blick auf China in den vergangenen fünf Jahren deutlich verändert hat, größere Skepsis und Kritik lauter wird, schleichen sich die Aussagen nach wie vor in die Reden und Beiträge von Unternehmensvertreter:innen, Politiker:innen und Vertreter:innen europäischer Regierungen ein und verhindern als vermeintliche Wahrheiten eine dringend notwendige Debatte.

Auf Englisch würde man sagen, dass diese Argumente *unpacked* werden müssen, also ausgepackt, auf ihren Wahrheitsgehalt überprüft, seziert.

Zur ehrlichen Argumentation gehört deshalb auch Klarheit darüber, dass die Antworten auf die Herausforderungen, vor die China uns stellt, mit Kosten und Umverteilung von Macht und Wohlstand verbunden sein werden. Es werden sich Chancen bieten, es wird Gewinner, aber eben auch Verlierer geben. Wie also kann eine Transformation unseres Umgangs mit Xi Jinpings China gelingen, bei der möglichst viele profitieren und möglichst nachhaltig und langfristig Deutschlands Rolle als führende Volkswirtschaft in Europa und der Welt gesichert werden kann? Wie sieht eine solche sicherheitspolitische, gesellschaftliche und ökonomische Kosten- und Risikoabschätzung mittel- und langfristig aus? Lohnt es sich, einige Schritte früher zu gehen und mit anderen strategisch noch abzuwarten?

Deutschland geht es global betrachtet gut. Ja, auch hierzulande gibt es Kinderarmut in erschreckendem Ausmaß angesichts der volkswirtschaftlichen Gesamtleistung, auch hierzulande braucht das Renten- und Gesundheitssystem ein dringendes Update und steht es mit der Digitalisierung nicht zum Besten – aber auf Basis übergeordneter Parameter wie Bruttoinlandsprodukt pro Kopf, Bildungsstand, Anzahl global marktführender Konzerne, Status der

Meinungs- und Pressefreiheit, Zugang zu Information etc. hat Deutschland weiterhin viel zu bieten, das erhaltens- und geradezu beneidenswert ist.

Wir können die künftige Entwicklung der Welt zwar nur schwer voraussagen, aber angesichts der Erfahrungen der letzten Jahrzehnte ist eine lineare Entwicklung eine sehr unwahrscheinliche Option. Wenn die Welt sich also immer weiterentwickelt, Staaten und Unternehmen international immer neue Pfade ausloten, dann ist nur eine Politik, die anpassungsfähig ist, Erfolg versprechend, gerade wenn der Erhalt des so beneidenswerten Status quo das übergeordnete Ziel deutscher Politik ist. Vieles muss sich ändern, damit vieles so bleiben kann, wie es ist.

Niemand hat die Absicht, eine Mauer zu errichten

Die Illusionen, denen wir uns in Deutschland gern mit Blick auf China hingeben, suggerieren uns, dass entweder kein Handlungsdruck besteht oder dass wir es mit alternativlosen Umständen zu tun haben, die den Gesetzen der Physik in kaum etwas nachstehen: »Eine Entkopplung von China ist nicht möglich« – wirklich? Auch eine vollständige Loslösung von russischem Gas innerhalb eines Jahres wäre vor der russischen Invasion in die Ukraine sicher in eine vergleichbare Kategorie des Unmöglichen gefallen. Ist die Entkopplung also eher *nicht wünschenswert?* Das ist dann aber etwas ganz anderes und bringt auch völlig andere politische Fragen und Abwägungen mit sich: Nicht wünschenswert für wen? Warum? Wer profitiert von einer engen Anbindung an China? Wirklich alle? Oder einige wenige besonders stark? Wie verändern sich das Risiko und die Kosten, je mehr Zeit vergeht und je machtvoller China wird?

Es ist nicht polemisch, diese Fragen zu stellen, sondern vernünftig. Sie führen möglicherweise zu unbequemen Antworten oder zu der Erkenntnis, dass besser erklärt werden muss, warum die derzeitige Kosten-Nutzen-Abwägung nach wie vor Bestand hat. Es sind eben doch keine Gesetze der Physik, mit denen wir es hier zu tun haben, sondern die der Politik und des Marktes. Und die sind vieles, aber definitiv nicht ausschließlich rational und berechenbar.

Nun könnte man argumentieren, dass mit Blick auf den Umgang mit China doch schon richtig viel passiert sei: Seit dem Weckruf des BDI und der EU-Kommission, die diesen aufgriff und die Mitgliedsstaaten damit zwang, sich mit dem Thema auseinanderzusetzen. Der Ton zwischen China und Europa hat sich deutlich verändert, und auch ganz konkret ist einiges passiert – von der EU-Toolbox zur Sicherheit der 5G-Telekommunikationsnetze über mehr Prüfungen von chinesischen Investitionen in Deutschland bis hin zu Versuchen, eine europäische Antwort für das Infrastruktur- und Investitionsdefizit in Afrika, Lateinamerika oder Asien zu finden, Global Gateway Initiative genannt. Es wird in Deutschland und Europa deutlich mehr als vor fünf Jahren über China gesprochen, es werden Begriffe wie De-Risking und Diversifizierung als neue Schlagwörter für den Umgang verwendet.

Aber auch wenn sich die Sprache und der Ton verändert haben, fehlt es nach wie vor an der notwendigen Dringlichkeit und dem politischen Willen, der nötig ist, um 27 EU-Mitgliedsstaaten und die Kommissionsbürokratie zu politischen Antworten und wirtschaftlichen Maßnahmen zu bringen, die der Herausforderung angemessen sind. Stattdessen heißt es hinter vorgehaltener Hand oft: »Wir können nicht auch noch China verlieren«, »Was, wenn die Rechnung mit China doch noch aufgeht?«, »Vielleicht müssen wir mehr Geduld haben mit einem Land von 1,4 Milliarden Menschen«, »China hat doch selbst zu viel zu verlieren«. In der Realität bedeutet dies dann im Klartext vor allem, »Lasst uns wenigstens noch ein paar Gewinne mitnehmen, solange das noch geht«. In Deutschland, Frankreich, aber auch in anderen europäischen Mitgliedsstaaten sind Entscheidungsträger:innen vorsichtig, das, was mit Blick auf Chinas Entwicklung zu beobachten ist, klar zu beschreiben und die daraus folgenden Konsequenzen auszubuchstabieren. Die Mythen vom rationalen Akteur China, von der Win-win-Kooperation, von der Unausweichlichkeit und Unabwendbarkeit des chinesischen Aufstiegs oder von der militärischen Zurückhaltung Pekings tragen dabei zur Behäbigkeit des Nichthandelns bei.

Auf diese Logik – die Trägheit der demokratischen Masse und die Gier der kapitalistischen Eliten in der westlichen Welt – setzt die Führung der Kommunistischen Partei um Staats- und Parteichef Xi Jinping, und die Wette ist in den letzten Jahren mit Blick auf Deutschland und Europa aufgegangen. Kaum etwas hat sich so richtig geändert: Nach wie vor wirbt die Deutsche Telekom für ihre Cloud-Technologielösung, ohne klarzumachen, dass dabei eng mit dem chinesischen Konzern Huawei zusammengearbeitet wird,[3] oder setzt die Deutsche Bahn für die Digitalisierung ihrer Infrastruktur ebenfalls weiter auf den umstrittenen Anbieter;[4] nach wie vor gibt es Lücken in der Regulierung und mangelt es an der konsequenten Umsetzung bestehender Regeln, die den Wettbewerb mit chinesischen Konzernen zumindest auf dem europäischen Heimatmarkt fairer gestalten könnten; nach wie vor rechtfertigen deutsche Großkonzerne ihre Aktivitäten in der aufgrund der massiven Menschenrechtsverletzungen gegenüber der uigurischen Minderheit hochumstrittenen Region Xinjiang damit, dass sich ihre Präsenz positiv auf die Lage der Menschen vor Ort auswirke.[5]

Gleichzeitig wird aufseiten der chinesischen Führung gehandelt. Langsam, aber stetig. In allen Bereichen. Am offensichtlichsten ist dieses Vorgehen in der unmittelbaren chinesischen Nachbarschaft geworden. Im Südchinesischen Meer, wo China Territorialansprüche durchsetzt, wird dieses Vorgehen inoffiziell auch als *Salamitaktik* beschrieben. Ohne Hektik, aber nahezu unbeirrbar schreitet die chinesische Führung voran und schafft es so, kaum merklich, in hauchdünnen Scheibchen die eigenen Vorstellungen durchzusetzen. Bis die ganze Wurst verteilt ist. Oder in diesem Fall: die Region. Es ist eine Zermürbungsstrategie immer haarscharf an oder über der Grenze des Legalen.

Aber nicht nur bei der Durchsetzung von Gebietsansprüchen vom Südchinesischen Meer bis Taiwan findet das Verhaltensmuster Einsatz. Auch bei Investitionen im Ausland oder der Regulierung internationaler Konzerne in China hat es sich breitgemacht. Vorsichtig kalibriert wächst so Pekings Einfluss zu Hause und global.

»Aber was macht es schon, wenn Chinas Staatskonzerne einen

Hafen unter vielen kontrollieren?«, »Was soll der ganze Stress wegen ein paar Bauteilen aus chinesischer Produktion?«, »Warum sollten wir nicht noch weitere Teile unserer Produktion nach China verlegen?« Die Illusion vom friedlichen Giganten – nachhaltig verfestigt durch Chinas Führung selbst und all diejenigen, die auf Rot gesetzt haben – verschleiert das, was eigentlich vor sich geht. Scheibchenweise, um im Bild zu bleiben.

Der X(i)-Faktor

Im November 2012 wurde Xi Jinping auf dem Parteitag zum neuen Generalsekretär der Kommunistischen Partei Chinas und Vorsitzenden der Zentralen Militärkommission gewählt. Im chinesischen politischen System, in dem die Partei und nicht der Staat entscheidet, sind dies die entscheidenden Rollen für die Macht. Im März 2013 folgte dann im Rahmen des Nationalen Volkskongresses die Ernennung zum Präsidenten der Volksrepublik und die Bestätigung als Oberbefehlshaber über die Streitkräfte durch den Volkskongress.

Alle drei Ämter an der Spitze von Partei und Staat de facto gleichzeitig übertragen zu bekommen war keine Selbstverständlichkeit: Deng Xiaoping, oft verkürzt als Vorgänger Xis beschrieben, weil er die Geschicke Chinas über ein Jahrzehnt lenkte, hatte zu keinem Zeitpunkt alle diese Ämter inne; Jiang Zemin, ein tatsächlich auch formeller Vorgänger an der Spitze Chinas, war ab 1989 die ersten vier Jahre lang Generalsekretär, ohne Staatschef zu sein; Hu Jintao wurde zwar im Rhythmus des politischen Kalenders Ende 2002 Partei- und dann im März 2003 Staatschef, aber er musste noch zwei Jahre auf die Übernahme der vollständigen Befehlsgewalt über die Volksbefreiungsarmee warten, die Jiang bis März 2005 behielt.

Zum Beginn seiner ersten Amtszeit wurde Xi von vielen als reformorientierter Pragmatiker gesehen. Jemand, der ein neues Auftreten mit sich brachte, weniger Apparatschik, mehr Staatsmann. Früh in seiner ersten Amtszeit reiste Xi im März 2014 nach Deutschland. Er hielt eine Rede auf Einladung der privaten Hamburger Körber-Stiftung in Berlin. Im Anschluss hatte er sich sogar bereit erklärt, dem Vorstandsmitglied der Stiftung, Klaus Wehmeier, im Gespräch einige Fragen zu beantworten – vorher zumindest nicht im Wortlaut abgestimmt, alles fast spontan. Noch nie zuvor hatte sich ein chinesischer Präsident in Europa zu einem solchen Format bereit erklärt.

Altbundespräsident Richard von Weizsäcker, der enge Verbindungen zur Körber-Stiftung pflegte, hatte die Einladung an Xi persönlich unterstützt und gemeinsam mit Altkanzler Helmut Schmidt auch an einem kurzen Vorgespräch mit dem Präsidenten teilgenommen. Xi hatte dies gewünscht, sah er sich doch gern in der Gesellschaft echter Staatsmänner und hatte großen Respekt für beide – vor allem für Schmidt. Weizsäcker, der Präsident der Wiedervereinigung, der 1990 als einer der ersten europäischen Staatschefs den Dalai Lama offiziell empfing, hatte dabei das deutlich kritischere Profil. Schmidt hingegen, der alle kommunistischen Regierungschefs seit Mao persönlich getroffen hatte und der erste deutsche Kanzler war, der 1975 nach China reiste, hatte sich viele Jahre – aus Prinzip und ganz bewusst ohne große Kritik an der chinesischen Innenpolitik oder Menschenrechtslage – um die Beziehungen zu China verdient gemacht. Schmidt, der Volkswirt, sah früh die ökonomischen Möglichkeiten, die in Fernost auf deutsche Konzerne warteten. Die Hamburg-China-Achse ist bis heute eine besondere Verbindung geblieben.

Xi reiste in Begleitung seiner Ehefrau Peng Liyuan, die wie so oft stilsicher in chinesischem Designer-Outfit gekleidet war und selbstbewusst lächelte, als sie die Herren der traditionsreichen Stiftung begrüßte. Charmant und gewinnend. Xi betrat den Raum und hatte eine ganz besondere Ausstrahlung. Dies war nicht irgendein Staatschef, das war allen Beteiligten klar. Es war nicht die Sicherheitsstufe, die im Berliner InterContinental Hotel kaum hätte höher sein können, aber sich nun auch nicht groß vom Aufwand unterschied, der für den israelischen Premierminister gemacht werden würde. Es war auch nicht die Art der Gäste, die sich an diesem für einen Berliner Politikevent eigentlich ungünstigen Freitagnachmittag zusammengefunden hatte – Abgeordnete des Bundestages, hochrangige Mitglieder der Regierung, Botschafter:innen, Vorstandsvertreter:innen der deutschen Industrie. Es war eindeutig mehr. Hier stellte sich China einem deutschen Publikum in neuem Gewand vor – mächtig und selbstsicher, auch was die eigene Politik anging. Xi sprach von friedlicher Entwicklung, von Chinas Aufstieg und der Freundschaft mit Deutschland. Als er auf die Frage der Rechtsstaatlichkeit angesprochen wurde, erwähnte er die Reform des Arbeitslagersystems so selbstbewusst, dass der Übersetzer den Kommentar aus Versehen überging, war dies doch eigentlich ein hochsensibles Thema. Xi hatte jedoch keinerlei Angst.

Die Rede, die später Eingang in Xis erstes Kompendium seiner gesammelten Werke mit dem Titel *China regieren* fand, das an Besucher:innen und als Gastgeschenk reisender Delegationen immer wieder verteilt wurde, war damals ein kleiner Coup. Der Vorsitzende der Kommunistischen Partei Chinas, Staatspräsident der zweitgrößten Volkswirtschaft der Welt und Oberbefehlshaber über eine der künftig mächtigsten Armeen, plauderte locker auf der Bühne mit dem Vertreter einer privaten deutschen Stiftung, vor laufenden Kameras mit Livestream online – das war alles neu und hinterließ Eindruck.

Xis Besuch fand gerade einmal zehn Tage nach der russischen Annexion der Krim 2014 statt. Die chinesische Enthaltung bei der Resolution in der Generalversammlung der Vereinten Nationen wurde damals als klare Distanzierung Xis von Putin gewertet. Die Zeichen standen gut für die deutsch-chinesische Zukunft. Mit Xi würde man arbeiten können. Er sprach von Chinas Traum, aber man war sich sicher, er würde dabei auch ein paar deutsche Träume wahr werden lassen.

Knapp über zehn Jahre später steht Xi Jinping am Anfang seiner dritten Amtszeit an der Spitze von Partei und Staat. Und er hält nicht nur die drei Elemente der Macht über die Partei, den Staat und das Militär fest in der Hand. Im Innern Chinas hat er die Kontrolle und die Macht der Partei über die Wirtschaft und Gesellschaft ausgebaut, nach außen Chinas Einfluss und Sichtbarkeit massiv vergrößert. Der Ton gegenüber den USA und ihren Partnern ist rau geworden, über der Welt schwebt nicht nur das Gespenst eines erneuten Kalten Krieges, sondern die echte Angst vor einer militärischen Auseinandersetzung. Was ist passiert? Wie konnte die Lage in den letzten zehn Jahren so massiv eskalieren? Warum ist es nicht so gekommen, wie man es sich im Westen gewünscht, ja eigentlich eher schon, wie man es fest geplant hatte? Warum ist inzwischen das Verhältnis zwischen China und der Europäischen Union auf nahe null abgekühlt? Und wer trägt die Verantwortung für all die geplatzten Träume? Die USA? Europa? Oder doch China selbst?

Wie so oft gibt es leider keine einfache Erklärung. Politische Entwicklungen entstehen immer in einem größeren Kontext. Innenpolitik ist überall auf der Welt wichtig und findet dennoch nirgendwo in Isolation vom internationalen Geschehen statt. Vieles hat sich gegenseitig bedingt, und einige Abzweigungen wurden mehr oder weniger ungezielt genommen. Was man aber festhalten kann: Etwas ist anders im China Xi Jinpings, und das ist beunruhigend und bisweilen zutiefst verstörend. Aber ist es wirklich neu? Oder ist es eine Rückkehr zum Naturzustand autoritärer Führung im China der Kommunistischen Partei?

Die kommunistische Führung setzt auf wirtschaftliche Dominanz

Parteitage der Kommunistischen Partei Chinas sind ein ganz besonderes Spektakel. Nur alle fünf Jahre im Herbst finden sie statt und bringen mehr als 2000 Delegierte zusammen. Hier wird nicht nur die Führung bestimmt, sondern auch das politische Programm für die nächsten Jahre abgesegnet und die Programmatik der Partei weiterentwickelt. Doch vor allem ist es eine strikt choreografierte Show: In der Großen Halle des Volkes in Peking leuchten die roten Teppiche, Spruchbänder und Fahnen, in der Mitte über dem Podium prangen Hammer und Sichel auf goldgelbem Hintergrund. In den Reihen rote Krawatten, die eine oder andere Uniform der Volksbefreiungsarmee und auf den Tischen vor den Delegierten mit einem Deckel verschlossene Becher aus Porzellan gefüllt mit Tee.

Vor etwas mehr als zehn Jahren, als Xi Jinping das Amt als Parteivorsitzender von seinem Vorgänger Hu Jintao übernahm, war das internationale Interesse an diesen Veranstaltungen noch überschaubar. Die Veränderungen unter Xi führten dazu, dass sein erster Parteitag als Vorsitzender fünf Jahre nach Amtsübernahme bereits ein deutlich größeres Medienereignis im Westen wurde. Auch wenn

Xis legendäre dreieinhalbstündige Rede von 2017 nicht nur für die Augenlider und Blasen der Delegierten, sondern auch für westliche Journalist:innen eine Strapaze war – er untermauerte in epischer Breite seinen Führungsanspruch und unterstrich die Bedeutung von Kontrolle und die Maximen der Ideologie. Kontrolle, wie wir bereits gesehen haben, ist zentral, denn das totalitäre leninistische System hat kein Vertrauen zu Dingen, die es nicht kontrollieren kann.

Bei seinem zweiten Parteitag 2022 fasste sich Xi kürzer, wurde aber umso klarer. Sollten nach Ende der ersten fünf Jahre an der Spitze der Partei noch Zweifel bestanden haben, wie sehr er seine eigene Macht und die Rolle der Partei in der künftigen Entwicklung Chinas festschreiben wollte, bot der 20. Parteitag der Kommunistischen Partei Gelegenheit, den Plan für die Zukunft noch einmal in aller Deutlichkeit ausbuchstabiert zu bekommen. Zum Mitschreiben, Merken und Fürchten.

Der Mao-Stil der frühen Jahre ist optisch zwar meist dem klassischen schwarzen Businessanzug gewichen, aber die Methoden und die Rhetorik seiner Ära erleben ein echtes Revival. So wurde zum Beispiel Xis Vorgänger Hu vor laufenden Kameras aus dem Raum geführt, was zu zahlreichen Spekulationen über die Machtverteilung innerhalb der Partei unter den Beobachter:innen des Events führte. Hu repräsentierte eine einst mächtige Gruppierung innerhalb der Kommunistischen Partei, die Gruppe um diejenigen Parteikader, die durch die Kommunistische Jugendliga zur Macht gekommen sind und nicht wie zum Beispiel die sogenannten Prinzlinge, die Abkommen der Kommunisten der ersten Stunde um Mao (wie z. B. Xi Jinpings Vater), ihren Führungsanspruch untermauern. Hu Jintaos Abgang und die neue Besetzung des Politbüros, die der Jugendliga keinen Platz mehr einräumte, wurde als Symbol für die Bedeutungslosigkeit dieser Parteigruppierung seit der Machtübernahme Xis gewertet. Die genauen Gründe für die öffentliche Entfernung Hus aus dem Raum sind allerdings bis heute unklar. Jenseits sichtbarer Botschaften wie Hus Abgang sind unter Xi aber vor allem Wörter zu hören, die in den großen Reden seiner Vorgänger weniger stark betont wurden. Ein echtes Comeback erlebt die Idee des »Kampfes«, wobei die Übersetzung ins Englische als *struggle* den Wesenskern des chinesischen Begriffes besser trifft. Es ist ein Ringen gemeint, vor allem mit sich selbst, eine Überwindung der eigenen Schwäche mit dem Ziel der Verbesserung der eigenen Position, das Durchschreiten einer harten und schmerzvollen Phase, um danach von größerem Glück belohnt zu werden. Sowohl für die Außenpolitik Chinas als auch für die Wirtschaftspolitik hat dieser Begriff inzwischen eine enorme Bedeutung. Er gibt allen, die außerhalb Chinas versuchen wollen, das Handeln der chinesischen Führung zu verstehen, eine Interpretationshilfe an die Hand. Er macht deutlich, wie Xi auf die Welt blickt. Eine Welt, in der weite Teile China feindlich gesinnt sind. Eine Welt, deren Ordnung die USA und ihre Alliierten strukturell bevorzugt. Eine Welt, die fundamental umgestaltet werden muss, um dem Machtanspruch der Kommunistischen Partei und der nationalen Sicherheit Chinas gerecht zu werden.

Schon Mao hatte sich dem Kampf verschrieben, und Xi schien genau diesen Geist heraufbeschwören zu wollen, als er wenige Tage nach dem 20. Parteitag den Ständigen Ausschuss des Politbüros, sein siebenköpfiges Team der Topkader, das die Geschicke der Partei und des Landes in allen Fragen vom Management der Provinzen bis zur Finanzpolitik oder militärischen Fragen lenkt, nach Yan'an brachte. 1935 war dieser Ort in der Provinz Shaanxi, im Norden Zentralchinas, das Ziel von Maos *Langem Marsch* gewesen und wurde damit zunächst zur zentralen Heimat der Kommunistischen Partei. Von hier aus kämpften sie gegen japanische Besatzungstruppen und im Bürgerkrieg gegen die Nationalchinesen. Yan'an steht für die Reinheit der politischen Ideologie und für harte Arbeit, die Früchte trägt. Selbst militärische Belagerung und wirtschaftliche Blockade konnten Mao der Geschichtserzählung der Partei zufolge nicht aufhalten. Das Überleben der Partei und der anschließende Siegeszug waren nur aufgrund des Kampfgeistes und des hohen Maßes an Autarkie erfolgreich. Referenzen hierzu werden auch heute noch in Propagandafilmen im chinesischen Fernsehen gezogen, was natürlich zur Legendenbildung beitragen soll.[6]

Ein zweites Element des »Kampfes« findet sich in der starken Betonung, die Xi auf den Nationalismus setzt. China muss stark sein, um sich gegenüber ausländischen Mächten zu behaupten, die immer im Verdacht stehen, Chinas Aufstieg einhegen zu wollen und die Stabilität Chinas zu unterminieren. In Anlehnung an die frühe ideologische Positionierung Maos und in Abkehr von der seit Deng Xiaoping dominanten Reform- und Öffnungsagenda stehen für Xi also Sicherheit und Kontrolle im Vordergrund. Dazu gehören die Abkehr und Ablehnung des Westens, die Hinwendung zu wirtschaftlicher und technologischer Autarkie und die Logik des Kampfes der Systeme. Und auch wenn die Welt heute eine andere ist, stehen dieser Rückgriff auf den Gründungsmythos der Kommunistischen Partei, dieser Besuch in Yan'an 2022, auch symbolisch für Xis Antwort auf die aktuelle Welt voller Risiken und geopolitischer Spannungen: China soll unabhängiger von der Welt werden und die Welt abhängiger von China, dies maximiert die nationale Sicherheit – und die Chancen für die Kommunistische Partei, den Beweis ihrer unerschütterlichen Dauerhaftigkeit anzutreten.

Ronen Steinke
Verfassungsschutz. Wie der Geheimdienst Politik macht

Gestatten: Ein Geheimdienst gegen »Demokratie-Gefährder«

Agenten-Humor

Der Inlandsgeheimdienst in Deutschland ist föderal aufgebaut, es gibt ihn im Bund und in den Ländern. Seine Zentrale befindet sich in Köln-Chorweiler: Eine riesige Betonburg auf einer grünen Wiese bildet das Hauptgebäude des Bundesamtes für Verfassungsschutz. Innen besitzt der Bau den Charme einer 1970er-Jahre-Gesamtschule. Trübes Glas, Türen aus Metall, farbig lackierte Geländer. Am Eingang stehen Schließfächer. Handys muss man als Besucher einschließen, bevor man hineingeht, das gilt auch für die Agentinnen und Agenten, von denen hier knapp 4000 angestellt sind.

Wenn sie nicht gerade inkognito draußen unterwegs sind, arbeiten die meisten von ihnen am Computer. Auf ihren Schreibtischen stehen jeweils zwei Telefone. Nur mit dem schwarzen, kryptierten dürfen heikle Dinge besprochen werden, für alles andere gibt es das weiße. Und wenn man als Besucher dann zum Chef hinauf möchte, zum Meister der Spione, intern »P« genannt, dann führt der Weg durch einen langen Gang, vorbei an gerahmten Schwarz-Weiß-Bildern seiner Vorgänger. Hubert Schrübbers hängt da zum Beispiel, ein ehemaliger NS-Staatsanwalt und Mitglied von Hitlers Schlägertruppe SA. Und am Ende der Reihe Hans-Georg Maaßen.

Das Bundesamt für Verfassungsschutz besitzt außerdem noch ein paar Kasernengebäude im Berliner Stadtteil Treptow, verschanzt hinter hohen Metallzäunen – und eine große Anzahl an Büros im ganzen Land, denen man gar nicht ansieht, dass dort der Geheimdienst sitzt. Bei vielen stehen irgendwelche bürokratischen Tarnnamen an der Klingel. »Bundesanstalt für Immobilienaufgaben«. »Bundesservice Telekommunikation«. Andere sind als Software-Klitschen kostümiert, so war es bei der Firma »TeFor-System« in der Erfurter Häßlerstraße.

Als diese Verfassungsschutz-Tarnfirma im Jahr 2014 aufflog, lobte eine entzückte Linken-Politikerin aus dem Landtag einen Wettbewerb aus. Wer herausbekomme, wo der Verfassungsschutz seine nächste sogenannte Außenstelle betreibe, der gewinne ein 007-Einsteigerset mit Richtmikrofon und den Memoiren des einstigen Thüringer Verfassungsschutz-Chefs Helmut Roewer, der mittlerweile als Autor für rechtsradikale Verlage unterwegs ist.

Bei manchen steht auch gar nichts an der Klingel. Man fährt dann mit dem Aufzug hinauf, im ersten und zweiten Stock passiert man Firmenschilder, im vierten Stock fehlt plötzlich jegliche Beschilderung, alles ist weiß. Aber die Tür ist mit einer Videokamera und einem Iris-Scanner gesichert. Voilà, nach innen öffnet sich eine spezielle Schleuse, man wird begrüßt von einer Deutschland- und einer Europaflagge, die in der Ecke stehen. Von einem Bild an der Wand lächelt der Bundespräsident herab.

Rundherum gibt es noch die 16 Landesämter für Verfassungsschutz, verstreut über die ganze Republik, Stützpunkte für mehr als 3700 weitere Agentinnen und Agenten. Manche sitzen einfach mit unter dem Dach eines Landesinnenministeriums. Im Land Berlin belegen die Agenten sogar die oberste Etage, hier sitzt der Geheimdienstchef noch über der Innensenatorin, allerdings in einem wesentlich kargeren Büro. In anderen Landeshauptstädten sind sie in gesichtslose Bauten an der Peripherie verbannt, umgeben von einem hohen Zaun, Videokameras, vor ihnen ein Parkplatz, unter ihnen eine geheimnisvolle Kelleretage voller Technik.

Im sächsischen Dresden, wo böse Zungen behaupten, die Sicherheitsbehörden würden rechtsradikale Gruppen manchmal nachsichtig betrachten, steht das Gebäude des Verfassungsschutzes auf einem weitläufigen Areal der Polizei. Wer dort hineinwill, wird von privaten Security-Leuten gemustert. Einer von ihnen, so stellte sich im Frühjahr 2022 heraus, war im bürgerlichen Leben ein langjähriger NPD-Politiker gewesen, Hartmut Krien. Kurz zuvor hatte er noch im Dresdner Stadtrat gesessen. Die Verfassungsschutz-Agenten, die sich mit so etwas auskennen sollten, hatten das einfach nicht bemerkt. Oder jedenfalls hatten sie niemandem etwas davon gesagt.

Als im Herbst 2018 in Chemnitz ein Solidaritätskonzert gegen Rassismus unter dem Titel *#wirsindmehr* stattfand, waren die sächsischen Verfassungsschützer indes aufmerksamer. 60 000 Menschen nahmen damals teil, die »Toten Hosen« spielten kostenlos, die Punkband »Feine Sahne Fischfilet« auch. Sachsens Geheimdienstler prangerten die Veranstaltung in ihrem öffentlichen Jahresbericht als ein Event des Linksextremismus an, wovor man nur warnen könne.

Mal ist der Dienst beeindruckend groß, mal nur ganz klein. In München ist das Landesamt für Verfassungsschutz eine Art Festung mit wuchtigen Mauern, Kameras und grimmig dreinblickenden Pförtnern. Es ist eines der größten Landesämter überhaupt, unter den Agentinnen und Agenten sind Cyberspezialisten, Islamwissenschaftlerinnen, Sprachexperten, Psychologinnen. In einem anderen Bundesland ist es nur eine winzige Truppe, bloß ein paar Dutzend Beamte. Sie passen in ein paar schmale Büroflure, die das Land in den Eingeweiden eines Flughafens angemietet hat, zwischen Reiseveranstaltern und Mietwagenfirmen.

Im thüringischen Erfurt hat das achtstöckige Gebäude, dessen obere fünf Etagen das Landesamt für Verfassungsschutz beherbergen, schon Patina angesetzt. Die Teppiche sind abgewetzt, an den Bürotüren hängen hier und da Zeitungsausschnitte, die schon ausgefranst und vergilbt sind. Darunter befindet sich auch eine Fotomontage, soll wohl witzig sein. Man sieht zwei schielende Jugendliche mit Zahnlücken. Darüber steht: »Du hast nichts gelernt? Du hast keine Ahnung? Dann willkommen bei der Antifa.«

Büro-Humor. Willkommen bei den Spionen, die etwas dürfen, was sonst niemand darf in Deutschland: Sie dürfen Bürgerinnen und Bürger ausforschen, selbst dann, wenn diese gegen kein einziges Gesetz verstoßen haben. Die Verfassungsschützer, die im Auftrag der Bundesregierung und der 16 Landesregierungen innerhalb Deutschlands nach bestimmten politischen »Bestrebungen« spionieren dürfen, betreiben nicht bloß einen großen, sorgsam verborgenen Lauschapparat, also ein Netz aus V-Leuten, Online-Fake-Accounts, Hackern. Sie tun noch mehr als das. Sie greifen auch aktiv ein, ausdrücklich mit dem Ziel, die politische Dynamik im Inland zu verändern. Und zwar stärker, als die meisten Bürgerinnen und Bürger ahnen.

Die Idee von 1949: Ein Geheimdienst, strikt getrennt von der Polizei

Polizisten mit Uniform, Handschellen, Pistolen am Gürtel gab es in den drei westdeutschen Besatzungszonen schon, als die alliierten Besatzungsmächte im Frühjahr 1949 beschlossen, parallel zu ihnen noch eine zweite, andere Form von Sicherheitsbehörde zuzulassen. Die Alliierten teilten diese Entscheidung per Brief mit. Diesen Brief schickten sie am 14. April 1949 an die Väter und Mütter des Grundgesetzes. Die berieten gerade im Parlamentarischen Rat in Bonn. In dem Brief schrieben die Alliierten, dass sie den Deutschen gestatten wollten, »eine Stelle zur Sammlung und Verbreitung von Auskünften über umstürzlerische, gegen die Bundesregierung gerichtete Tätigkeiten einzurichten«.

Die Alliierten Hohen Kommissare, das heißt die Vertreter der USA, Großbritanniens und Frankreichs, die vom Bonner Petersberg aus über die westdeutsche Politik wachten, wollten eine starke Abwehr gegen Kommunisten wie Faschisten gleichermaßen installieren. Ihre Sorge war: Schon der kleinste Versuch eines Staatsstreichs, egal ob von rechts oder links, könnte der Sowjetunion als Vorwand für einen militärischen Einmarsch in die Bonner Republik dienen. Die Hohen Kommissare meinten, man müsse so wachsam sein wie nur möglich. Man brauche einen Geheimdienst, der sehr genau hinhöre, was da geflüstert werde in der Bevölkerung.

Aber ihnen war von Beginn an auch klar, wie leicht ein politischer Geheimdienst von der jeweiligen Regierung missbraucht werden könnte. Die Alliierten – und viele Deutsche – hatten noch das furchterregende Beispiel der Gestapo vor Augen, der »Geheimen Staatspolizei« der Nazis. Die hatte so hart zugepackt wie eine Polizei, oft sogar viel härter – interessierte sich dabei aber gar nicht dafür, ob Menschen irgendwelche Straftaten begangen hatten, sondern allein dafür, ob jemand Kommunist oder auf andere Weise Regierungsgegner war.

Deshalb machten die Alliierten eine sehr klare Vorgabe. Schon 1946 hatten sie mit ihrem Kontrollratsgesetz Nummer 31 explizit »alle deutschen Polizeibüros und -agenturen, die die Überwachung und Kontrolle der politischen Betätigung von Personen zum Zweck« hatten, verboten. Dabei sollte es auch unbedingt bleiben. Die Polizei sollte die Bevölkerung nicht mehr einer politischen Überwachung unterziehen. Das wäre Gift für eine Demokratie. Und so schrieben die Alliierten nun in ihrem Brief an die Väter und Mütter des Grundgesetzes, adressiert an den Präsidenten des Parlamentarischen Rates, Konrad Adenauer, dass der künftige neue Geheimdienst gegen »Umstürzler« unbedingt eine wichtige Bedingung erfüllen müsse: »Diese Stelle soll keine Polizeibefugnisse haben.«

So ist es bis heute. Das ist der große Unterschied zwischen dem Verfassungsschutz und der Polizei: Die Verfassungsschutz-Agentinnen und -Agenten, die die Bevölkerung politisch scannen, dürfen etwas anderes nicht: Sie verhaften niemanden, sie haben keine »Exekutivbefugnisse«, wie es in der Fachsprache heißt. Sie tragen keine Uniform, keine Handschellen, keine Pistolen. Die gesetzliche Vorgabe ist: Sie sollen nur lauschen, möglichst unauffällig, sich Notizen machen. Ihre Aufgabe ist die »Sammlung und Auswertung von Informationen« über »Bestrebungen, die gegen die freiheitliche demokratische Grundordnung« gerichtet sind. So steht es heute in Paragraf 3 des Bundesverfassungsschutzgesetzes. Ziel ist nicht die operative Gefahrenabwehr, sondern die politische Information: So hat das Bundesverfassungsgericht diese Mission einmal zusammengefasst.[1]

Den Agentinnen und Agenten ist dabei etwas gestattet, was die Polizei in einer Demokratie niemals dürfte: Sie dürfen politische Aktivisten überwachen, selbst wenn diese sich an alle Gesetze halten. Sie sind ein Politik-Beobachtungs-Geheimdienst. Sie beobachten Menschen, die erst einmal nur von ihrem politischen Grundrecht auf Meinungsfreiheit Gebrauch machen, und zwar in den meisten Fällen auf vollkommen legale Weise – indem sie etwa Flugblätter drucken lassen oder Demonstrationen anmelden. Das brisante Geheimwissen, das die Agenten auf diese Weise zusammentragen, sollen sie dann ihrer Regierung zuflüstern. Im Juristendeutsch: Sie sollen die Regierung »unterrichten«.

Von der Polizei müssen diese Agentinnen und Agenten strikt Abstand halten. Das war den Alliierten im Jahr 1949 wichtig, und der Grund dafür leuchtet auch bis heute ein. Ein Politik-Beobachtungs-Geheimdienst, der Bürgerinnen und Bürger bei deren legalen Aktivitäten – sei es als Stadtrat der legalen Partei NPD oder als Besucher eines legalen Konzerts der Band »Feine Sahne Fischfilet« – überwacht, ein solcher Politik-Beobachtungs-Geheimdienst sollte niemals direkt der Polizei ins Ohr flüstern dürfen: Guckt euch mal diesen politisch unliebsamen Bürger ganz besonders gründlich an. Oder auch: Rechtlich haben wir gegen diese Bürgerin zwar nichts in der Hand, aber sie bräuchte trotzdem mal einen dezenten Schuss vor den Bug.

Um solchen Versuchungen aufseiten der Sicherheitsbehörden vorzubeugen, müssen ein Politik-Beobachtungs-Geheimdienst und eine Polizei sauber getrennt bleiben. Das ist ein wichtiges Prinzip. Verfassungsrechtlich spricht man vom »Trennungsgebot«. So steht es heute im Verfassungsschutzgesetz des Bundes, Paragraf 2: »Das Bundesamt für Verfassungsschutz darf einer polizeilichen Dienststelle nicht angegliedert werden.« Sowie in Paragraf 8: »Polizeiliche Befugnisse oder Weisungsbefugnisse stehen dem Bundesamt für Verfassungsschutz nicht zu; es darf die Polizei auch nicht im Wege der Amtshilfe um Maßnahmen ersuchen, zu denen es selbst nicht befugt ist.«

Die Polizei darf sich grundsätzlich nicht dafür interessieren, welche Partei ein Bürger favorisiert, welche Zeitschriften er abonniert, für welche politischen Anliegen er eintritt, für welche Bürgerinitiative er sich engagiert. Sie darf nur darauf schauen, ob der Mensch sich an die Gesetze hält. Das ist alles. Das ist der Anspruch, den man an eine rechtsstaatlich begrenzt agierende Polizei in einer Demokratie haben muss. Das unterscheidet die Polizei fundamental von der großen Freiheit, die der Politik-Beobachtungs-Geheimdienst genießt.

Dessen Agentinnen und Agenten sind, genau wie Polizistinnen und Polizisten, Beamte. Sie werden genauso bezahlt. Aber sie werden anders ausgebildet. Sie besuchen keine Polizeischule, sie erleben auch keine feierliche Vereidigung auf das Grundgesetz mit Blaskapelle und Fotos fürs Erinnerungsalbum. Der Verfassungsschutz rekrutiert seine Mitarbeitenden diskret, gern von Universitäten, und er schickt sie gern auch auf eigens eingerichtete Spionageschulen. Eine von ihnen befindet sich in einem alten Gebäude, umgeben von Wäldern im kleinen Ort Heimerzheim, 45 Kilometer von Köln entfernt. Es ist eine Art Agenten-Internat, die »Akademie für Verfassungsschutz«. An der Wand hängen Fotos von Abschlussjahrgängen, in den Klassenzimmern stehen die Tische in U-Form. Vor fast jedem Raum steht ein grauer Kasten – ein Aktenvernichter.

Der größte Verfassungsschutz, den es je gab

Von Jahr zu Jahr stellt die Bundesrepublik mehr Menschen beim Verfassungsschutz ein. Die genaue Zahl an Mitarbeitern lässt sich ziemlich genau rekonstruieren. Die Spur verläuft durch Dokumente, auf denen »VS-Vertraulich« oder gar »GEHEIM« steht. Der Beginn dieses rasanten Wachstums lässt sich auch ziemlich klar datieren: auf den 11. September 2001.

Die islamistischen Flugzeug-Attentäter, die an diesem Tag in den USA in die Türme des World Trade Center rasten, hatten zuvor in Hamburg-Harburg gelebt – in einer Wohngemeinschaft, ohne aufzufallen. Mit ihren mörderischen Anschlägen verband sich deshalb auch eine Blamage für die deutschen Sicherheitsbehörden. Im Haushaltsjahr 2002 erhielt das Bundesamt für Verfassungsschutz, das bis dahin nur 2199 Mitarbeitende beschäftigt hatte, auf einen Schlag 260 neue Planstellen. Die Zeit des Sparens war vorbei. Anders als in den 1990er-Jahren war von Stellenkürzungen nun nicht mehr die Rede. Es war symbolträchtig: In diesem Jahr wuchs der deutsche Inlandsgeheimdienst erstmals über die Größe hinaus, die er in der Hochphase des Kalten Krieges gehabt hatte.[2] Das war der Anfang.

Die Durchleuchtung der islamistischen Szene wurde nun zu einem großen Thema. Die Politik erwartete Insiderinformationen aus deutschen Moscheen, und zwar dringend. Im folgenden Jahr spendierten Bundesregierung und Bundestag noch einmal 146 weitere Planstellen für das Bundesamt für Verfassungsschutz, und so ging es nun weiter, Jahr für Jahr. 2007 kamen zusätzlich 43 Millionen Euro hinzu für eine neue »Anlage zur Telekommunikationsüberwachung« – Spionage-Hightech, die unter dem Projektnamen »Phoenix« eigens entwickelt wurde.

Am 4. November 2011 folgte der nächste große Einschnitt. Auch diesmal war es wieder eine tiefe Blamage, die die Sicherheitsbehörden erschüttert hatte. Im thüringischen Eisenach war an diesem Tag ein Wohnwagen in Flammen aufgegangen, angezündet von zwei Männern, die dann im Wagen Suizid begingen. Sie hießen Uwe

Böhnhardt und Uwe Mundlos. Mithilfe von CDs, die ihre Komplizin Beate Zschäpe an Medien verschickte, enttarnten sie sich als Mitglieder der Gruppe »Nationalsozialistischer Untergrund«, NSU – als rechtsextreme Mörder also, die mehr als ein Jahrzehnt lang tötend durchs Land gezogen waren, ohne dass die Sicherheitsbehörden dies gestoppt oder überhaupt öffentlich von Akten des Rechtsterrorismus gesprochen hätten.

Als Reaktion darauf gab es im Haushaltsjahr 2013 für das Bundesamt für Verfassungsschutz erneut deutlich mehr Geld als bisher, nämlich 19,5 Millionen Euro extra, unter anderem zur »Stärkung der Bekämpfung des Rechtsextremismus«, wie es in den offiziellen, aber vertraulichen Beschlüssen hieß.

So ging es nun weiter. Der Blick der Politik ist in diesen Jahren sehr oft in Richtung des Verfassungsschutzes gewandert, wann immer es neue Probleme gab, die Sicherheitspolitikern Sorgen bereiteten. Im Herbst 2015 kamen Hunderttausende Flüchtlinge in Deutschland an. Unter den insgesamt 1,3 Millionen Zuwanderern aus dem Nahen und Mittleren Osten, die bis 2020 gezählt wurden, befanden sich auch traumatisierte, frustrierte, radikalisierte. Dazu gehörte ein junger Tunesier namens Anis Amri, der am 19. Dezember 2016 einen Lastwagen in die Menschenmenge auf einem Berliner Weihnachtsmarkt steuerte. Oder auch der Mann, der am 18. Juli 2016 in einem Regionalzug bei Würzburg mit einer Axt losschlug. Oder der Attentäter, der am 24. Juli 2016 in Ansbach auf einem Weinfest einen Sprengsatz zündete.

Vier von acht islamistischen Anschlägen in Deutschland zwischen 2015 und 2020 wurden von Menschen begangen, die zuvor einen Asylantrag gestellt hatten. Drei von drei Bombenbastlern in dieser Zeit waren Syrer. Schon zu Beginn dieser Entwicklung, im Haushaltsjahr 2016, erhielt das Bundesamt für Verfassungsschutz einen großen Schwung von 470 zusätzlichen Planstellen, sein Etat wurde um weitere 29,8 Millionen Euro erhöht.

Für das Haushaltsjahr 2017 wurde der Etat des Bundesamts für Verfassungsschutz so kräftig erhöht wie lange nicht, um ganze 34 Prozent auf einmal, auf nun knapp 349 Millionen Euro. Das Bundesamt erhielt zudem weitere 560 neue Planstellen, so viele wie noch nie in einem einzelnen Jahr.

In dem Jahr kamen dann noch die sogenannten Reichsbürger hinzu. Diese Gruppe hatte man bis dahin kaum ernst genommen in Deutschland. Als aber im fränkischen Georgensgmünd ein 49 Jahre alter Bewohner, der über seinem Grundstück eine selbst gestaltete Flagge mit altertümlichem Wappen gehisst hatte, am 19. Oktober 2016 einen Polizisten erschoss, der ihm die Waffen abnehmen sollte, waren Politiker verblüfft, dass ihr Inlandsgeheimdienst ihnen kaum etwas sagen konnte über dieses so bizarre Milieu. Es war eine ideologische Parallelwelt, in die sich Menschen zu flüchten schienen, die sich in die Enge getrieben fühlten.

»Je mehr Arbeitslose es in einer Region gibt, desto mehr Könige.« So hat es mir damals ein bayerischer Verfassungsschützer lakonisch erläutert. Viele der Verfassungsschutz-Agenten, vorneweg der Bundesamt-Chef Hans-Georg Maaßen, hatten eigentlich wenig Lust, dieses Milieu ins Visier zu nehmen, das sich selbst Pässe für skurrile Fantasiestaaten druckte und die Bundesrepublik als »Besatzungsregime« ablehnte. Sie wiegelten auch in der Öffentlichkeit zunächst ab. Aber die Regierung bestand darauf.

Damit war das Wachstum der Aufgaben noch nicht zu Ende, es kam nun erst richtig in Gang. Der SPD-Chef Sigmar Gabriel war im Jahr 2016 einer der ersten Politiker, der forderte, man solle den Verfassungsschutz auch auf die 2013 gegründete AfD ansetzen. Ihm folgten mit derselben Forderung der CDU-Innenminister von Baden-Württemberg, Thomas Strobl, und die Grünen-Politikerin Annalena Baerbock. Unter den Geheimdienstlern selbst überwog lange Skepsis: Die AfD-Leute, das seien doch vor allem enttäuschte CDUler, sagte mir damals ein ostdeutscher Verfassungsschutz-Chef. Die könne man zurückgewinnen.

Aber Regierung und Parlament drängelten weiter, das Thema Rechtspopulismus trieb sie um, im Haushaltsjahr 2018 erhielt das Bundesamt für Verfassungsschutz 370 zusätzliche Planstellen und erneut eine Erhöhung des Budgets um zwölf Prozent. Es war die Zeit der chaotischen Präsidentschaft des Rechtspopulisten Donald Trump in den USA, von Desinformation und Hacker-Attacken aus dem Ausland. Die Sorge vor einer Ansteckung auch diesseits des Atlantiks trieb viele Menschen um.

»Demokratien sterben mit einem Knall oder mit einem Wimmern«, so formulierten es die beiden Harvard-Professoren Steven Levitsky und Daniel Ziblatt in ihrer Untersuchung *Wie Demokratien sterben*, die im Jahr 2018 auch in Deutschland viel gelesen wurde. »Der Knall, das oft gewaltsame Ende einer Demokratie durch einen Putsch, einen Krieg oder eine Revolution, ist spektakulär. Doch das Dahinsiechen einer Demokratie, das Sterben mit einem Wimmern, ist alltäglicher – und gefährlicher, weil viele Bürger erst aufwachen, wenn es zu spät ist.«[3]

Im Haushaltsjahr 2019 erhielt das Bundesamt für Verfassungsschutz noch einmal acht Prozent mehr Budget – und 2020 obendrein 355 zusätzliche Planstellen. Als sich bald darauf eine neue Welle von Protesten gegen die Maßnahmen der Regierung zur Eindämmung der Corona-Pandemie erhob, fiel der Blick beinahe schon automatisch auch wieder auf den Politik-Beobachtungs-Geheimdienst.

Der Hamburger Verfassungsschutz-Chef Torsten Voß, der ein Parteibuch der schleswig-holsteinischen CDU besitzt, bremste anfangs zwar vorsichtig: Die Corona-Protestler, die sich die Welt mit allerlei Verschwörungserzählungen erklärten, »kann man nicht so einfach in eine Schublade stecken«.[4] Im Kern kenne man das Milieu aber schon, fügte sein damaliger nordrhein-westfälischer Kollege Burkhard Freier, SPD, hinzu. Schon 2010 sei man auf diese Klientel aufmerksam geworden, die sich »weder rechts noch links« einsortieren lasse, die dem Staat insgesamt aber alles Üble zutraue. Zunächst habe man »Wutbürger« zu ihnen gesagt, im Zusammenhang mit der Flüchtlingspolitik sei das dann immer stärker geworden.[5]

Im Jahr 2021 begann der Verfassungsschutz mit der Beobachtung der sogenannten Querdenker-Bewegung, des verschwörungsideologischen Milieus. Man hat einen neuen bürokratischen Begriff dafür erfinden müssen. Neben Rechtsextremismus und Linksextremismus, abgekürzt als »REX« und »LIX«, beobachtet der Verfassungsschutz nun neuerdings auch die »Delegitimation des Staates«, kurz »DEL«. Die Folge: Im Haushaltsjahr 2021 erhielt das Bundesamt für Verfassungsschutz abermals 350 zusätzliche Planstellen.

So wächst und wächst der Inlandsgeheimdienst in immer neue Dimensionen. Und damit ist die Entwicklung noch nicht am Ende, es gibt noch weitere Wünsche aus der Politik. Schon im Jahr 2019 schlug der damalige Berliner Innensenator, der Sozialdemokrat Andreas Geisel, vor, auch die internationale Bewegung zum Boykott Israels – »Boykott, Desinvestition, Sanktionen«, kurz BDS – durch den Verfassungsschutz beobachten zu lassen. Die Bewegung sei im Kern antisemitisch, argumentierte er, daher sei es wichtig, »dass sich die deutschen Verfassungsschutzbehörden stärker mit dem BDS und seinen antiisraelischen Positionen auseinandersetzen sollten«.[6] Andere Landesämter sind bislang skeptisch.

In den Sicherheitsbehörden läuft auch schon eine Diskussion darüber, ob man nicht auch Ditib, den größten Moscheeverband in Deutschland, geheimdienstlich beobachten sollte. Nach dem gescheiterten Putsch in der Türkei im Sommer 2016 sollen einige von dessen Imamen in Deutschland gegen Gegner der türkischen Regierung gespitzelt haben. In einigen Bundesländern ist auch Scientology, eine Sekte, bereits ein Beobachtungsobjekt für den Verfassungsschutz, in anderen sind es radikale Islamfeinde oder Klimagruppen.

So sagt der nordrhein-westfälische Innenminister Herbert Reul mit Blick auf Klimaaktivisten: »Ich glaube, dass ein tiefenscharfer Blick nur erreicht wird, wenn unsere Sicherheitsbehörden das ganze Umfeld von politischer Gewalt betrachten. Den politischen Nährboden, die sogenannte Sympathisantenszene. Auch wenn die Leute dort nicht selbst kriminell werden.«[7]

Und so weiter, und so weiter. Die Erwartung, dass gegen Protestbewegungen oder auch andere gesellschaftliche Entwicklungen, die politisch auf Missfallen stoßen, der Inlandsgeheimdienst ausrückt, ist immer häufiger zu hören. Und sie führt zu einem Zwischenstand, der zugleich ein historischer Höchststand ist:

Das Personal des Bundesamts für Verfassungsschutz hat sich innerhalb der vergangenen zwanzig Jahre knapp verdoppelt. Zum Stichtag 1. Juni 2022 waren dort 3979 hauptamtliche Mitarbeitende angestellt. Zugleich hat sich das Budget dieses Geheimdienstes innerhalb desselben Zeitraums sogar verdreifacht. Im Haushaltsjahr 2023 erhielt das Bundesamt die Gesamtsumme von 496,5 Millionen Euro aus dem Bundesetat.

Der Schülersprecher Niema

Am Elsa-Brandström-Gymnasium in Oberhausen im Ruhrgebiet gab es im Jahr 2004 einen engagierten Abiturienten. Einen, der sich neben dem Amt als Sprecher der Jahrgangsstufe und den Leistungskursen Geschichte und Biologie auch noch über die Schule hinaus für allerlei Themen einsetzte: gegen die Wehrpflicht; für eine »Schule für alle«; gegen Auslandseinsätze der Bundeswehr; für die Legalisierung von Cannabis.

Kurz vor seinem Abitur schrieb dieser Schüler, sein Name ist Niema Movassat, geboren in Wuppertal, einen Brief an das Landesamt für Verfassungsschutz. Er stellte einen Antrag. Er bat darum, zu erfahren, was der Inlandsgeheimdienst über ihn gespeichert habe. »Ich wusste schon, dass ich Jura studieren wollte«, so erzählt er heute, und so berief er sich auf das Verfassungsschutzgesetz des Landes Nordrhein-Westfalen. Dort heißt es: Jeder darf Auskunft darüber erhalten, was gegen ihn vorliegt.

Die Antwort kam prompt. Der Verfassungsschutz teilte mit: Der erste Eintrag über ihn im »Nachrichtendienstlichen Informationssystem«, kurz »Nadis« – so heißt die Datenbank der Inlandsspione – stamme noch aus dem Jahr 2001; aus einer Zeit also, als er gerade mal 16 Jahre alt gewesen war. »Im Zusammenhang mit der Beobachtung des Linksextremismus«, so schrieb ihm höflich ein Beamter des Verfassungsschutzes, der im Briefkopf säuberlich auch ein Aktenzeichen und eine Telefondurchwahl angab, habe man den jungen Mann, Kind iranischer Einwanderer, im Blick.

Der Vorwurf gegen ihn lautete: Auf einer Versammlung der Partei »PDS/Linke Liste« in Oberhausen sei er mit 16 Jahren »zum Delegierten für den Landesparteitag gewählt« worden. Mehr noch: In einem Rundbrief der PDS Oberhausen, einem kleinen, zusammengetackerten Heft mit einer Auflage von 250 Stück, habe er mit 17 Jahren einen Artikel veröffentlicht. Darin hatte er für die Abschaffung von Schulnoten plädiert. Das ist zwar eine politische Position, die zum Beispiel auch den Waldorf-Schulen in Deutschland zugrunde liegt. Der Verfassungsschutz fand das dennoch beobachtenswert.

Niema Movassat hat sich dann weiter politisch engagiert. Er hat sich nicht abhalten lassen. Er ist in die Bezirksvertretung seines Stadtteils gewählt worden, hat ein juristisches Staatsexamen abgelegt und ist in den Bundestag gewählt worden, sogar drei Mal hintereinander. Er hat sich dort um Entwicklungs- und um Drogenpolitik gekümmert. Aber von nun an hat er jedes Jahr wieder nachgefragt bei seinem Landesamt für Verfassungsschutz. So hat er über die Jahre auch mitverfolgen können, wie genau ihm der Inlandsgeheimdienst auf die Finger guckte. Zumindest so lange, bis er in den Bundestag einzog.

Einmal teilte ihm der Dienst mit: »In der Homepage des PDS-Landesverbandes Nordrhein-Westfalen, Stand 01.09.2003, wurde ein Beitrag veröffentlicht, demzufolge Sie jugendpolitischer Sprecher der PDS NRW und Landessprecher des PDS-nahen Jugendverbands (›Solid‹) sind.« Ein anderes Mal hielt der Verfassungsschutz dem Jungpolitiker vor, er habe »zu den Mitunterzeichnern eines Solidaritätsaufrufes für die streikenden Studentinnen und Studenten in Berlin« gehört. Dies sei ein weiterer Beleg dafür, dass Niema Movassat sich an verfassungsfeindlichen Umtrieben beteilige.

Das ist der Punkt: Der Verfassungsschutz hat nicht den Auftrag, Straftäter zu verfolgen. Dann wäre er bei Menschen wie Niema Movassat auch von vornherein an der falschen Adresse. »Ich habe das sauberste Bundeszentralregister, das man haben kann«, sagt Movassat heute, »das Schlimmste war ein Punkt in Flensburg wegen einer roten Ampel.« Das darf man dem Politiker durchaus glauben, denn nach seinem freiwilligen Ausscheiden aus dem Bundestag nach drei Legislaturperioden arbeitete er als Rechtsreferendar auch im Justiziariat der Berliner Polizei. Vor solchen Jobs wird man gründlich durchleuchtet.

Nein, der Verfassungsschutz tut etwas anderes. Er beobachtet Menschen, die er politisch als »Extremisten« einstuft. Dafür kommt es nicht auf das Strafgesetzbuch an. Der Betroffene kann juristisch vollkommen unbescholten sein. Der Verfassungsschutz überwacht Menschen, die aus seiner Sicht Teil einer politischen »Bestrebung« sind, die gegen die freiheitliche demokratische Grundordnung arbeitet. Das kann auch Menschen treffen, die, wie Niema Movassat, völlig legal im Rahmen der Meinungsfreiheit agieren.

Wenn dem so ist, verkündet der Inlandsgeheimdienst dies auch öffentlich. »Landesamt für Verfassungsschutz stuft Klimaaktivisten von ›Ende Gelände‹ als Beobachtungsobjekt ein«, steht dann zum Beispiel in der Zeitung. Man kann auch die Begründungen dafür in Berichten nachlesen, die der Verfassungsschutz bei Pressekonferenzen vorstellt und auch im Internet veröffentlicht. Diese Berichte führen den Betroffenen vor Augen, dass sie von nun an nicht mehr ganz auf ihre Privatsphäre vertrauen dürfen. Das ist bedrohlich.

Mehr noch: Es ist ein *naming and shaming*, ein Anprangern. Der Verfassungsschutz führt so auch allen anderen Menschen in der Gesellschaft vor Augen, dass sie sich von diesen Gruppen lieber fernhalten sollten, wenn sie nicht auch ins Visier der Überwachung geraten wollen. Das kann Menschen davon abhalten, Kontakt mit den Überwachten zu pflegen. »Die bloße Möglichkeit einer staatlichen Registrierung von Kontakten kann eine abschreckende Wirkung entfalten und schon im Vorfeld zu Kommunikationsstörungen und Verhaltensanpassungen führen.« So hat es das Bundesverfassungsgericht im Jahr 2013 auf den Punkt gebracht. Die »hiermit verbundene Stigmatisierung« könne Menschen »von eigener inhaltlicher Auseinandersetzung« mit bestimmten politischen Positionen abhalten.[8]

Bei dem Abiturienten und späteren Jungpolitiker Niema Movassat war es so: Er war mit 16 Jahren in die PDS eingetreten, eine legale Partei. Das Landesamt für Verfassungsschutz in Nordrhein-Westfalen war aber der Ansicht, diese Partei sei, Legalität hin oder her, eine Gefahr für die Demokratie. Andere Landesämter für Verfassungsschutz sahen das anders. In zwei Bundesländern war die Partei damals sogar schon Teil der Regierung. In Mecklenburg-Vorpommern koalierte sie seit 1998 mit der SPD, in Berlin seit 2002.

Der Jungpolitiker Niema Movassat hat die Briefe, die er in dieser Zeit erhielt, alle aufgehoben. Einen findet er ganz besonders interessant, er hat ihn schon oft gelesen. Er stammt aus dem Jahr 2009. Das Landesamt für Verfassungsschutz schrieb dem »sehr geehrten Herrn Movassat«, man besitze noch weitere Informationen über ihn. Aber, leider: Diese könne man ihm, trotz Auskunftsanspruch, nicht verraten. Dafür gebe es einen wichtigen Grund, denn man würde »Quellen« in Gefahr bringen.

Niema Movassat hält inne. Er hält diesen Brief hoch. Er liest diese Stelle jetzt noch einmal laut vor: Der Verfassungsschutz fürchtete, »Quellen« in seiner, Movassats, Partei in Gefahr zu bringen. »Das heißt, ich muss davon ausgehen, dass in meinem Umfeld ein V-Mann oder eine V-Frau herumgesprungen ist«, sagt er.

»Islamischer Staat«, »Oldschool Society«, RAF: Manchmal unterstützt der Verfassungsschutz die Polizei

In die Schlagzeilen kommt der Verfassungsschutz meist, wenn er Gruppen aufspürt, die Straftaten begangen haben, manchmal auch sehr ernste. Rechtsterroristen zum Beispiel, Leute wie die Mitglieder der Chatgruppe »Oldschool Society«, die der Verfassungsschutz im Sommer 2014 entdeckte und dann so lange beobachtete, bis er mitbekam, dass sie sich zu Anschlägen auf Moscheen und Flüchtlingsunterkünfte verabreden wollten.

Oder Islamisten, Anhänger der Gruppe »Islamischer Staat« etwa, wie den Tunesier Sief Allah H., der 2018 in seiner Kölner Wohnung mit der hochgiftigen Wirkung von Rizinussamen experimentierte, sie in einer elektrischen Kaffeemühle zerkleinerte und an einer Bio-Bombe bastelte – bis eines Tages der amerikanische Geheimdienst CIA auf ihn aufmerksam wurde und freundlicherweise die Kollegen vom deutschen Verfassungsschutz einweihte. Es ist klar: Solche Leute müssen gestoppt werden.

Aber das ist nicht die Aufgabe des Verfassungsschutzes. Das Basteln von Bomben, die Planung von Anschlägen – das ist kriminell. Und für die Bekämpfung von Kriminalität ist im Rechtsstaat schon eine andere Stelle zuständig, nämlich die Polizei. Deshalb hat sie in solchen Fällen auch die Federführung, und der Verfassungsschutz muss seine Informationen eigentlich umgehend an die Polizei weiterreichen.

So war es schon in der Zeit der linksterroristischen RAF, vor allem in den späten 1970er-Jahren: Die RAF, die in Westdeutschland Anschläge auf Politiker und andere Menschen des öffentlichen Lebens verübte, wurde vor allem vom Bundeskriminalamt gejagt, dem BKA. Der BKA-Präsident Horst Herold leitete auch die Krisenstäbe. Die stille Truppe vom Verfassungsschutz stand hingegen etwas abseits. Sie brachte sich mit Methoden ein, die der Polizei nicht zur Verfügung standen. Das war die Rolle, die der Geheimdienst spielte und spielen sollte: Seine Agenten waren mit dafür verantwortlich, dass im siebten Stock des Hochsicherheitsgefängnisses in Stuttgart-Stammheim eine Abhöranlage installiert war, um die RAF-Häftlinge zu belauschen – illegal.

Für die Kriminalitätsbekämpfung hat die Polizei alle Befugnisse, die der Rechtsstaat für diese Aufgabe gewähren möchte. Das war in den Zeiten der RAF so, und das gilt heute umso mehr, denn seither sind die Befugnisse der Polizei auf diesem Gebiet sogar noch stark ausgeweitet worden. Die Zuständigkeit der Polizei für das Ausleuchten terroristischer Strukturen beginnt heutzutage nicht erst, wenn es beinahe zu spät ist, wenn die Bombe etwa bereits zu ticken begonnen hat, sondern die Polizei kann schon früh einschreiten. Die Strafparagrafen rund um Terrorismus sind weit ins sogenannte Vorfeld ausgedehnt worden. Das heißt: Auch wenn noch niemand zum Versuch einer Tat angesetzt hat, sondern ein Anschlag erst »vorbereitet« wird oder jemand sich dafür sogar erst »ausbilden« lässt, ist schon eine Straftat gegeben. Beim ersten Anzeichen, dass eine solche Gefahr im Raum steht, ist die Polizei bereits in der Pflicht, präventiv einzuschreiten.

Welche Rolle bleibt da überhaupt noch für den Verfassungsschutz? Die Politik-Experten des Verfassungsschutzes sind manchmal noch hilfreich bei dieser polizeilichen Arbeit. Aber sie bleiben genau das: Politik-Experten, keine polizeilichen Ermittler. Sie arbeiten zu, während die Polizei den Takt vorgibt. Die Agentinnen und Agenten »haben mannigfaltige Bestrebungen auf ihr Gefahrenpotenzial hin allgemein zu beobachten und sie«, also diese politischen Bestrebungen, »gerade auch unabhängig von konkreten Gefahren in den Blick zu nehmen«. Auf diese Weise hat das Bundesverfassungsgericht in seinem Urteil zum Bayerischen Verfassungsschutzgesetz im April 2022 einmal die Rolle des Verfassungsschutzes beschrieben.[9] Zugleich gelte: Sobald eine Gefahr konkret werde, habe der Verfassungsschutz sofort zur Seite zu treten und der Polizei Vorrang zu gewähren.

Legale Zeitungen, legale Protestgruppen im Visier: das Kerngeschäft

Der Verfassungsschutz beobachtet Klimaschützerinnen und Antifagruppen, er spioniert gegen »Friedensbündnisse«, die zum Beispiel Demonstrationen gegen die Münchner Sicherheitskonferenz anmelden, und er braucht diese Überwachung gar nicht mit dem Hinweis auf einzelne Steinewerfer zu begründen, die womöglich mit auf die Straße gehen. Es genügt schon die Vermutung, diese Gruppen richteten sich *ideologisch* gegen die »freiheitliche demokratische Grundordnung«, und schon ist der Dienst nach seinem eigenen Verständnis zuständig.

Die Idee ist, dass auch politische Gruppen, die den Status quo mit legalen Mitteln herausfordern, präventiv beobachtet werden sollen. Vor dem Hintergrund demokratischer Grundrechte ist das heikel. Aber diese Erforschung legal agierender politischer Gruppen ist das Gebiet, auf dem der Verfassungsschutz originär und allein zuständig ist.

So beobachtet er etwa die linke Tageszeitung *junge Welt*, und zwar nicht mit der Begründung, diese tue etwas Illegales, sondern allein mit der Feststellung, sie sei eine »marxistisch ausgerichtete Tageszeitung«, die »für die Errichtung einer sozialistischen/kommunistischen Gesellschaftsordnung« eintrete. So ist es im Verfassungsschutzbericht des Bundes nachzulesen.[10] Die Zeitung ist weiterhin für 1,90 Euro erhältlich, sie erreicht weiterhin eine Leserschaft, an ein Verbot ist nicht zu denken. Den Verfassungsschutz hält das nicht davon ab, trotzdem schon mal aktiv zu werden.

Nicht anders ist es, wenn der Verfassungsschutz nach rechts schaut. So beobachtet er das rechte Monatsmagazin *Compact*, das unter seinem Chefredakteur Jürgen Elsässer regelmäßig Artikel gegen »Islamisierung«, »Gender-Wahn« oder den »tiefen Staat« verbreitet, sich dabei aber nach geltendem Recht ebenfalls im Rahmen der Meinungsfreiheit bewegt. Das Magazin kann man weiter für 5,95 Euro am Kiosk erwerben. Es ist legal.

Der Verfassungsschutz beobachtet auch die islamfeindliche Internetseite *PI-News*. Die Abkürzung steht für »Politically Incorrect«. Diese Seite ist ebenfalls legal.

Auch die AfD wird inzwischen vom Verfassungsschutz beobachtet. Die Partei hat etwa 30 000 Mitglieder, etwa fünf Millionen

Wähler, sie ist in fast allen deutschen Parlamenten vertreten. Die rechtsstaatlichen Hürden für ein Parteiverbot liegen in Deutschland äußerst hoch. Ein Verbot kann nur das Bundesverfassungsgericht aussprechen, und das hat es schon seit 1956 nicht mehr getan, im Fall der KPD.

Das Bemerkenswerte ist: Den Verfassungsschutz hindert das alles überhaupt nicht. Anders als die Polizei ist er, wie gesagt, nicht gezwungen zu unterscheiden, ob sich Menschen politisch legal oder illegal engagieren, ob ihre Äußerungen vom Recht der Meinungsfreiheit nach Artikel 5 des Grundgesetzes geschützt sind oder nicht. Straftaten hin oder her, dieser Politik-Beobachtungs-Geheimdienst beobachtet, was er für angebracht hält.

Das trifft heute ganz unterschiedliche Gruppen, linke wie rechte: Sie veröffentlichen Zeitschriften. Sie organisieren Demos. Sie mögen einem sympathisch sein. Sie mögen einem unsympathisch sein. In einer Demokratie ist erst einmal entscheidend: Sie machen von ihrer Meinungsfreiheit, ihrer Versammlungsfreiheit, ihrer Vereinigungsfreiheit, ihrer Pressefreiheit Gebrauch. Der Verfassungsschutz mischt sich ein, indem er manche dieser politischen Gruppen bekämpft. Wenn er sie öffentlich brandmarkt, vor ihnen warnt, ihren Anhängern beamten- oder auch ausländerrechtliche Probleme bereitet, protegiert er damit zugleich andere Gruppen. Denen schafft er politische Gegner oder Konkurrenten vom Hals oder versucht dies zumindest.

ERFAHRUNGEN

Aus Gesellschaft und Zeitgeschehen

Natasha A. Kelly
Schwarz. Deutsch. Weiblich. Warum Feminismus mehr als Geschlechtergerechtigkeit fordern muss

»Bin ich etwa keine Frau?«

Ich habe mich in meiner Jugend oft gefragt, ob ich eine »richtige Frau« bin oder jemals werden kann. Nicht, weil ich das Geschlecht, das mir bei der Geburt zugeschrieben wurde, nicht annehmen wollte oder konnte. Vielmehr fand ich mich in der homogenen Kategorie »Frau« selten wieder und glaubte häufig, dass etwas mit mir nicht stimmt. Ich entsprach selten den gängigen *weißen** Vorstellungen von Weiblichkeit oder Schönheit und wurde selten in meinem Frausein bestätigt oder repräsentiert. In einer von der Schwarzen** US-amerikanischen Freiheitskämpferin Sojourner Truth überlieferten Rede heißt es:

> »Der Mann sagt, dass Frauen beim Einsteigen in eine Kutsche geholfen werden müsse, und auch beim Überqueren von Gräben und dass ihnen überall der beste Platz zustehe. Mir hat noch nie jemand in einen Wagen geholfen oder über eine Schlammpfütze oder den besten Platz überlassen. Bin ich etwa keine Frau?[1]

Sojourner Truth war eine Schwarze US-amerikanische Freiheitskämpferin und Frauenrechtlerin, die Mitte des 19. Jahrhunderts auf Mehrfachdiskriminierung aufmerk-

---

* Die Kursivschreibung des Wortes *»weiß«* verweist auf seine Bedeutung als sozialpolitische Analysekategorie, die es ermöglicht, die gesellschaftliche Norm sichtbar zu machen.

** Die Großschreibung von »Schwarz« ist ein Ausdruck der Sensibilität gegenüber den sprachlichen Herausforderungen im Umgang mit Rassismus. Damit wird deutlich gemacht, dass es sich um eine selbstbestimmte Identität handelt und nicht um eine rassistische Markierung der Haut.

sam machte. Ohne lesen oder schreiben zu können, reiste sie nach ihrer Flucht aus der Versklavung durch die USA und sprach öffentlich zur sozialen und politischen Situation von Frauen im Allgemeinen und Schwarzen Frauen insbesondere. Ihre Reden wurden häufig von unterschiedlichen politischen Lagern nachträglich verschriftlicht und zu deren Zwecken verfälscht wiedergegeben. Auf der Woman's Rights Convention in Akron, Ohio, 1851, legte sie mit der Sichtbarmachung ihrer Erfahrungen den Grundstein für eine intersektionale Debatte, die bis heute andauert.

Obwohl die mir vorliegende Version der Rede von einer *weißen* Frau, namentlich Frances Gage 1858 für die breite Öffentlichkeit verschriftlicht wurde und Rassismus durch die Wortwahl und Ausdrucksweise reproduziert wird[2], sprach Sojourner Truth mir aus der Seele. Sie machte unmissverständlich klar, dass auch Frauen untereinander divers sind und frauenpolitische Forderungen viel stärker alle Frauen berücksichtigen müssten. Schon sehr früh hatte sie erkannt, dass sie, anders als *weiße* Frauen, gleichzeitig von Sexismus und Rassismus betroffen war, und zählt somit zu den frühen Stimmen des Schwarzen Feminismus, die intersektionale Gerechtigkeit gefordert haben – lange bevor der Begriff existierte. Sie kritisierte gleichermaßen *weiße* Frauen für den Rassismus und *weiße* und Schwarze Männer für den Sexismus, der ihr entgegengebracht wurde und setzte sich für die Gleichstellung von Schwarzen Frauen und für das Wahlrecht für alle Frauen ein.

Obwohl mich Raum und Zeit von Sojourner Truth trennten, machte ich ähnliche Erfahrungen wie sie, die ich lange nicht benennen konnte. Während ich für die meisten *weißen* Männer nicht als vollwertiger Mensch existierte, hielten sich *weiße* Frauen selten mit ihrem Rassismus mir gegenüber zurück. Das führte dazu, dass ich mich in frauenpolitischen Kämpfen nur beschränkt mit ihnen solidarisieren konnte. Bis heute verstehe ich nicht, warum sie das Frausein ausschließlich aus ihrer eigenen, *weißen* Position definieren und erwarten, dass sich alle anderen Frauen dem anpassen.

Auch Sojourner Truths Identität war wesentlich vielschichtiger, als sie im ersten Moment erscheint. Sie war nicht nur Schwarz und weiblich. Sie hatte auch eine körperliche Beeinträchtigung, über die selten gesprochen wird. Seit einem Unfall im Hause Dumont, wo sie zur Arbeit gezwungen worden war, war ihre rechte Hand verkrümmt. In ihren öffentlichen Auftritten und visuellen Darstellungen lenkte Sojourner Truth häufig die Aufmerksamkeit weg davon, hin zu ihrer Schwarzen Weiblichkeit, indem sie beispielsweise öffentlich ihre Brüste zeigte. Auf diese Weise spielte sie mit ihren sexuellen Reizen und trug selbst dazu bei, von ihrer Behinderung abzulenken und geltende Körpernormen aufrechtzuerhalten. Auch in Schwarzen feministischen Kontexten ist es also entscheidend, nicht nur die eigenen Diskriminierungserfahrungen in den Blick zu nehmen, sondern auch Diskriminierungserfahrungen zu thematisieren, von denen wir nicht persönlich betroffen sind und die auf den ersten Blick nicht sichtbar sind. Darüber hinaus ist es wichtig, unterdrückende Diskurse nicht voneinander zu trennen, sondern aufzuzeigen, wie sie miteinander verwoben sind.[3]

Heute gibt es zwar keine Pferdekutschen mehr wie zu Sojourner Truths Zeit, aber metaphorisch gesprochen wurde auch mir weder die Tür aufgehalten noch der rote Teppich ausgerollt. Und so wie ich erzogen wurde, würde dies auch nicht passieren. Meine Mutter hatte mir sehr früh beigebracht, die Tür selbst zu öffnen, wenn ich irgendwo hineinwollte. Doch ganz ohne Vorbilder, mit denen ich mich hätte identifizieren können, gestaltete sich das nicht so einfach. In meiner Kindheit lernte ich außerhalb meiner Familie keine Schwarzen Frauen kennen. Frauen, die so aussahen wie meine Mutter, meine Schwestern und ich, waren in den frühen 80er-Jahren weder im deutschen Fernsehen noch auf deutschen Straßen unterwegs. Und schon gar nicht in der norddeutschen Kleinstadt, wo ich mit meiner Familie lebte. Egal, wohin ich mich bewegte, ich war von *weißen* Frauen umgeben. Die Mütter meiner Freundinnen waren alle *weiß*. Meine Lehrerinnen: *weiß*. Die Prinzessinnen in meinen Märchenbüchern: *weiß*. Und diese *weißen* Frauen hinterließen nicht immer einen positiven Eindruck.

Eine Begegnung ist mir bis heute im Gedächtnis geblieben: Als kleines Mädchen fand ich beim Aufräumen eines Tages 20 Pfennig.

Damals hat eine Kugel Eis noch so wenig gekostet. Also entschied ich mich, ohne meine Mutter zu fragen, aus dem Haus zu schleichen und zur Eisdiele an der Ecke zu gehen. Ich schloss die Wohnungstür hinter mir, so leise ich konnte, damit meine Mutter mich nicht hörte. Die Vorfreude war mir anzusehen. Ich rannte, so schnell ich konnte, die Treppen hinunter und sprang auf die Straße. Viel weiter würde ich an diesem Tag aber nicht kommen. Eine alte *weiße* Frau war neben mir stehen geblieben. Sie hob ihren Stock und brabbelte etwas, was ich damals noch nicht verstand, aber als sehr angsteinflößend vernahm. Beim Reden schlug ihre Haut tiefe Falten, die ihre Augen verbargen. Dennoch schaffte sie es, mich anzuschauen und mit ihrem Blick zu durchbohren. Wie von der Tarantel gestochen drehte ich mich auf dem Absatz um und lief, so schnell mich meine Schuhe tragen konnten, wieder die Treppe hoch. Das Eis war vergessen. Ich hatte dem Hass ins Gesicht geblickt. Und er hatte zurückgeschaut und wurde fortan mein ständiger Begleiter.

Bis heute weiß ich nicht, was diese alte Dame mir sagen wollte. Ich weiß nur, dass sie ein Gefühl in mir auslöste, das ich so schnell nicht wieder loswerden würde. Sie verkörperte für mich die böse Hexe aus »Hänsel und Gretel« und »Schneewittchen« und kam »Aschenputtels« bösen Stiefschwestern gleich. In meiner kindlichen Vorstellungswelt gab es drei Adjektive, die ich fortan mit *weißen* Frauen verband: »alt«, »hässlich« und »gemein«. Ich lernte früh, dass Schwarze und *weiße* Frauen grundlegend verschieden sind, und wusste, dass ich als Erwachsene nicht so angsteinflößend werden wollte wie sie. Davon, dass ich als Schwarze Frau eine ganz andere Form der Angst verkörpern und ausstrahlen würde, als *weiße* Frauen dies jemals tun könnten, wusste ich wenig. Die jahrhundertealte Zuschreibung, dass Schwarze Frauen wütend seien, aggressiv und böse, würde mich später selbst treffen, ohne dass ich es hätte verhindern können.

Die Geschichte des Rassismus in Deutschland ist eng mit der deutschen Kolonialgeschichte verknüpft. Anders als viele glauben, ist Rassismus allerdings nicht erst im Kolonialismus entstanden, sondern existierte als Ideologie, lange bevor die Deutschen außerhalb von Europa Herrschaftsgebiete besetzten und besiedelten. Als im Zuge der Industrialisierung der Wettlauf um afrikanische Rohstoffe begann, wurden rassistische Argumente herangezogen, um die wirtschaftliche Ausbeutung und politische Unterdrückung des Kontinents und seiner Bewohner*innen zu rechtfertigen. Dazu wurden Mythen bedient, welche die Afrikaner*innen als unzivilisiert, kultur- und geschichtslos einstuften und den Kolonialisierten das vollwertige Menschsein absprachen.[4]

Der Ursprung des Rassismus geht jedoch auf die religiöse Farbsymbolik des Christentums zurück: Schon im Mittelalter galt Weiß als Farbe des Göttlichen und des Guten. Der gläubige Christ wurde geografisch im Heiligen Römischen Reich, dem künftigen Europa, verortet. Die Farbe Schwarz hingegen wurde durchweg mit negativen Dingen verbunden – mit Leid, Krankheit, Elend und Tod. Somit wurde der Ungläubige und bald auch der Teufel in Afrika lokalisiert. Die so erzeugte geografisch-christliche Dichotomie schuf die Idee von menschlicher Differenz, die auf die menschliche Haut eingeschrieben wurde, »Hautfarben« als vermeintliche Differenzmerkmale hervorbrachte und dazu führte, dass im späteren 18. Jahrhundert »Rasse« als (pseudo-)wissenschaftliche Ordnungskategorie etabliert wurde.[5]

Im deutschen Kolonialismus des späten 19. Jahrhunderts war Rassismus also bereits ein fester Bestandteil der deutschen Gesellschaftsstruktur, der wirtschaftlich und politisch fortgeschrieben wurde und heute in Form von Alltagsrassismus ungehindert fortwirkt. Doch obwohl Schwarze Menschen täglich davon betroffen sind, fehlt es uns bis heute an einem Verständnis davon, wie Rassismus sozial wirkt und weshalb Race nicht als soziale Kategorie verstanden wird. Viele von uns leben immer noch in der Verfestigung von Kants Rassenlehre, obwohl er selbst in seinem Spätwerk Zweifel an seiner eigenen Theorie hegte.[6] Ohne es zu wissen, haben viele

Schwarze Menschen in Deutschland den Rassismus internalisiert und verstehen oft nicht, was das Schwarzsein tatsächlich bedeutet.

Schwarz ist eine sozialpolitische Selbstbezeichnung, die Mitte der 1980er-Jahre erstmals mit der Selbstbenennung »Schwarze Deutsche« in der Publikation »Farbe bekennen« im deutschsprachigen Raum auftauchte und seitdem immer häufiger in der Community Verwendung fand. Indem die negativ konnotierte Bedeutung der Farbe Schwarz umgekehrt wurde, wird der Begriff zur Selbstermächtigung von Menschen afrikanischer Herkunft verwendet, um rassistische Fremdbezeichnungen abzulösen und die Zugehörigkeit zur globalen Schwarzen Community zu artikulieren. Schwarz wird daher immer großgeschrieben, auch in der adjektivischen Verwendung. Die Selbstbezeichnung basiert nicht auf der Idee von Rasse als biologischem Konzept, sondern auf Race als sozialer Kategorie und wurde bei der Entstehung im deutschen Kontext synonym mit der Selbstbezeichnung »Afrodeutsche« verwendet.

Bevor ich nach Deutschland kam, stellte ich mir nie die Frage, ob ich »richtig Schwarz« sei oder nicht. Für mich war meine Schwarze Identität von Geburt an Teil meiner Bezugswelt. In der Schwarzen deutschen Community war dieser Bezug bis Mitte der 1980er-Jahre nicht immer bis gar nicht vorhanden. Anders als Afrikaner*innen, die während des deutschen Kolonialismus eindeutig einer vermeintlich niederen biologischen Rasse zugeordnet wurden, wurde die erste Generation von Schwarzen Deutschen seit der Gründung des Deutschen Kaiserreichs 1871, die meist einen *weißen* Elternteil hatten, zu einer eigenen, biologisch undefinierbaren Gruppe stilisiert. Entsprechend der weitverbreiteten Koloniallüge, sie würden gestreift oder gepunktet auf die Welt kommen (was viele *weiße* Menschen damals tatsächlich glaubten), wurde diese Gruppe von der damaligen Gesellschaft als eine noch viel größere Bedrohung wahrgenommen als die Afrikaner*innen, da sie nicht eindeutig einer

»Rasse« zugeordnet werden konnten.[7] Damit wurden Schwarze Menschen mit einem dunklen Hautton jenen mit hellem Hautton gegenüber strukturell bevorzugt. Letztere widersprachen dem kolonialen und späteren nationalsozialistischen »Reinheitsprinzip« und hatten vehemente staatliche Repressionen zu erleiden, wie sich an vielen Fallbeispielen zeigen lässt.

Die Tatsache, dass im deutschen Kolonialismus viele Kinder aus sogenannten Mischehen, wie Maria Ngambe, als »illegitim« gelistet und im Nationalsozialismus als »fremd« stigmatisiert wurden, zeigt, dass Schwarze Deutsche trotz ihres hellen Hauttons strukturell benachteiligt wurden. Dies könnte auch ein Grund dafür sein, dass sich heute viele Schwarze Deutsche mit einem *weißen* Elternteil weder als *weiß* noch als Schwarz identifizieren. Wie oben beschrieben, scheint das koloniale Rassendenken nicht nur in der *weißen* Mehrheitsgesellschaft, sondern auch in den Schwarzen Communitys ungehindert fortzuwirken. Viele aus der Community scheinen das weitverbreitete biologische Rassedenken unbewusst verinnerlicht zu haben und tun sich trotz Selbstbezeichnungen schwer, sich jenseits der falschen biologischen Annahmen als Schwarz zu identifizieren. Als Mitte der 1980er-Jahre die Selbstbezeichnungen »Schwarze Deutsche« und »Afrodeutsche« entwickelt wurden, wurden beide Begriffe synonym verwendet. Heute ist das nicht mehr so. Der alltägliche Umgang in der Community zeigt, wie in jüngster Vergangenheit Schwarze Deutsche mit zwei Schwarzen Elternteilen häufig dazu neigen, sich als Schwarze zu bezeichnen, während Schwarze mit einem *weißen* Elternteil dazu tendieren, die Selbstbezeichnung »Afrodeutsche« für sich zu wählen.

Diese linguistische Trennung hat so ihre Fallstricke. Sie zeigt, wie biologische Vorstellungen von Rasse internalisiert wurden und zulassen, dass die Strukturen des Rassismus mitten durch die Community laufen. Denn mit der linguistischen Trennung geht auch eine biologistische Zweiteilung der Community einher und trennt Schwarze mit dunklem Hautton von ihren Geschwistern mit heller Haut. Doch Schwarze Personen mit hellem Hautton haben nicht zwingend einen *weißen* Elternteil, ebenso wenig wie Schwarze Personen mit dunklem Hautton zwei Schwarze Elternteile haben müssen. Dies wird häufig fälschlicherweise angenommen. Wie hell oder wie dunkel der Hautton ist, hängt vom Melaningehalt der Haut ab, welcher zwar genetisch vererbt wird, aber von zahlreichen epigenetischen Einflussfaktoren beeinflusst wird und auch mehrere Generationen überspringen kann.[8] Es gibt keine berechenbare Grenze, die bestimmen könnte, ab wann eine Person mit welchem Hautton zu welcher biologischen Rasse gehört, wo hell anfängt oder dunkel aufhört. Fakt ist allerdings: Je dunkler die Haut, desto mehr sind Schwarze Personen dem *Colorism* ausgesetzt, einer spezifischen Form der rassischen Diskriminierung, die am Farbton der Haut festgemacht werden kann.

Wie Winnie Akeri vom Vorstand der Initiative Schwarze Menschen in Deutschland klarmacht, ist *Colorism* kein Synonym für Rassismus, sondern eine diskriminierende und vorurteilsbehaftete Einstellung gegenüber Schwarzen Menschen mit einem dunkleren Hautton *(dark skinned)* und die Favorisierung von Schwarzen Menschen mit einem helleren Hautton *(light skinned)* – also genau das umgekehrte Verhältnis dessen, was in der deutschen Kolonialzeit propagiert wurde. Doch diese Diskriminierungsform schließe dabei nicht nur die Hautnuance ein, führt Akeri fort, sondern beziehe sich auch auf weitere rassifizierte phänotypische Merkmale wie beispielsweise Augenfarbe, Haarstruktur oder die Größe und Form von Nase und Lippen.[9]

Zwar wurde der Begriff des *Colorism* erst 1983 in den USA von Alice Walker geprägt. Dieser Diskriminierungspraxis kamen jedoch in verschiedenen Kulturen unterschiedliche Bedeutungen zu. In den USA beispielsweise geht die Kategorisierung des Schwarzseins auf ein Gesetz aus dem Jahr 1662 zurück, die *One-Drop-Rule*, eine Regel, die Personen mit Eltern aus unterschiedlichen rassischen Gruppen den Minderheitenstatus zuwies. Wer also einen Schwarzen Elternteil hatte, wurde automatisch der Schwarzen Gruppe zugeordnet, selbst wenn »der Tropfen Blut« über mehrere Generationen zurückreichte. Anders als in Deutschland gehörten die US-amerikanischen Kinder mit einem Schwarzen und einem *weißen* Elternteil aufgrund dieser Regelung automatisch zur Schwarzen Gruppe, was eine große Palette an Hautschattierungen innerhalb der Schwarzen Community mit sich brachte. Diese reichten von sehr dunkel bis sehr hell, so hell, dass sie als *weiß* gelesen werden konnten, dem sogenannten *passing*.[10]

Die Herrschenden behandelten versklavte Menschen mit hellerer Hautfarbe in der Regel bevorzugt. Das mag daran gelegen haben, dass es sich in den meisten Fällen um den eigenen Nachwuchs gehandelt hat, der aus systematischer Vergewaltigung entstanden war. Während dunkelhäutige Versklavte draußen auf den Feldern schuften mussten, arbeiteten ihre hellhäutigen Geschwister normalerweise in den Häusern an weitaus weniger zermürbenden Aufgaben.[11]

Nachdem das Versklavungssystem aufgelöst worden war, verschwand der *Colorism* nicht. Bis heute erhalten in den USA Schwarze mit heller Haut mehr Beschäftigungsmöglichkeiten und haben einen besseren Zugang zum Wohnungsmarkt. Aus diesem Grund sind Familien der Schwarzen Oberschicht größtenteils hellhäutig – ein weiterer Beleg dafür, wie eng Race und Class miteinander verknüpft sind. Bald wurden eine hellere Haut und Privilegien demzufolge auch in der Black Community miteinander verbunden.[12]

Es dauerte nicht lange, bis der *Colorism* im Zuge der Amerikanisierung des Westens nach dem Zweiten Weltkrieg seinen Weg nach Deutschland fand und sich auch hierzulande zunehmend breitmachte. Während in den späten 80er- und frühen 90er-Jahren vermehrt *dark-skinned* Frauen in den Medien stattgefunden haben, sind heute vermehrt Schwarze Frauen mit hellerem Hautton zu sehen, weil sie dem europäischen Schönheitsideal näher sind. Das Phänomen hat seinen Ursprung jedoch nicht im deutschen Kontext und hatte keine spezifisch deutsche Ausprägung. Dennoch nehmen viele *light-skinned* Schwarze die Privilegien, die damit einhergehen – bewusst oder unbewusst – an.

Die Gefühle, die *Colorism* in mir hervorrief, waren nicht weniger schmerzhaft als die Erfahrungen von Rassismus selbst. Dies wurde mir kurz nach meiner Ankunft in Berlin unmissverständlich klar. Am Tag meines Umzugs bekam ich Besuch von meiner neuen Arbeitskollegin. Wir kannten uns bereits, da wir seit einigen Monaten aus der Ferne zusammenarbeiteten. Sie stammte aus der Dominikanischen Republik und bezeichnete sich selbst als Person of Color.

Der Begriff Person/People of Color (PoC) wurde erstmals im 18. Jahrhundert von freigelassenen Versklavten in den USA *verwendet. In der Civil-Rights-Bewegung wurde er später als Selbstbezeichnung der Gruppen übernommen, die verschiedenen Rassismen ausgesetzt sind. In Deutschland wird er sowohl aktivistisch als auch wissenschaftlich verwendet, schließt aber auch Menschen ein, die andernorts als weiß gelesen werden, z. B. Türk*innen. Das Akronym BIPoC (Black, Indigenous and People of Color) wird eingesetzt, um die spezifischen Erfahrungen Schwarzer und indigener Menschen schriftsprachlich hervorzuheben. Im Deutschen gibt es keine Übersetzung für den Begriff, da die meisten begrifflichen Optionen mit rassistischen Bedeutungsgeschichten einhergehen, die auf der Annahme beruhen, es gebe biologische Rassen.*

Meine Kollegin arbeitete wie ich zu dieser Zeit an ihrer Dissertation, kämpfte jedoch sehr mit der deutschen Sprache. Sie wurde in der Karibik geboren und sozialisiert und war erst als Erwachsene nach Deutschland gekommen. Zwar lebte sie inzwischen 20 Jahre hier, aber sie wurde, wie sie mir eines Tages erklärte, von einer inneren Abwehrhaltung gebremst, Deutsch zu lernen. Was dieses Gefühl ausgelöst hat, konnte sie mir nie wirklich erklären. Vielleicht war es das weitverbreitete Feindbild von Deutschland, das aufgrund des Nationalsozialismus weltweit vorherrscht.

Ich selbst lernte bereits als Kind Deutsch, was mir in jungen Jahren trotz aller Herausforderungen relativ leichtfiel. Heute verstehe ich, dass ich damit über ein Privileg verfüge, das mir erhebliche Vorteile verschafft hat: Ich war zur »richtigen Zeit« am »richtigen Ort« dieser Welt geboren worden, hatte zum damaligen Zeitpunkt einen britischen Pass und dadurch Zugang zum deutschen Bildungssystem.

Ich sprach und schrieb inzwischen fließend Deutsch und forschte in und zur deutschen Sprache. Die Sprachbarriere meiner Kollegin hingegen verhinderte, dass sie aktiv zu Deutschland forschen konnte. Stattdessen waren ihre Analysen auf fremdsprachige Schriften über Deutschland begrenzt.

Was uns jedoch am stärksten unterschied, waren unsere phänotypischen Merkmale. Während meine Arbeitskollegin als *weiß* gelesen wurde, sind meine afrokaribischen Wurzeln stets sichtbar. Und das ließ sie mich mitunter spüren. Vor allem ihre glatten, europäisch anmutenden Haare warf sie mir ständig ins Gesicht und ließ bei keiner Gelegenheit aus zu betonen, dass sie dem europäischen Schönheitsideal doch eher entspreche als ich. Wie sie glaubte, komme ihr damit ein höherer Sozialstatus zu als mir und somit eigentlich auch ein Anspruch auf die Stelle, die ich soeben angetreten hatte.

Bevor die Dominikanische Republik im späten 19. Jahrhundert ihre Unabhängigkeit von Haiti erlangte, hatte sich dort der durch die europäische Christianisierung importierte Rassismus schon breitgemacht und den Boden dafür bereitet, dass die Dominikaner*innen eine wachsende Verachtung gegenüber ihren ehemaligen *darkskinned* Herrscher*innen entwickelten. Im Versuch, sich von dieser Fremdherrschaft abzugrenzen, sprachen die Einwohner*innen der Dominikanischen Republik sich zunehmend selbst eine *weiße* Identität zu, trotz der mehrheitlich Schwarzen Bevölkerung von ungefähr 80 Prozent. Afrikanische Riten und Religionen wurden alsbald von der Regierung verboten, und den Dominikaner*innen wurden Staatsbürger*innenschaft und Bürger*innenrechte nur dann gewährt, wenn sie sich nicht als Schwarz identifizierten. Dies veranlasste vielen Bewohner*innen der Halbinsel dazu, ihr Schwarzsein abzulehnen, um einen höheren sozialen Status zu erhalten.[13]

Offensichtlich hatte meine ehemalige Arbeitskollegin diesen Wahnsinn internalisiert, den ich bereits aus Jamaika kannte. Die meisten jamaikanischen Frauen glauben noch immer, dass ihr Hautton der entscheidende Faktor dafür sei, einen Job oder sogar einen Ehemann zu finden.[14] Denn eine Unterscheidung nach Hautton stellt Hellhäutige an die Spitze der jamaikanischen Rassenhierarchie – je dunkler wir sind, desto stärker werden wir abgewertet. Irgendwo am unteren Ende stand ich und verstand lange nicht, dass nicht die Farbe der Haut, sondern die Farbe der Macht entscheidet, wie es May Ayim eindringlich in ihrem gleichnamigen Gedicht auf den Punkt bringt:

»nicht die farbe der haut/die farbe der macht/entscheidet/ rassismus ist das bleiche gesicht/der gewalt/die sich in deutschland wieder zunehmend offen/in südafrika/immer schon/ungeschminkt/zeigt[15]

Ohne es zu wissen, hatte auch ich den Rassismus verinnerlicht, der zusammen mit *Colorism* daherkam und mir von Kindesbeinen an untergemischt worden war: Meine Nase sei zu dick, meine Haare zu kraus, meine Haut zu dunkel, hörte ich immer wieder Menschen aus der jamaikanischen Community mir sagen. Und diese Dinge glaubte ich lange und wertete mich selbst damit ab.

In meinen Auseinandersetzungen mit der *weißen* deutschen Mehrheitsgesellschaft und der Schwarzen deutschen Community machten sich dann später mein internalisierter Rassismus und auch die Auswirkungen des *Colorism* breit. Als ich das Cover von »Farbe bekennen« in der Unterstufe zum ersten Mal sah, fand ich mich in den abgebildeten Frauen anfangs nicht wieder. »Sie sind nicht richtig Schwarz«, dachte ich. Dies mag ein zusätzlicher Grund gewesen sein, warum ich mich anfangs weigerte, das Buch zu lesen. Alle Frauen auf dem Cover waren *light-skinned,* und damit waren sie für mich per se bessergestellt als ich. Rückblickend verstehe ich, dass Schwarz eine sozialpolitische Selbstbezeichnung ist, die keine Hautschattierungen kennt. Egal, was uns die Geschichte lehren will: Schwarz ist keine Farbe!

Dennoch wuchs ich als rassisch markiertes Mädchen in Deutschland auf, das Rassismus internalisiert hatte und auch immer wieder *Colorism* erleben musste. Um Biografien und Erzählungen, die mir eine positive Identifikation mit Deutschland ermöglicht hätten und durch die ich mein afrodiasporisches (Selbst-)Bewusstsein hätte artikulieren können, war ich bis Ende der 1990er-Jahre verlegen. In meinen Kinder- und Märchenbüchern fand ich keine einzige Figur, die so aussah wie ich. Weder Schneewittchen noch Dornröschen oder Rotkäppchen. Ich wusste damals allerdings noch nicht, dass mir in meiner Kindheit der Zugang zu wichtigen Schwarzen Identifikationsfiguren strukturell verwehrt geblieben war.

Ende des 19. Jahrhunderts wuchs neben Berlin auch die Hafenstadt Hamburg zu einer wichtigen Kolonialmetropole heran. Von meiner norddeutschen Kleinstadt aus war ich immer gerne dorthin gefahren, etwa um auf dem Hafenfest Fischbrötchen zu essen. In meiner jugendlichen Ignoranz wusste ich wenig darüber, dass »das Tor zur Welt« auch einen Zugang zur kolonialen Welt bedeutet hatte: Bauwerke wurden errichtet, um koloniale Institutionen wie das Hamburgische Kolonialinstitut zu beherbergen. Unternehmen wie die Reederei Woermann unterhielten zahlreiche Niederlassungen in Westafrika und stiegen mit der »Woermann-Linie« zum größten Schiffseigner weltweit auf. Und im Tierpark Hagenbeck wurden die ersten Völkerschauen Europas veranstaltet.[16] Alles keine wirklich guten Gründe, die Stadt zu feiern.

Auch das ehemalige Völkerkundemuseum hatte sich am Kolonialsystem bereichert. 1879 auf Basis bereits bestehender Sammlungen gegründet, wurde das ethnologische Museum erweitert, um als koloniale Forschungseinrichtung aufzutreten.[17] Zur Blütezeit des deutschen Kolonialismus begannen verfälschte Dichotomien wie die *weiße* Überlegenheit Europas und die Unterlegenheit eines »dunklen Kontinents« die Völkerkunde zu prägen. Sie beeinflussten nicht nur Forschungsinteressen und -ergebnisse, sondern auch deren museale Präsentation. Aufgabe der Museen jener Zeit war es, koloniales Wissen zu produzieren und der breiten Masse zugänglich zu machen.[18] Auf diese Weise wurden kolonialisierte Bilder von Schwarzen Menschen verbreitet und Rassismus tief in den Gesellschaftsstrukturen verankert.

2018 wurde das Völkerkundemuseum umbenannt. Heute ist es als »Museum am Rothenbaum – Kulturen und Künste der Welt« (MARKK) bemüht, Verantwortung für seine koloniale Vergangenheit zu übernehmen. Dazu gehört eine offene Haltung gegenüber Restitutionsforderungen ebenso wie eine inhaltliche Neupositionierung des Hauses. Mit der Ausstellung »Hey Hamburg, kennst Du Rudolph Duala Manga Bell?« griff das MARKK von April 2021 bis Juli 2023 die Themen koloniales Erbe und Rassismus auf. In Kooperation mit Prinzessin Marilyn Douala Manga Bell, Urenkelin des ehemaligen Königs Rudolf Duala Manga Bell, wurde die Lebensgeschichte der kamerunischen Königsfamilie für ein junges Publikum visuell aufbereitet.[19]

Als ich Maria Mandessi Bells Porträt im MARKK gegenüberstand, wusste ich, dass mir in der Kindheit die wahre Geschichte einer echten Schwarzen Prinzessin, die auch Feministin gewesen ist, gestohlen worden war:

Maria Mandessi Bell (1895–1990) wurde als Tochter von David Mandessi Bell, dem Adoptivsohn des Duala-Königs Ndumbe Lobe Bell, in Kamerun geboren. Ihr wohlhabender Vater konnte ihr problemlos ein Studium ermöglichen. So wurde sie für die Schulbildung nach Deutschland geschickt, lernte schon vor ihrer Ankunft Deutsch und »wird selbst fast eine Deutsche«, wie sie später in einem Interview sagte. Zu ihren ersten Aufenthaltsorten hierzulande gehörte das ostpreußische Wolfsdorf, wo sie 1912 im Alter von 16 Jahren getauft wurde. Von dort ging sie in die kamerunische Baptistengemeinde nach Eberswalde, wo sie eine glückliche Zeit verlebte, bis sie im Frühjahr 1914 für einige Monate nach Berlin zog. Nach der Hinrichtung ihres Onkels und ihres Verlobten wegen Hochverrats ging Maria für eine kurze Zeit zurück nach Kamerun. Nach einigen Jahren in Frankreich entschied sie sich, ihren Lebensmittelpunkt in den Senegal zu verlegen, wo sie 1990 starb. Maria war zweimal verheiratet und Mutter von fünf Kindern.

Im August 1914 hatte der Erste Weltkrieg gerade begonnen und der Einmarsch der britischen, französischen und belgischen Truppen im deutsch besetzten Kamerun stand unmittelbar bevor. Maria war damals gerade 19 Jahre alt und hoffte, in Berlin Informationen sammeln zu können, die ihren königlichen Onkel und seinen Stellvertreter, ihren Verlobten Adolf Ngoso Din, die in Kamerun wegen Hochverrats angeklagt worden waren, entlasten würden. Doch ihre Mühen waren vergeblich. Als Sekretär des amtierenden Königs war

Ngoso Din zuvor heimlich ins Deutsche Kaiserreich geschickt worden, um den kolonialen Behörden über die Missstände in Kamerun zu berichten. Die Prinzessin schaffte es zwar noch, ihn in Berlin im Gefängnis zu besuchen, allerdings konnte Maria seinen Tod nicht verhindern. Adolf Ngoso Din wurde kurz darauf ausgeliefert und gemeinsam mit dem regierenden König der Duala am 8. August 1914 verurteilt und hingerichtet. Fast zeitgleich entschied Marias Vater, dass auch sie die Rückreise nach Kamerun antreten sollte.[20]

Von 1914 an lebte Maria zunächst vier Jahre in Kamerun, heiratete Ndumbè Kale Loba und bekam mit ihm ihr erstes Kind. Doch ihr Mann starb, und die Weltmächte ordneten sich neu. Deutschland verlor nach dem Ersten Weltkrieg seine Kolonien, und Kamerun wurde in ein französisches und ein englisches Gebiet aufgeteilt. Im französisch besetzten Teil kämpften die Duala weiter um ihre Landrechte. Auch Marias Vater, der den Widerstand organisierte und sich mit schriftlichen Beschwerden an das Kolonialbüro in Frankreich wandte, setzte sich dafür ein. Wenig später heiratete Maria erneut. Ihr zweiter senegalesischer Ehemann Mamadou Diop war Ingenieur bei der deutschen Bahngesellschaft in Duala und Cousin des Schwarzen Intellektuellen und späteren Präsidenten des unabhängigen Senegals Léopold Sédar Senghor.[21]

Das Paar freundete sich außerdem mit Blaise Diagne an, einem senegalesischen Abgeordneten, der in der französischen Nationalversammlung die Anliegen der Duala vertrat. Die Beziehungen zu Senghor und Diagne führten dazu, dass die Eheleute Diop unter den Verdacht der Verschwörung mit den verfeindeten Deutschen gerieten und von französischen Geheimagent*innen überwacht wurden. Doch Maria hatte Deutschland nach der Ermordung ihres Onkels und ihres Verlobten den Rücken gekehrt und ist bis zu ihrem Tod 1990 nie wieder dorthin zurückgekehrt. Nachdem sie französische Staatsbürger*innen geworden waren, besuchte das Paar 1927 Paris, wo ihr zweites Kind geboren wurde, David Léon Mandessi Diop. Er würde später ein einflussreicher Poet der Négritude-Bewegung werden.

Der Begriff »Négritude« wurde 1935 durch den afrokaribischen Wissenschaftler und Politiker Aimé Césaire im Kontext der Dekolonialisierung Afrikas geprägt. Er beschreibt damit das Bestreben von Schwarzen Intellektuellen, sich von kolonialen Denkmustern und Vorbildern zu befreien. An ihre Stelle treten in Literatur, Philosophie, Politik und Kunst ein selbstbestimmtes Schwarzes Bewusstsein und eine Schwarze Identität. Auf diese Weise sollte nicht nur eine autonome, plurale und gleichberechtigte Schwarze Kultur sichtbar gemacht, sondern auch eine Verbindung von afrikanischem Humanismus und den universellen Werten der europäischen Aufklärung hergestellt werden. Die Négritude hatte internationalen Einfluss. Während sie in Frankreich ästhetisch orientiert war und ein eigenes Literaturgenre hervorbrachte, war sie auf dem Kontinent hauptsächlich politisch, in Nordamerika soziologisch und in Deutschland historisch und soziopolitisch engagiert.[22]

Zurück in Dakar, bekam Maria Mandessi Bell drei weitere Kinder. Marias Tochter Christiane wurde später als Verlegerin des antikolonialen Journals *Présence Africaine*[23] ebenso eine öffentliche Persona, von der ich in Deutschland auch nur sehr wenig erfahren würde.

Gerne hätte ich als Kind schon von dieser afrikanischen Familiensaga gewusst. Stattdessen wurde ich mit Kolonialgeschichten wie »Pippi Langstrumpf« abgestraft. Während in der Grundschule besonders die Mädchen in meiner Klasse auf dem Pausenhof wie »Pippi« tanzten, konnte ich mit ihr nichts anfangen. Ich verstand die feministische Idee nicht, die dahinterstand. Je mehr ich mich mit der Geschichte auseinandersetzte, desto mehr Fragen stellte ich mir: Wie konnte ein rothaariges *weißes* Mädchen mit aufgemalten Sommersprossen die stärkste Frau der Welt sein, ohne wirklich jemals ums Überleben gekämpft zu haben? Wie konnte ihr *weißer* Vater König von Taka-Tuka-Land sein? Wussten die Tanzenden nicht, dass das Taka-Tuka-Land im Pazifik liegt und dass die Deutschen dort auch Karolinen, Palau, die Marianeninseln und die Samoainseln kolonialisiert hatten?

Auch May Ayim fühlte sich als Kind durch Erzählungen wie die von Pippi Langstrumpf minderwertig. Sie berichtet davon, wie die frühen Begegnungen mit negativen Darstellungen von Schwarzen Menschen in der imaginären Welt ihrer Kinderbücher und Kinderlieder ein Gefühl von Scham und Andersartigkeit in ihr weckten.[24] Vielleicht hatte May Ayim wie ich als junges Mädchen davon geträumt, eine richtige Prinzessin zu sein. Eine müßige Vorstellung für ein Schwarzes Mädchen in einer *weißen* Märchenwelt. Immer dann, wenn ich es wagte, diesen Traum laut auszusprechen, lachten mich meine Schulfreundinnen aus: Prinzessinnen seien schließlich nicht »braun wie Kaka«, sagten sie abfällig und tanzten weiter.

Und das glaubte ich ihnen auch, ohne zu wissen, dass es lange vor den *weißen* europäischen Monarchien afrikanische Königinnen gegeben hatte: Königin Nzinga von Ndongo, Königin Malan Alkuma von Akan, Königin Pokou von Baule, Königin Tassin Hangbe von Dahomey, Königin Ndete Yalla von Walo oder Königin Ranavalona III. von Madagaskar.[25] Mir war damals nicht klar, dass *weiße* europäische Prinzessinnen meist lediglich repräsentative Zwecke zu erfüllen hatten und keine Kriegerinnen waren. Königin Nzinga beispielsweise wurde vor allem dadurch bekannt, dass sie gegenüber der portugiesischen Kolonialherrschaft einen längeren Zeitraum erfolgreich Widerstand leistete. Pippi hingegen war die fiktive Figur einer *weißen* Autorin. Ihre Aufgabe war und ist es, das europatriarchale Bild zu dekonstruieren und den jungen *weißen* Leserinnen aufzuzeigen, dass auch sie starke Mädchen oder Feministinnen sein können. Doch ihr Feminismus ist kolonial und klammert mich und andere aus. Heute wissen wir, dass auch Jungs und Männer Feministen sein und werden können.

Nachdem Maria Mandessi Bells zweiter Ehemann 1935 und ein Jahr später auch ihr Vater gestorben war, zog die Witwe und alleinerziehende Mutter 1938 mit ihren inzwischen fünf Kindern wieder nach Frankreich. Trotz der schwierigen Weltlage ließ sie sich nicht beirren. Wie auch meine Mutter wünschte sie sich eine gute Schulbildung für ihre Kinder, die sie nur in Europa bekommen würden.

Damit ihr Sohn David das Gymnasium besuchen konnte, an dem der spätere Präsident Senegals Léoplad Sédar Senghor Griechisch und Latein unterrichtete, zog sie in die Nähe von Paris. Dort wurde die Prinzessin nicht nur zu einer zentralen Figur in der panafrikanischen Bewegung. Durch ihre transnationale Schwarze Identität war sie auch maßgeblich an der Entstehung der Bewegung beteiligt.

---

*Der Begriff des Panafrikanismus beschreibt eine intellektuelle und politische Strömung, die von einer Gemeinschaft aller Afrikaner*innen und Menschen afrikanischer Herkunft ausgeht. Sie verbindet eine länderübergreifende Solidarität und das Bestreben, sowohl die Folgen von Kolonialismus und Versklavung in der afrikanischen Diaspora zu bekämpfen als auch die wirtschaftliche und politische Zusammenarbeit aller afrikanischen Staaten zu verstärken. Letzteres geht mit dem Anspruch auf politische und wirtschaftliche Unabhängigkeit einher und strebt eine Vereinigung aller afrikanischen Länder und der dort lebenden Menschen an. In diesem Sinne ist der Panafrikanismus bis heute sowohl eine Weltanschauung als auch eine politische Bewegung, die von Menschen aus Afrika und der Diaspora getragen wird.*

An dieser Stelle seien weitere Schwarze Frauen namentlich erwähnt, die während des deutschen Kolonialismus im Kaiserreich lebten, aber in der Geschichtsschreibung häufig unerwähnt bleiben: Katharina Draghoener, Viytje Bank und Martha Kamatoto gehörten zur Gruppe der Herero und Nama, die während der ersten Kolonialschau im Treptower Park 1896 ausgestellt wurden. Dassi Creepy (auch bekannt als Dassi Comfort) war eine Ehefrau des Schaustellers Nayo Bruce, der für vier Monate in der Beusselstraße 12 in Berlin-Moabit wohnte. Sie war Teil einer angesehenen Handelsfamilie aus Aného in Togo und wird in Zeitungsberichten als »Togofrau« erwähnt. Bei der Kolonialschau ist sie noch keine 20 Jahre alt. Zwei Jahre später ziert ihr Porträt eine Postkarte. Dassi Creepys Tochter Regina Bruce wurde am 12. Dezember 1900 im Eden-Theater in Elberfeld geboren. Fünf Jahre später kam ihre zweite Tochter Lisa in Bordeaux zur Welt.[26] Amanoua Kpapo Albina und Ohui Creppy sind zwei weitere namentlich bekannte Ehefrauen von Nayo Bruce.[27] Ihrer wird in der Dauerausstellung »zurückgeschaut | looking back« im Museum Treptow-Köpenick gedacht.[28]

Zu erwähnen ist auch Katharina (Nnomo) Atangana, die häufig neben Maria Mandessi Bell in den Mittelpunkt der kolonialen Ereignisse gestellt wurde. Ihre Lebensgeschichte wird oft als repräsentativ für die Beziehungen zwischen der kamerunischen Bevölkerung und Deutschland zu Ende des deutschen Kaiserreiches dargestellt[29], ohne dabei jedoch frauenpolitische Fragestellungen zu reflektieren.

---

*Katharina (Nnomo) Atangana wurde 1902 in Kamerun geboren. Mit neun Jahren wurde sie nach Deutschland geschickt, um eine katholische Hauswirtschaftsschule in Boppard am Rhein zu besuchen. Dort lernte sie Deutsch, bis sie vor Ausbruch des Ersten Weltkriegs nach Kamerun zurückgeschickt wurde. Ende 1915 war sie als »deutsche Europäerin« gezwungen, von dort zu fliehen, und schaffte es mithilfe von Missionarinnen zurück nach Deutschland, wo sie die Kriegsjahre in einem Konvent in Limburg an der Lahn verbrachte. 1921 kehrte sie nach Kamerun zurück, wo sie gegen ihren Willen verheiratet wurde. Die Ehe scheiterte, weshalb Katharina bis zum Tod ihres Vaters 1943 bei ihm lebte. Ihre Deutschkenntnisse konnte sie durch ihren Kontakt zu Schweizer Missionar*innen erhalten. In den 1960er-Jahren arbeitete sie für das Goethe Institut in Youandé, Kamerun.*

Esther Sike Bilé und Bertha Ebumba Mbenge sind zwei weitere Beispiele für Schwarze Frauen, die bei der Aufarbeitung deutscher Kolonialgeschichte wenig Aufmerksamkeit erhalten. Sie gehören zu der langen Liste von Schwarzen Frauen, die im Zuge der Kolonialisierung nach Deutschland kamen, bislang aber nur wenig Forschungsinteresse erregen konnten. 1899 kamen beide aus Douala nach Berlin, um an der Bethel Mission ausgebildet zu werden. Unter der Leitung von Eduard Scheve hatte die Mission die Ausbildung vieler Kameruner*innen zu verantworten. Von Esther wissen wir, dass sie nach 13 Jahren nach Kamerun zurückkehrte, um an der Missionsschule für Mädchen in Bonamuti zu unterrichten. Über Bertha ist bislang wenig bekannt.[30]

Esther und Bertha blieben kinderlos, warum ist ebenfalls nicht bekannt. Möglich ist, dass sie keinen Ehemann fanden, der nach damaliger Haltung derselben ethnischen Gruppe hätte angehören müssen. Ehen zwischen Afrikanerinnen und *weißen* deutschen Männern waren zu dieser Zeit in Deutschland zwar nicht per Gesetz verboten, wie dies in den Kolonien der Fall war, allerdings moralisch verwerflich. Gleichzeitig wurde es in der traditionellen kamerunischen Gesellschaft als erhebliches Versagen einer Frau angesehen, kinderlos zu sein, da ihre primäre Aufgabe in der Reproduktion der ethnischen Volksgemeinschaft bestand.[31] An diesem Beispiel wird erneut die doppelte Stigmatisierung deutlich, der Schwarze Frauen während der Kolonialzeit ausgesetzt waren.

Dennoch bleibt das politische Engagement von Schwarzen Frauen im Zuge der Kolonialisierung bislang ein offenes Forschungsfeld. Die junge postkoloniale Forschung in Deutschland hat bislang nur sehr wenig über die politische Rolle von Schwarzen Frauen hervorgebracht. Aus Schwarzer feministischer Perspektive fehlen Analysen gänzlich. Aus *weißer* feministischer Perspektive berichtet die Afrikanistin Marianne Bechhaus-Gerst in ihrem Aufsatz »Schwarze Eva« von der Konstruktion der afrikanischen Frauen in das von der *weißen* Feministin Frieda von Bülow um 1890 begründete Genre der Kolonialliteratur und kommt zu dem Schluss, dass ihnen keine politische Rolle zukam. Vielmehr wurden sie von den *weißen* Kolonialschriftstellerinnen auf ihre Körperlichkeit reduziert und als Konkurrentinnen um die Gunst des *weißen* deutschen Mannes porträtiert.[32] Ihre Rolle im politischen Weltgeschehen mussten sich Schwarze Frauen hart erkämpfen.

Mit dem Ende des Ersten Weltkrieges endete auch die deutsche Kolonialherrschaft. Parallel zur Friedenskonferenz in Versailles fand im Februar 1919 der von W. E. B. Du Bois organisierte Erste Panafrikanische Kongress in Paris statt. Delegierte aus Afrika, der Karibik und den USA nahmen teil. Doch die internationale Zusammenkunft vermochte keinen Einfluss auf die in Versailles geführten Verhandlungen über das Schicksal der ehemaligen deutschen Kolonien und die ehemals Kolonialisierten zu nehmen. Anstatt in die Unabhängigkeit entlassen zu werden, wurden sie an die Alliierten abgegeben. Bis heute wird die panafrikanische Idee, Afrika von *weißer* Vorherrschaft zu befreien und mit seiner Diaspora zu vereinen, von zahlreichen Organisationen und Initiativen weiterverfolgt – auch in Deutschland.

Allerdings sind Schwarze Frauen aus der Geschichte des Panafrikanismus sowie aus der deutschen Kolonialgeschichte weitgehend herausgeschrieben worden, obwohl es zahlreiche Schwarze Feministinnen gab, die sich in diesen Kontexten engagierten. In der Geschichtsschreibung des späten 19. und frühen 20. Jahrhunderts wurden sie hinter den männlichen Vertretern der Bewegung zurückgedrängt: Kwama Nkrumah (der erste Präsident Ghanas), Jomo Kenyatta (der erste Präsident Kenias) und nicht zuletzt Leopold Sédar Senghor (der erste Präsident Senegals). Deshalb ist es wichtig, an dieser Stelle darauf hinzuweisen, dass der Panafrikanismus von Anfang an auch durch aktive Schwarze Frauen geprägt wurde. Zu nennen sind neben Maria Mandessi Bell unter anderem die Schwestern Paulette (Journalistin) und Jeanne (Autorin) Nardal aus Martinique, die Journalistin und Schriftstellerin Mabel Dove Danquah aus Ghana und die Journalistin Claudia Jones aus Jamaika.[33] Paulette und Jeanne Nardal waren zudem maßgeblich an der Begründung der Negritude beteiligt.[34]

Ebenso wenig sichtbar im öffentlichen Raum sind Schwarze panafrikanische Organisationen der Gegenwart, wie PAWLO-Masoso e. V. um Marianne Ballé Moudoumbou, die seit vielen Jahren transnationale feministische Arbeit für Afrikanerinnen in Deutschland machen. Die panafrikanische Frauenbefreiungsorganisation wurde 1994 während des 7. Panafrikanischen Kongresses in Kampala, Uganda, gegründet und hat heute ihren Sitz in Potsdam. PAWLO verfolgt das Ziel, das öffentliche Bewusstsein über den Panafrikanismus, insbesondere die Rolle der Frauen in afrikanischen Befreiungsprozessen, aus einer intersektionalen Perspektive zu stärken.[35] Als Verband ist PAWLO bundes- und weltweit aktiv und führt die Arbeit jener Schwarzen panafrikanischen Feministinnen fort, die früher oft in der geschützten Umgebung der eigenen vier Wände stattfinden musste, während die öffentlichen Kongresse überwiegend von Männern besucht wurden.

Während der häufigen Zusammenkünfte und Gespräche mit Gleichgesinnten in ihrer Pariser Wohnung beispielsweise übertrug Maria Mandessi Bell Grundsätze einer Schwarzen Politik aus dem Deutschen ins Französische. Diese Ansätze wurden nicht zuletzt vom *weißen* Frankfurter Ethnologen Professor Leo Frobenius beeinflusst, der die afrikanische Kultur als der europäischen gleichwertig ansah, was für einen Gelehrten seiner Zeit sehr ungewöhnlich war. Geleitet von der liberalen humanistischen Idee der Négritude-Bewegung, die im Unterschied zum anglofon orientierten Panafrikanismus den frankofonen Diskurs über Afrika reflektierte, vertrat Maria Mandessi Bell darüber hinaus auch eine intersektionale Frauenpolitik, die schon früh die komplexe Verwobenheit von Race, Class und Gender berücksichtigte. In ihren Ausführungen machte sie stets deutlich, dass die Befreiung Afrikas nicht ohne die Unterstützung Schwarzer Frauen möglich gewesen wäre, auch wenn ihre Aufgaben häufig in einfachen Bürotätigkeiten lagen.[36]

Über Generationen hinweg wurden Marias Ideen von der *weißen* deutschen Mehrheitsgesellschaft vernachlässigt und müssen deshalb neu eingeordnet werden. Bis heute gibt es über die erwähnte temporäre Ausstellung »Hey Hamburg, kennst Du Rudolph Duala Manga Bell?« hinaus kein offizielles Ehrenmal für Maria Mandessi Bell – weder in Paris noch im Senegal, weder in Kamerun noch in Deutschland. Zudem sollte ihre Lebensgeschichte Eingang in unsere Kinder- und Schulbücher finden. Denn auf diesem Weg wäre es möglich, ein empowerndes Bild von Afrika und der Afrikanischen Diaspora aus Schwarzer feministischer Perspektive an junge Menschen zu vermitteln. Hätte ich als Kind schon von Maria Mandessi Bell, dem Panafrikanismus und der Négritude-Bewegung erfahren, wäre mein politisches Bewusstsein schon früh geprägt worden. Bis heute sind die vielen Gespräche, die ich am Küchentisch oder in den Wohnzimmern meiner Schwestern führe, für die Entwicklung meines Schwarzen feministischen Bewusstseins so wichtig, weshalb es mir ein Anliegen ist, diese zu dokumentieren und für die junge Generation von Schwarzen Deutschen bereitzustellen.

C. Bernd Sucher
Unsichere Heimat. Jüdisches Leben in Deutschland von 1945 bis heute

Die Shoah ist Vergangenheit – der Antisemitismus ist Gegenwart

Nach dem Holocaust bestand der Antisemitismus weiter. Das hatte Gründe. Schweigen war Schutz und politisches System.[1] Lehrer beschäftigten sich nicht gern mit dem Thema Nationalsozialismus. Konrad Adenauer konnte Hans Globke zum Staatssekretär im Bundeskanzleramt berufen – niemand protestierte. Dabei war Globke Mitverfasser und Kommentator der Nürnberger Rassegesetze gewesen.

Es entstanden antisemitische Verschwörungsideologien. Der Antisemitismus blieb virulent. Zwar vermieden es die meisten nicht jüdischen Deutschen, antijüdische Meinungen öffentlich zu äußern, doch die Verbrechen wurden kleingeredet. Beliebt war und bleibt bis heute der Vergleich. Schuld und Leid wurden aufgerechnet. Konzentrationslager gegen Luftschutzkeller: ein Abwägen von Angst, Verbrechen, Tod. Der Antisemitismus bekam Nahrung auch durch Neid: Die sogenannte Wiedergutmachung ärgerte nicht wenige Deutsche, deren Versorgung nur schleppend vonstattenging. Nach der Gründung des Staates Israel gesellte sich zum bestehenden Antisemitismus in Deutschland eine neue Variante der Judenfeindschaft: ein israelbezogener Antisemitismus, der heute mehr denn je gesellschaftsfähig geworden ist. Beschimpft wird der jüdische Staat, gemeint sind die Juden überall. 1952 wurden die Bundesbürger zum ersten Mal befragt, ob es besser wäre, keine Juden in Deutschland zu haben. 37 Prozent bevorzugten ein »judenfreies« Deutschland.

Schon 1947 wurde wöchentlich ein jüdischer Friedhof in Ost- und Westdeutschland geschändet. Die Angriffe auf Synagogen begannen zwölf Jahre später. Im Januar 1959 beschmierten Unbekannte die Neue Synagoge in Düsseldorf mit Hakenkreuzen; am Heiligen Abend dieses Jahres taten zwei Mitglieder der Deutschen Reichspartei dasselbe an der Synagoge in Köln, fügten aber noch eine Aufschrift hinzu: »Deutsche fordern: Juden raus«.[2]

Bereits am ersten Weihnachtsfeiertag wurden die Täter festgenommen: der Bäckergeselle Arnold Strunk und sein Freund Paul Josef Schönen, beide 25 Jahre jung. In den folgenden Wochen fanden diese Täter viele Nachahmer in ganz Deutschland, es gab Hunderte solcher Vorfälle, die in der Geschichte des Nachkriegsantisemitismus in Deutschland den Namen »Schmierwelle«[3] bekamen.

Baruch Graubard interpretierte diesen Anschlag als einen Affront gegen den humanen Staat an sich, als Zeichen dafür, wie wenig die deutsche Bevölkerung den Judenhass als Bedrohung auch der eigenen demokratischen Verfasstheit ernst nehme. In den *Münchner Jüdischen Nachrichten* erklärte er zwei Jahre später: »Der griechische Philosoph Demokrit sagt: ›Das Volk muss das Gesetz gleich dem Wall seiner Stadt verteidigen.‹ Das hat eben das deutsche Volk in den Jahren nach 1933 nicht getan, und das muss der Jugend klargemacht werden. Daher ist es auch wichtig, daß der Begriff Brüderlichkeit mehr exakten, konkreten Inhalt bekommt. Wenn man ihnen nur genau und präzise nach einem Wort von Aristoteles erklären würde, was Gesetz und Staat bedeutet, würden sie sehen, daß die Probleme nicht nur in religiösen, sondern auch in staatspolitischer und persönlicher Beziehung von ungeheurer Bedeutung sind.«[4]

Die sogenannte Aufarbeitung der NS-Vergangenheit in Deutschland begann erst 1952 mit dem Luxemburger Abkommen, in dem sich Adenauers Regierung verpflichtete, der Jewish Claims Conference sowie dem Staat Israel 3,5 Milliarden DM zukommen zu lassen. Erst sechs Jahre später erhielt die Aufarbeitung mehr Schwung. »Nach fast einem Jahrzehnt der stillschweigenden Reintegration auch schwer belasteter Nazis bekam die Aufklärung der NS-Verbrechen mit der Zentralen Stelle der Landesjustizverwaltungen in Ludwigsburg einen institutionellen Rahmen«, so beschreibt es Per Leo in seinem Buch *Tränen der Trauer*.[5] Dadurch »wurden die Entschädigung der Opfer, die Verfolgung der Täter und die Erforschung der Taten als öffentliche Aufgaben anerkannt«.[6]

Beim Besuch des ehemaligen KZ Bergen-Belsen am 2. Januar 1960 bedauerte Konrad Adenauer, der an der Wiedereinweihung der Kölner Synagoge teilgenommen hatte, den Vorfall in der Stadt. Gut drei Wochen später nannte er in einer Fernsehansprache die Tat der beiden Rechtsextremen »eine Schande und ein Verbrechen«. Doch war für den Kanzler die Kölner Schändung noch ein »Fall [...] politischer Natur«, so bezeichnete er die Nachahmertaten lediglich als »Flegeleien ohne politische Grundlage«,[7] da der Nationalsozialismus im deutschen Volk keine Wurzel mehr habe.

Im Sommer 1960 verabschiedete der Deutsche Bundestag das Sechste Strafrechtsänderungsgesetz. Im neu gefassten § 130 StGB hieß es jetzt: »[1] Wer in einer Weise, die geeignet ist, den öffentlichen Frieden zu stören, die Menschenwürde anderer dadurch angreift, daß er 1. zum Haß gegen Teile der Bevölkerung aufstachelt, 2. zu Gewalt- und Willkürmaßnahmen gegen sie auffordert oder 3. sie beschimpft, böswillig verächtlich macht oder verleumdet, wird mit Gefängnis nicht unter drei Monaten bestraft. [2] Daneben kann auf Geldstrafe erkannt werden.«[8]

Fast zehn Jahre nach der Untat von Köln, am 9. November 1969, deponierte die linksterroristische Gruppe Tupamaros Westberlin während einer Gedenkveranstaltung zum 31. Jahrestag der Novemberpogrome eine Brandbombe im Gemeindehaus der Jüdischen Gemeinde in der Fasanenstraße in Berlin-Charlottenburg. Die Attentäter hatten Pech: Der Zeitzünder war defekt.[9]

1969 war ein besonderes Jahr in den Beziehungen zwischen deutschen Juden und deutschen Nichtjuden, zwischen der Bundesrepublik Deutschland und dem Staat Israel. 1965 hatten die beiden Staaten wieder diplomatische Beziehungen aufgenommen. Der erste israelische Botschafter in der Bundesrepublik wurde im zweiten Jahrzehnt nach dem Holocaust Asher Ben-Natan – von 1965 bis 1969. In seinem letzten Jahr in Deutschland besuchte er vom 9. Juni an Frankfurt am Main und Hamburg. Auf Einladung des Bundesverbands Jüdischer Studenten in Deutschland wollte er in den Universitäten dieser Städte mit Studentinnen und Studenten diskutieren. Doch dazu kam es nicht. Der Sozialistische Deutsche Studentenbund (SDS), der mit den Palästinensern sympathisierte, hatte zu Demonstrationen gegen diese von den jüdischen Studenten organisierte »Woche für den Frieden im Nahen Osten« aufgerufen. Es kam zu turbulenten Szenen. Ich erinnere mich, dass Asher Ben-Natan nicht das Wort ergreifen konnte, weil er lautstark niedergeschrien wurde. Im Hamburger Audimax wurde ich selbst, der ich eine Kette mit einem Davidstern trug, von Kommilitonen als »faschistisches Judenschwein« angespuckt. Meine Mutter, Opfer der Nationalsozialisten, Überlebende des Konzentrationslagers Majdanek, hatte mich gewarnt. Es kam zu Handgreiflichkeiten, Prügeleien. Ich floh.

Am 19. Juni reagierte Theodor W. Adorno in einem Brief an Herbert Marcuse: »Die Gefahr des Umschlags der Studentenbewegung in Faschismus nehme ich viel schwerer als Du. Nachdem man in Frankfurt den israelischen Botschafter niedergebrüllt hat, hilft auch die Versicherung, das sei nicht aus Antisemitismus geschehen, und das Aufgebot irgendeines israelischen ApO-Mannes nicht das mindeste. [...] Du müsstest nur einmal in die manisch erstarrten Augen derer sehen, die, womöglich unter Berufung auf uns selbst, ihre Wut gegen uns kehren.«[10]

Wenige Monate später ein Brandanschlag in München, am 13. Februar 1970. Die Attentäter hatten im Treppenhaus des jüdischen Gemeindezentrums in München, im oberen Stockwerk, dort, wo ein Altenheim eingerichtet worden war, Benzin vergossen und es angezündet. Sieben Menschen kamen um, die den Holocaust überlebt hatten und friedlich in München leben und sterben wollten.

Vor der Geiselnahme während der Olympischen Spiele 1972 in München gab es andere Anschläge. An Bord eines Verkehrsflugzeugs der Swissair auf einem Linienflug von Zürich nach Tel Aviv detonierte eine palästinensische Bombe. Die Maschine stürzte ab – 47 Menschen starben. Diese Täter wurden nicht ermittelt. Die Geiselnahme in München am 5. September 1972 forderte 17 Menschenleben.[11]

Bis zum Jahr 1978 war der 9. November ein Tag wie jeder andere. Es gab in Deutschland kein Gedenken, keine öffentliche Erinnerung. Erst vierzig Jahre nach der Reichspogromnacht – die damals noch beschönigend Kristallnacht genannt wurde –, änderte sich das. Helmut Schmidt besuchte an jenem Tag die Kölner Synagoge und hielt eine Rede. Die erste Gedenkrede eines Bundeskanzlers zu den Ereignissen von 1938. Und das Wort »Kristallnacht« vermied Schmidt. Dafür sprach er über die Gegenwart und eine mögliche Zukunft von deutschen Juden und deutschen Nichtjuden: »Wir sehen manche Sorge und manches Erschrecken bei vielen Mitbürgern – Juden ebenso wie Nichtjuden –, wenn Zeichen einer vermeintlichen Wiederkehr nationalsozialistischen Gedankenguts auftauchen oder wenn mordwütiger Terrorismus an die Morde erinnert, deren Opfer zu Beginn der ersten deutschen Republik Rathenau, Erzberger, Luxemburg und Liebknecht gewesen sind.« Schmidt bat »die Juden in der Welt«, die zweite deutsche Demokratie nicht an jenen wenigen verirrten Extremisten zu messen. Und dann dankte er ausdrücklich dem Zentralrat der Juden, dass er in der Frage des wiedererstarkenden Antisemitismus »immer wieder unsere Zuversicht geteilt hat: der Rechtsextremismus findet bei uns sicherlich keine Heimstätte mehr«.[12]

Klare Worte des damaligen Bundeskanzlers! Sie hatten zur Folge, dass nun kein 8. Mai und kein 9. November verging, »ohne die nachdrückliche und stets wiederholte Mahnung, den Holocaust zu erinnern, der Opfer zu gedenken, die spezifisch deutsche Schuld zu bekennen und die Massenverbrechen des Nationalsozialismus nicht zu vergessen«.[13] Nennen die einen dieses Ritual des Erinnerns eine »Pflicht« oder eine »Obsession«, sprechen andere von der »Vergötzung des Gedächtnisses« oder von einer »Epidemie des Gedenkens«, sogar von einem »Diktat der Aufarbeitung«.[14]

Der Blick auf einige Reden der höchsten Männer im Staat zeigt die entsprechende Entwicklung in den letzten Jahrzehnten auf.

Im November 1978 war Helmut Schmidt zum vierzigsten Jahrestag der Reichspogromnacht der Protagonist in der Kölner Synagoge. Unter den Zuhörern war auch Bundespräsident Walter Scheel, der bereits früher am Tag über Rundfunk und Fernsehen eine Erklärung abgegeben hatte, die mit einem Aufruf endete: »Unser Staat ist dem Recht und dem Frieden verpflichtet. Darum dürfen wir, um unserer Zukunft willen, den November 1938 nicht vergessen. Das schulden wir dem jüdischen Volk; das schulden wir der Welt; das schulden wir uns selbst.«[15]

Weitere 35 Jahre später hielt Bundespräsident Joachim Gauck am 24. November 2013 in Berlin eine Rede auf dem Gemeindetag des Zentralrats der Juden in Deutschland.

»Es ist viel los in der jüdischen Gemeinschaft, es ist viel buntes Leben in den einzelnen Gemeinden. [...] Und ich erkenne vor allem auch viel fröhliches und unbeschwertes jüdisches Leben, ich erkenne selbstverständliches jüdisches Hiersein. Das ist etwas, das mich mit tiefer Freude erfüllt.

Es hat sich sicher auch hier auf dem Gemeindetag gezeigt, dass es Probleme, dass es Schwierigkeiten und dass es Ängste und Nöte in den jüdischen Gemeinden und Familien gibt. Es wird zur Sprache gekommen und diskutiert worden sein, wie heimisch und wie fremd man sich fühlt hier in Deutschland, ja: auch in seiner eigenen Gemeinde. [...] Ich will noch einmal sagen, was ich Ihnen im vorigen Jahr zu Rosch ha-Schana geschrieben habe: Jüdische Gemeinden, jüdischer Glaube und jüdische Lebenspraxis sind Teil unserer Kultur. Das ist selbstverständlich, und das muss selbstverständlich bleiben. Es wird nicht vergessen werden, welche Geschichte hinter uns liegt. Sie haben ein deutliches Zeichen der Erinnerung gesetzt, als Sie diesen Gemeindetag in Berlin ganz bewusst mit einem Gedenken am Gleis 17 in Grunewald begonnen haben, von wo die Berliner Juden deportiert worden sind. Nein, diese Geschichte wird nie und von niemandem hier vergessen. Und wenn neue Seiten im Buche der Geschichte aufgeschlagen werden, so bleiben die alten Seiten doch für alle Zeiten lesbar.

Gerade auf diesem Gemeindetag ist nun deutlich sichtbar geworden, dass neue und gute Seiten im Leben der jüdischen Gemeinde in Deutschland und im Zusammenleben zwischen Juden und Nichtjuden aufgeschlagen worden sind und dass neue Kapitel gerade geschrieben werden. [...] Unsere gemeinsame Zukunft ist jetzt!«[16]

Wieder sechs Jahre später, wieder bei einem Gemeindetag des Zentralrats der Juden, wieder in Berlin, sprach am 19. Dezember 2019 Bundespräsident Frank-Walter Steinmeier. Nachdem er sich bei dem Zentralratsvorsitzenden Josef Schuster für die Einladung bedankt hatte, kam er rasch zur Sache – das Zusammenleben zwischen Juden und Nichtjuden gestaltete sich, 70 Jahre nach der Rede Adenauers, noch immer schwierig.

»Likrat, aufeinander zugehen: Sie alle kennen dieses Wort. [...] Aufeinander zugehen – ich glaube, viele in unserem Land, Juden und Nichtjuden, haben diesen Wunsch! Doch der Weg, auf dem wir einander entgegengehen, ist beschwerlicher geworden in den vergangenen Jahren. Wer fürchten muss, auf offener Straße angegriffen, beschimpft oder bespuckt zu werden, wer erleben muss, dass die eigenen Kinder auf dem Schulhof verhöhnt werden, wird das Vertrauen kaum aufbringen können, auf andere zuzugehen, sich zu öffnen und zu Hause zu fühlen.

Aufeinander zuzugehen braucht Vertrauen. Viele, ganz viele von Ihnen sind vor dreißig Jahren einen weiten Weg gegangen. Sie haben ein Land verlassen – Familienangehörige, Ihre vertraute Umgebung –, um hier zu leben, hier eine Heimat zu finden. Sie haben Vertrauen in dieses Land gesetzt, ein Vertrauen, das nach der Shoah alles andere als selbstverständlich ist. Mehr noch: Sie alle, die Sie zur jüdischen Gemeinschaft in Deutschland gehören, haben sich, Ihre Kinder, Ihre Familien, Ihre Zukunft diesem unserem Land anvertraut.

Auch deshalb bin ich hier, um Ihnen zu sagen: Ich weiß, dass Ihr Vertrauen fragil geworden ist. Antisemitische Angriffe in unserem Land nehmen zu. Der Weg aufeinander zu, den Sie gehen, wird Ihnen nicht leichter, sondern immer öfter schwer gemacht.«

Steinmeier verwies auf 699 Straftaten mit antisemitischem Hintergrund, darunter 22 Gewalttaten, allein in den Monaten Januar bis Juni 2019, und nannte die antisemitischen Anschläge »beschämend«. Und schlug den Bogen zu 1700 Jahren jüdischen Lebens an Donau und Rhein. »Das Judentum gehört zu Deutschland, es hat immer die deutsche Geschichte mitgeschrieben und geprägt, vor und nach der Shoah. Dass die jüdische Gemeinschaft mit der Zuwanderung aus den Staaten der ehemaligen Sowjetunion wieder gewachsen ist, ist ein Geschenk für dieses Land.« Er schloss mit folgendem Satz: »Meine Damen und Herren, ich bin froh, Sie hier zu wissen, zu Hause in Deutschland!«[17]

Nur wenige Kommentatoren – nicht jüdische und jüdische – bemerkten, dass der Bundespräsident mit dieser verbalen Umarmung die Kritik der Juden in Deutschland an dem wieder auflebenden Antisemitismus zum Schweigen zu bringen versuchte. Steinmeier blendete in seiner Rede alles Kritische aus. Es war ein Erinnern ohne Kontextualität.

Er war aber keineswegs der erste Bundespräsident, der diese Form und dieses Format der Erinnerungskultur gewählt hatte. Er führte fort, was Richard von Weizsäcker am 8. Mai 1985 in seiner Rede im

Bundestag begonnen hatte. Per Leo nennt diesen bundespräsidialen Auftritt »die Urszene der deutschen Erinnerungskultur«.[18]

Weizsäcker zitierte zunächst einen jüdischen Mystiker des 18. Jahrhunderts. Er verwies mit diesem Fund (seiner Mitarbeiter) aus der kabbalistischen Literatur darauf, dass das Vergessenwollen das Exil und damit die Erlösung noch verlängere und nur die beständige Erinnerung ein Mittel sei, Heil zu finden – und Vergebung. Per Leo erklärt zu Recht, dass es einen Unterschied mache, »ob man zu einem alten Volk gehört, das sich erst durch das Aufschreiben seiner Geschichte konstituiert hat und dessen Fortbestand von der Erinnerung an diesen Anfang abhängt, oder zu einem modernen Staatsvolk, das in einem ganz anderen, viel schwächeren Sinn auf Integrationserzählungen angewiesen ist; ob man in der Geschichte Gott am Werk sieht oder nicht; und vor allem: ob man seiner eigenen Toten gedenkt oder der Opfer der eigenen Tat – all diese fundamentalen Unterschiede hüllte Weizsäcker in die Wolken einer pastoralen Rhetorik, mit der er einen Gedankenfetzen aus der jüdischen Geistesgeschichte riss, um eine angeblich ort- und zeitlose Weisheit zu beschwören. [...] Wenn das Staatsoberhaupt der Tätergesellschaft sich in hohem Ton an die Opferperspektive anschmiegte, dann passte das (...) auch zur Hauptlinie seiner Rede«.[19]

Diese Hauptlinie hatte ein inhaltliches Ziel: Das Volk der Deutschen bestand nicht aus Nazis. Es gab eine deutsche Schuld, ja, aber es gab keine Täter: »Die Ausführung der Verbrechen«, so Weizsäcker vor fast vierzig Jahren, »lag in der Hand weniger.«[20]

Kurz: Die deutschen Nichtjuden haben seit 1985 zwei Möglichkeiten gefunden – und sie nutzen sie beide –, dem Problem Nationalsozialismus und Judenmord aus dem Weg zu gehen. Sie können sich erinnern oder vergessen. Erinnern ist ein politisches Gebot – Vergessen ein politisches Verbot. Kultiges nostra culpa – und sanktioniertes Aufbegehren gegen jede Form, sich den Erinnerungskulturen zu entziehen.

In Wahrheit ließ die Gewalt gegen Juden niemals nach. Aber nicht allein Brand- und Sprengstoffanschläge auf Synagogen und jüdische Einrichtungen zeugten vom fortbestehenden Antisemitismus. Auch der Rechtsextremismus erhob wieder sein schmutziges Haupt.

Thomas Dienel, 1961 in Weimar geboren, gehörte schon früh zu den besonders engagierten Verfechtern des ostdeutschen Rechtsextremismus. Nach einer Mitgliedschaft in der NPD gründete er seine eigene Partei in Thüringen, die Deutsch Nationale Partei (DNP). Am 20. Juli 1992, einen Tag nach dem Tod des Präsidenten des Zentralrats der Juden in Deutschland, Heinz Galinski, warf er zwei Schweinekopfhälften und eine Schmähschrift in den Vorgarten der Erfurter Synagoge. Von 2002 an wurden jüdische Friedhöfe und Gedenkstätten vermehrt Ziel der Angriffe. Sogar Stolpersteine wurden mit SS-Runen geschändet – wie in Apolda 2017. Kindergärten wurden angegriffen und Einzelpersonen. Konnte man bis 2016 noch von vereinzelten Ereignissen sprechen, so änderte sich dies von 2017 an. Es verging kein Monat ohne Anschläge, Schändungen und Misshandlungen von Juden. Ein versuchter Totschlag im Januar 2016 erregte die Öffentlichkeit erstaunlich wenig. In einer Nürnberger U-Bahn-Station stieß ein Mann einen anderen auf die Gleise und hinderte ihn danach durch Tritte gegen den Kopf und auf die Finger daran, wieder auf den Bahnsteig hinaufzusteigen.[21]

Über diesen Vorfall wurde wenig berichtet. Die *Jüdische Allgemeine,* »Wochenzeitung für Politik, Kultur, Religion und jüdisches Leben«, griff ihn allerdings auf und schrieb über das Verbrechen und den anschließenden Prozess. Der Täter wurde zu fünf Jahren Freiheitsstrafe wegen versuchten Totschlags in Tateinheit mit gefährlicher Körperverletzung verurteilt. Die Autorin des Artikels, Judith Werner, kommentierte, es sei interessant, »dass die Staatsanwaltschaft zunächst zusätzlich noch eine Anklage wegen Volksverhetzung erhoben hatte. Wie der Klageschrift zu entnehmen war, hatte der Täter als Motiv bei seiner ersten Vernehmung gegenüber der Polizei angegeben, er habe sein Opfer – nach Medienberichten ein Grieche – für einen Juden gehalten. Der Täter soll dem Beamten gesagt haben: ›Ich hab das gemacht, weil er ein Jude ist, das nächste Mal mache ich es richtig. Ich wusste gleich, dass er ein Jude ist, da ich es gerochen habe [...]. Ich hasse alle Juden. Es kam nur kein Zug. Scheiße.‹ Doch die Anklage wegen Volksverhetzung wurde auf Antrag der Staatsanwaltschaft fallen gelassen. ›Eine Einstellung auf Basis von Paragraf 154 II StPO ist nicht mit einem Freispruch zu verwechseln‹, gibt Friedrich Weitner, Pressesprecher am Oberlandesgericht Nürnberg, zu bedenken. Für den Tatbestand der Volksverhetzung müsse eine Tat allerdings öffentlich passiert sein; antisemitisch geäußert hatte sich der Mann aber nur gegenüber dem Polizeibeamten«.[22]

2019 wurde ein schlimmes Jahr für Juden in Deutschland. Zu Beginn des Jahres erhielten der Zentralrat der Juden und dessen Präsident Josef Schuster elektronische Drohbriefe der rechtsextremen Gruppierung »NSU2.0«. Gleichfalls im Januar wurde im Bahnhof von Langen ein achtzigjähriger Mann beleidigt, als Jude beschimpft und zu Boden gestoßen – wahrscheinlich war der Angegriffene ein Rabbiner, aber das blieb ungeklärt, weil das Opfer sich nach der Tat nicht meldete. Am 30. Juli wurde Yehuda Teichtal, Rabbiner der Jüdischen Gemeinde Berlin, nach dem Besuch des Gottesdienstes von zwei arabisch sprechenden Männern angepöbelt und bespuckt. In den Reaktionen der Kommentatoren wurde der importierte Antisemitismus hervorgehoben.[23]

Vier Tage später eine ähnliche Tat in München: Nach dem Besuch der Synagoge wurden ein 53-jähriger Rabbiner und seine beiden Söhne von einem Mann als »Scheißjuden« beleidigt. Dieses Mal von Deutschen. Eine Frau, die den Vorfall beobachtete, mischte sich ein, spuckte dem Rabbiner ins Gesicht und wiederholte: »Scheißjude!«[24] Der Münchner Oberbürgermeister Dieter Reiter sagte in einem Appell, es sei Auftrag der Stadtgesellschaft, Antisemitismus »in all seinen Facetten entschieden zu bekämpfen«. Die Münchner seien aufgefordert, den betroffenen Jüdinnen und Juden solidarisch zur Seite zu stehen und sich einzumischen, wenn Menschen aufgrund ihrer Herkunft, Hautfarbe, Religion, ihres Geschlechts oder ihrer sexuellen Orientierung beleidigt, diskriminiert oder angegriffen würden. Nachdem zwei Tage später weitere judenfeindliche Drohungen bekannt geworden waren, forderte die SPD-Stadtratsfraktion im Münchner Rathaus die Ermittlungsbehörden auf, antisemitische Angriffe, Schmähungen und Internet-Hetzseiten konsequent strafrechtlich zu verfolgen.[25]

Und es wurde nicht besser in jenem Jahr 2019. Im September unterhielten sich vor einer Berliner Disco vier Touristen aus Israel auf Hebräisch. Ein Mann, der ihnen zugehört hatte, schlug daraufhin einem aus der Gruppe ins Gesicht – und floh. Die Opfer gaben zu

Protokoll, der Angreifer habe Arabisch gesprochen. Keinen Monat später wurde im niederbayerischen Massing eine Frau aus Israel mit einem Stein beworfen, nachdem der Täter sie und ihre beiden Söhne zuvor auf Arabisch beschimpft hatte. Er konnte entkommen. Der Antisemitismusbeauftragte der Bayerischen Staatsregierung, Ludwig Spaenle von der CSU, verurteilte den Angriff. Er sprach, was alle Politiker zuvor gesprochen hatten: »Ich hoffe, dass unsere Sicherheitsbehörden den Täter ermitteln und die Justiz ihn konsequent verurteilt; wir müssen alles dafür tun, dass Jüdinnen und Juden sowie Israelis bei uns in Sicherheit leben können.«[26]

Am 9. Oktober 2019 erfolgte dann der Anschlag auf die Synagoge in Halle. Eine Tat, die nicht allein in Deutschland Menschen beunruhigte und aufbrachte. Dieses geplante Attentat war der Versuch eines Massenmords an deutschen Juden am höchsten jüdischen Feiertag Yom Kippur, dem Versöhnungstag. Begangen von dem Rechtsextremisten Stephan Balliet, der zum Zeitpunkt der Tat 26 Jahre jung war.

Es verwundert kaum, dass sich nach der Tat Politikerinnen und Politiker aller deutschen Parteien zu Wort meldeten. Mit Floskeln. Mit Bekundungen der Solidarität mit den jüdischen Mitbürgerinnen und Mitbürgern. Manche von ihnen bestanden darauf, dass die Juden in Deutschland ihren Glauben und ihre Kultur furchtlos müssten leben können. Es erklang ein großer, vielstimmiger »Nie wieder!«-Chor. Der damalige bayerische Innenminister Joachim Herrmann mahnte und forderte, die geistigen Brandstifter zu benennen, und benannte sie auch selbst: Für ihn waren sie in den Reihen der AfD zu finden, insbesondere der Fraktionsvorsitzende im thüringischen Landtag Björn Höcke. Wenig überraschend widersprachen die zwei prominentesten Vertreter der AfD, Alice Weidel und Alexander Gauland. Sie nannten die Tat zwar ein »monströses Verbrechen«, beklagten aber zugleich die tagespolitische Instrumentalisierung des Anschlags und sahen sich in der Opferrolle einer »mit haltlosen Diffamierungen« verleumdeten politischen Konkurrenz.[27]

Matthias Drobinski von der *Süddeutschen Zeitung* erkannte und formulierte als einer der wenigen politischen Journalisten, dass die Juden in Deutschland von rechten Antisemiten und Islamisten angegriffen würden: »[...] beide Szenen beziehen ihre Ideologie und ihr mörderisches Know-how aus einem weltweiten Netz der Gesinnungsgenossen.«[28]

Dem Attentat folgten Diskussionen über die Sicherheit von Synagogen und jüdischen Einrichtungen. Es wurden Vorwürfe laut, in Halle sei das Fehlen von Polizeischutz vor der Synagoge unverzeihlich gewesen, weil die ersten Hilferufe nicht ernst genommen worden seien. Womöglich hielten die Verantwortlichen die jüdischen Sorgen und Warnungen für übertrieben. Als einen Monat nach der Tat am 9. November 2019 der Jahrestag der Reichspogromnacht begangen wurde, verwies Max Privoroztki, der Vorsitzende der jüdischen Gemeinde in Halle, noch einmal darauf, dass dieser Anschlag auch zu erklären sei und erklärt werden müsse als Ausdruck eines deutschlandweiten Antisemitismus, der schnell »immer krasser« werde. Privorotzkis Worten zufolge schämt man sich nicht mehr, sich als Antisemit zu outen. »Wobei dieser Antisemitismus nicht nur von Neonazis und Rechtsextremisten kommt, sondern auch von Islamisten propagiert wird.«[29]

Schon ein Jahr zuvor hatte Josef Schuster, der Vorsitzende des Zentralrats, beklagt, dass man sich heutzutage wieder zu sagen traue, was man lange vielleicht nur gedacht, aber sich eben nicht zu sagen getraut habe, darunter auch Diskriminierendes gegen Juden.[30] Nach dem Anschlag von Halle kritisierte er nun Versäumnisse der Politik beim Kampf gegen rechtsextreme Tendenzen – allerdings sei das neben dem Staat auch Aufgabe der Gesellschaft und jedes Einzelnen.[31] Kurzum, Rechtsextremismus und Antisemitismus wurden zu lange verharmlost oder gar ignoriert, und Juden offen zu verachten ist mittlerweile für viele Zeitgenossen wieder eine so selbstverständliche Äußerung geworden wie andere auch.

Stefanie Schüler-Springorum beginnt ihren Aufsatz zum sehr lebendigen Antisemitismus in Deutschland mit einer Rückschau auf das Attentat von Halle. »In der Berichterstattung über den ersten Prozesstag, an dem der Angeklagte zur Person und zum Tathergang vernommen wurde, dominiert ein Motiv: die Sprach- und Fassungslosigkeit der Zuhörer, Richterin und Staatsanwälte, Angehörige und Journalistinnen eingeschlossen. Es ist schon eine Weile her, dass man in einem deutschen Gerichtssaal eine so umfassende Präsentation dessen zu Ohren bekam, was die Forschung etwas gedrechselt ein ›geschlossenes antisemitisches Weltbild‹ nennt: Juden sind die Drahtzieher hinter allem Bösen.«[32] Wir müssten zur Kenntnis nehmen, »dass selbst der Massenmord nichts, aber auch gar nichts an der Struktur und der ungeheuren Attraktivität des antisemitischen Denkens verändert hat. Lediglich zwei neue Varianten eines alten Themas sind seitdem hinzugekommen. ›Die Juden nutzen die Erinnerung an den Holocaust aus, um sich finanzielle, moralische, machtpolitische Vorteile zu verschaffen – die ›Auschwitzkeule‹. Und Israel steckt hinter allem Bösen der Welt: 9/11, Folterregime in Lateinamerika und natürlich hinter dem gerade stattfindenden ›Großen Austausch‹. Der Erfolg der antisemitischen Weltwahrnehmung funktioniert heute noch immer wie vor 500 oder 1000 Jahren: eine einfache Antwort auf komplexe Verhältnisse, die besonders dann virulent wird, wenn man mit unerklärlichem Unglück konfrontiert wird, das man verstehen will, für das jemand verantwortlich sein muss, jemand, den man dann bekämpfen kann«.[33]

Zu Recht stellt sich also die Frage: Können Juden denn überhaupt noch in diesem Land leben? In meinen Gesprächen gaben meine Gegenüber unterschiedliche, aber doch unmissverständliche Antworten.

Richard C. Schneider preschte vor: »Der ständig wachsende Antisemitismus in diesem Land lehrt die Juden das Fürchten, denn dieser Antisemitismus ist keiner der Außenseiter am rechten oder linken Rand des politischen Spektrums. Der immer offenere Antisemitismus in Deutschland ist in der Mitte der Gesellschaft angekommen. Er ist nicht länger ein Tabu.« Was die Politik formuliere, sei nicht die Meinung der Deutschen. Heißt das, dass die Politik das Problem herunterspielt, verharmlost und die Bürger weit aggressiver sind in ihrer Haltung gegenüber den Juden in ihrem Land? – »Ja!« Aber das sei letztlich kein deutsches Problem, sondern ein europäisches.[34]

Charlotte Knobloch äußerte sich vorsichtiger, aber als ich ihr gegenübersaß und sie meine Frage beantwortete, glaubte ich zu bemerken, dass ihr ihre eher positive Antwort schwerfiel: »Es war nie einfach, als Jüdin oder Jude in Deutschland zu leben, und das ist es auch heute nicht. In gewisser Weise sind wir immer noch, oder besser: wieder im Zwischenzustand. Jüdisches Leben in Deutschland ist alles und nichts: Es ist ein Wunder, und es ist – zumindest ein bisschen – Normalität. Es ist Alltag und Ausnahmezustand. Es ist zugleich wundervoll und schwierig, motivierend und bedrückend.«[35]

Rabbiner Tom Kučera aus München antwortete hingegen nicht beschwichtigend. »Ich kann Ihnen das gute Deutschland nicht bieten. Ab und an frage ich meine Schülerinnen und Schüler, welche Erfahrungen sie mit dem Antisemitismus gemacht haben und machen. Die meisten haben zum Glück nichts Schlechtes erlebt, aber es gibt auch Ausnahmen, sogar in den sogenannten besseren Stadtvierteln Münchens, in Bogenhausen und Grünwald. Dort, wo man nicht erwarten würde, dass erschreckende Bemerkungen über Juden und Gas gemacht werden.« Es seien schwierige Zeiten. »Man darf sich nichts vormachen – der Antisemitismus in diesem Land nimmt beständig zu. Unsere Normalität ist, dass wir Drohbriefe bekommen, Schmähungen immer, kontinuierlich. In unbestimmten Intervallen.«

Dann sprach der Rabbiner ein Thema an, das auch dem Historiker Norbert Frei besonders wichtig ist – der importierte Antisemitismus. »Längst kommen die negativen Ressentiments nicht nur von rechtsradikaler Seite«, da ist sich Tom Kučera sicher, »sondern ebenso von Radikalislamisten arabischer oder türkischer Herkunft. Das ist eine sehr unangenehme Wahrheit, der wir aber ins Gesicht sehen müssen.«[36]

Wer also sind die Antisemiten in Deutschland heute? Gibt es durch die Flüchtlinge und Einwanderer einen importierten Antisemitismus?

Norbert Frei versucht zu differenzieren: »Ich sehe im Wesentlichen drei Gruppen. Erstens die ›traditionellen‹, oft kleinbürgerlichen biodeutschen Antisemiten, die in der Demoskopie meist als relativ konstanter ›antisemitischer Bodensatz‹ nachweisbar sind. Zweitens die relativ kleine, aber hochgefährliche Gruppe der rechtsterroristischen Verschwörungs-Antisemiten. Und drittens den politischen und kulturellen Antisemitismus aus den Nachbarstaaten Israels, der mit den Geflüchteten importiert worden ist. Wie andere hierzulande nicht akzeptierte politische und gesellschaftliche Einstellungen auch: Homophobie, Antifeminismus etc.

Die Zäsur war der – jetzt aber möglicherweise zu einem Halt gekommene – Aufstieg der AfD nach 2015 beziehungsweise 2017, als zum ersten Mal seit 1949 eine rechtsradikale Partei in den Bundestag gekommen ist. Neben dem Flüchtlingsthema ist die ›erinnerungspolitische Wende um 180 Grad‹ ja das erklärte Ziel der ›Vogelschiss‹-Partei. Es ist eben nicht nur der offen rechtsradikale Flügel der Partei, der auf der Klaviatur der NS-Verharmlosung spielt – und trotzdem eine Gruppe von ›Juden in der AfD‹ auf seiner Seite weiß –, sondern es sind auch die vermeintlich bürgerlich-konservativen Kräfte um Alexander Gauland, der ja der Urheber der ›Vogelschiss‹-Analogie ist. In diesen Kreisen erweist sich das – auch von der CSU viel zu lange mitgemachte – Gerede von der christlich-jüdischen Tradition als bloßes Alibi für antiislamische Phobie.«[37]

Gibt es auch Antisemitismus in Kleinstädten, in denen die jüdischen Gemeinden fast nicht auffallen? Antje Yael Deusel, liberale Rabbinerin aus Bamberg, antwortet mit »Ja«, setzt aber relativierend hinzu: »Aber sie müssen sich nicht fürchten!« Dann berichtet sie von einem besonderen Angriff: Es habe zu Beginn der Coronapandemie ein Schild an einem Brunnen in der Altstadt gegeben. »Und darauf stand, dass Frau Merkel, die Ausländer und die Juden die Seuche in die Stadt gebracht hätten. Aber das ist nicht alles! Im letzten Jahr stand unter einer der Bamberger Brücken über längere Zeit ein Schild mit der Aufschrift: ›Kauft nicht beim Juden!‹ Und natürlich gibt es auch andere antisemitische Schmierereien auf Strom- und Briefkästen, Hauswänden.«[38]

Auf der unmittelbaren persönlichen Ebene weiß der mittlerweile emeritierte Münchener Juraprofessor Moris Lehner von einer ähnlichen Attacke in seinem beruflichen Umfeld zu berichten: »Als ich 1998 frisch an die Juristische Fakultät der LMU berufen war, habe ich in meinem Grundkurs ›Öffentliches Recht‹ – Staats- und Verwaltungsrecht – ausführlich über das Ermächtigungsgesetz gesprochen. Die Reaktion kam gleich am Nachmittag nach der Vorlesung: Auf die meinem Büro gegenüberliegenden Toilettentüren war je ein Hakenkreuz geschmiert, und dazu war geschrieben: ›Nicht für Juden‹. Auch auf der Tür zur Behindertentoilette befand sich ein

Hakenkreuz. Der Text lautete jedoch: ›Nur für Juden‹. Das war kein Blöder …«[39]

Jüdischer Protest im Rampenlicht

Bis zum Jahr 1985 hielten sich die Juden in Deutschland mit Kritik zurück. Und selbst in jenem Jahr demonstrierten sie noch im Mai erstaunlich kleinlaut gegen Helmut Kohls Auftritt mit dem US-Präsidenten Ronald Reagan, als die beiden gemeinsam den Soldatenfriedhof in Bitburg besuchten, auf dem auch Soldaten der Waffen-SS begraben liegen. Der Protest richtete sich gegen den Versuch, die Judenmorde zu verharmlosen. Helmut Kohls Diktum von der »Gnade der späten Geburt« war so etwas wie der Startschuss für diese Aufrufung einer Normalisierung im Verhältnis zwischen Juden und Deutschen. Kohl verwendete den Begriff bereits 1963, vor seinem Staatsbesuch in Israel.

Auch im Monat davor hatte es zwar eindrucks-, aber nicht sehr wirkungsvolle Maßnahmen gegeben, als sich jüdische Protestler bei einem Treffen ehemaliger SS-Angehöriger in Nesselwang im Allgäu in KZ-Kleidung danebengestellt hatten. Aber so, dachte Ignatz Bubis vom Zentralrat der Juden in Deutschland und dessen künftiger Vorsitzender später, »machen wir es nicht laut genug.«[40]

Der erste jüdische Protest, der in Deutschland und auch der Welt wirklich wahrgenommen wurde, war der gegen die Uraufführung von Rainer Werner Fassbinders Stück »Der Müll, die Stadt und der Tod« im Herbst 1985 in Frankfurt.

Die Aktionen der Frankfurter jüdischen Gemeinde waren aus vielerlei Gründen erstaunlich. Fassbinders Text, in dem er Motive aus Gerhard Zwerenz' Roman *Die Erde ist unbewohnbar wie der Mond* verwendet, lag schon zehn Jahre zuvor vor. Eine Verfilmung folgte ein Jahr später. Daniel Schmids Film trug den Titel *Schatten der Engel* und schaffte es in den Wettbewerb um die Goldene Palme bei den Internationalen Filmfestspielen von Cannes 1976.

Der Plot ist schlicht – und eigentlich waren sich die meisten Literatur- und Theaterkritiker einig, dass dieses Stück Fassbinders schlechtestes ist. Die Straßenprostituierte Roma B. – im Film heißt sie Lily Brest – wird von ihrem schwulen Zuhälter Franz B. regelmäßig misshandelt, weil sie nicht so viel Geld nach Hause bringt, wie er sich das wünscht. Sie hat Glück im Unglück: Ein Immobilienspekulant engagiert sie – nicht für sexuelle Dienste, sie soll ihm nur zuhören. Dieser Mann bezeichnet sich als »reicher Jude« – er ist die einzige namenlose Person in diesem Drama. Er benutzt die junge Frau, weil er über sie an ihren Vater kommen will, einen Nazi, der, so glaubt »der reiche Jude«, am Tod seiner Eltern schuld sei. Am Ende bringt er Lily/Roma um, die ihn um diesen Tod bittet, weil sie mit der Schuld des Vaters nicht umgehen kann. Dass der ehemalige SS-Mann sein Geld nach dem Krieg als singender Transvestit verdient, ist eine Absonderlichkeit mehr.

Fassbinder plante, das Stück als seine letzte Arbeit am Frankfurter Theater am Turm zu zeigen, das er eine Zeit lang auch geleitet hatte. Doch er konnte das Vorhaben nicht umsetzen. Schon damals gab es Kritik an den antisemitischen Stereotypen in dem Text. 1979 wurde das Stück in einer von Fassbinder selbst autorisierten Amateuraufführung an der Studiobühne der Ruhr-Universität Bochum gezeigt. Die Lokalpresse kündigte die Aufführung an und rezensierte sie auch. Proteste gab es damals keine.

Erst fünf Jahre später. Der Intendant des Schauspiels Frankfurt, Günther Rühle, der sich zuvor als Theaterkritiker der *FAZ* einen Namen erschrieben hatte, plante die Uraufführung von »Der Müll, die Stadt und der Tod« für den 31. Oktober 1985; und er hatte dafür den Regisseur Dietrich Hilsdorf verpflichtet. Schon der Plan löste Proteste aus.

Der Text erregte die Gemüter aus mehreren Gründen. Deutsche Juden störten sich daran, dass die einzige Figur, die namenlos durch das Stück geistert, nur als »der reiche Jude« auftritt. Er ist der Protagonist des Schauspiels. Nicht verwunderlich, dass 40 Jahre nach der Shoah dieses Stereotyp nicht allein die deutschen Juden verstörte, auch deutschen Nichtjuden missfiel dieses Klischee, mit dem schon die nationalsozialistische Propaganda arbeitete. Hinzu kommt, dass Fassbinder diesem Mann einen Beruf zuschreibt, der damals in Frankfurt zu den meistkritisierten gehörte. Der namenlose reiche Jude ist Immobilienmakler, also – noch ein Klischee mehr – Immobilienhai. Der Autor verrätselte nicht sehr, sodass die bürgerliche Gesellschaft in Frankfurt in dieser Figur niemand anderen zu erkennen glaubte als Ignatz Bubis. Ihn stelle der Filme- und Theatermacher Fassbinder an den Pranger, so die Kritik eben nicht allein von jüdischer Seite. Dass Bubis zu dieser Zeit Vorsitzender der jüdischen Gemeinde in Frankfurt war, erregte die dortigen Juden mehr noch als jene der anderen jüdischen Gemeinden in Deutschland.

Bubis und einige ihm wohlgesonnene Frankfurter Juden – es waren weniger als dreißig Personen – besetzten am Abend vor der geplanten Premiere, die für den 31. Oktober 1985 angesetzt war, die Bühne des Frankfurter Schauspielhauses und protestierten gegen den, wie sie es nannten »Subventionierten Antisemitismus«.[41] Zuschauer im Saal forderten die Aufführung. Und vor dem Theater demonstrierten etwa eintausend Juden und Nichtjuden – für und gegen die Premiere und die weiteren geplanten Aufführungen.

Statt der Uraufführung gab es schließlich eine sogenannte Wiederholungsprobe am 4. November für ungefähr 150 Kritiker und einige Beschäftigte des Schauspiels. Diese Probe wurde später vom Verlag als Uraufführung gewertet.

Wer nicht auf der Gästeliste stand, wurde nicht durch die spalteng geöffnete Glastür ins Foyer des Schauspielhauses gelassen; wer auf der Kartenliste fehlte, durfte nicht weiter: über die Bühne des großen Hauses, durch Gänge und Treppenhäuser ins Kammerspiel. Nur mit Billett konnte man die letzte Kontrolle passieren, durfte Platz nehmen unter blauen Lampions.

Ich wusste, dass Günther Rühle mit seinem Entschluss, Fassbinders Stück aufzuführen, gegen alle Proteste seinen Intendantenwillen durchzusetzen, großen Schaden angerichtet hatte. So ungewöhnlich, gespenstisch-konspirativ diese Kritiker-Veranstaltung auch war, sie musste sein. Nicht, um Rühle zu stützen, sondern um einen Diskurs über den Text zu führen. Jetzt konnten doch zumindest einige für sich die Frage beantworten, ob die Aufführung – nicht der Text! – antisemitisch war. Mein Resümee am Ende meiner Kritik: »Fassbinders Stück ist eine krude, obszöne nachexpressionistische Szenenfolge, die alles ist und viel bedeuten will, eine Musical-Operetten-Parodie, ein schwules Emanzipationsstück, Trauergesang auf die armen Huren, Hasstirade über eine Gesellschaft, die ihre Minderheiten – eben auch die Juden! – ausgrenzt, nur Mitmacher überleben lässt. ›Der Müll, die Stadt und der Tod‹, ein schwaches, wirres, uneinheitliches Gebilde, ist es nicht wert, aufgeführt zu werden. Selbst die größten szenischen Bemühungen helfen ihm nicht auf; nicht die Gags, die Distanz schaffen; nicht die Masken; nicht das Spiel im Zuschauerraum; nicht die Lichteffekte, und schon gar nicht die simplen Anspielungen. [...] Das Stück ist da, die Inszenierung fertig. Nach meiner Meinung ist sie nicht antisemitisch.« So schrieb ich, und so stand es nach vielen heftigen Diskussionen mit dem Chefredakteur in der *Süddeutschen Zeitung*.[42]

Fassbinders Stück ist von deutschen Bühnen verschwunden, wenngleich es Aufführungen gab, auch im Ausland: 1998 in Mailand, ein Jahr später in Tel Aviv. Die Erregungen waren klein, nicht zuletzt, weil sich die meisten, die diesen Text kannten und kennen, darauf verständigten, dass es ein schlechtes Drama ist. Rühles spätere Rechtfertigung für sein Tun – 94 Prozent aller Stücke seien schlecht – bleibt geistesschlicht. Es sei ihm darum gegangen, in einer »schuldbeladenen Gesellschaft«, obendrein in einer »politisch prekären Zeit«, den Tatbestand der Zensur abzuwenden.[43] Dieses Argument lässt außer Acht, dass 1985 bereits vom Ende der Schonzeit für Juden geredet wurde.

Die wirkliche Uraufführung von Fassbinders Tabubruch-Stück fand schließlich am 1. Oktober im Theater an der Ruhr in Mülheim statt – trotz der wieder aufflammenden Proteste.

Viel wichtiger als die Verhinderung der Frankfurter Uraufführung ist, dass den Juden in Deutschland zum ersten Mal nach der Shoah, nach 1945 etwas anderes gelang: Sie zeigten Flagge. Öffentlich, aufgebracht, vehement. Zum ersten Mal gingen sie auf die Straße und auf die Bühne, um zu protestieren. Sie demonstrierten Selbstbewusstsein und Kampfgeist. Kurz, sie ließen sich nicht mehr alles bieten und verließen sich nicht wie zuvor bei ähnlichen Fällen auf stille, von der Öffentlichkeit kaum wahrgenommene diplomatische Proteste, sondern wagten sich ins Rampenlicht, um ihre Sorge zu zeigen – allen, die sie wahrnahmen, und auch denen, die wegschauten.

Dreißig Jahre nach der verhinderten Uraufführung wurde Rainer Werner Fassbinders »Der Müll, die Stadt und der Tod« in Frankfurt am Gallus-Theater als szenische Lesung auf die Bühne gebracht.

Warum? Weil die Veranstalter, die Frankfurter KunstGesellschaft, einen Diskurs anzetteln wollten. Erst die Lesung, dann ein Symposion. Die Teilnehmer begaben sich im »Abstand einer Generation« auf die Suche nach »möglichen Antworten auf immer noch virulente Fragen: Ist das Stück Fassbinders antisemitisch bzw. bedient es antisemitische Ressentiments – oder ist es ein Stück über Antisemitismus, das zur Aufklärung benutzt werden könnte«.[44]

Sie fanden keine Antwort. Sahen nur Gefahren – weiterhin –, wenn der Nazi Hans von Gluck verkündet: »Und Schuld hat der Jud, weil er uns schuldig macht, denn er ist da. Wäre er geblieben, wo er herkam, oder hätten sie ihn vergast, ich könnte heute besser schlafen.«

Auch das Stelenfeld in Berlin bringt manche Menschen um den Schlaf und weckt Gedanken wie diesen. Der Grünen-Politiker Daniel Cohn-Bendit, der damals im Publikum saß und gegen die Behinderungsaktion protestierte, dachte wohl dies, als er sagte, ihm sei es völlig gleichgültig, ob das Stück je aufgeführt wird oder nicht. »Mich interessiert, dass die Juden sich hier artikulieren. Und noch eines: Es wird immer gesagt: Achtung, wenn ihr euch durchsetzt, das kann auch Antisemitismus produzieren. Die Juden haben die Macht. Das ist das Schlimmste, was man als untergründigen Vorwurf artikulieren kann.«[45]

2018 sorgte der Skandal um den Echo-Preis an Kollegah und Farid Bang für Empörung. Alex Feuerherdt, ein heute 53-jähriger Publizist, meldete sich in *Cicero* zu Wort. Diese Vergabe, die Musiker ehrte, die sich in ihren Texten homophob und antisemitisch geäußert hatten, löste eine riesige Protestwelle aus und führte dazu, dass der Echo-Preis umbenannt werden musste. Feuerherdt beklagte, dass die nicht jüdischen Deutschen den Juden im Land keine Empathie entgegenbrächten. »Wenn sie überhaupt welche kennen, begegnen sie ihnen oft wie fremdartigen, unheimlichen Wesen, zu denen man besser auf Distanz bleibt.«[46] Sie bekämen nicht einmal das Wort Jude über die Lippen, weil sie es nur als Schimpfwort kennengelernt hätten und sie bei dem Wort immer an Schwarz-Weiß-Fotos von ausgemergelten KZ-Häftlingen dächten, »die man ihnen pflichtschuldig in der Schule zeigt«. Dann bemühten sie »Verrenkungen wie den ›Menschen jüdischen Glaubens‹, selbst wenn er gar nichts glaubt«.[47] Der Autor setzte sich auch auseinander mit dem von deutschen Antisemiten öffentlich formulierten Vorwurf, »viele Juden versuchten, ›aus der Vergangenheit des Dritten Reiches heute ihren Vorteil zu ziehen‹«.[48]

Schon bei dem Echo-Preis wurde diskutiert, was Kunstfreiheit im Hinblick auf den Antisemitismus bedeutet. Welche Freiheiten sie Künstlerinnen und Künstlern erlaube oder zusichere. Diese Diskussion wiederholte sich bei der documenta 15. Doch diesmal zeigte sich, dass sich die Jüdinnen und Juden in Deutschland und viele deutsche Nichtjuden wehrten gegen einen Antisemitismus, der sich zu rechtfertigen sucht mit dem Hinweis auf die Kunstfreiheit. Der Skandal ereignete sich 2022, doch schon mit der Berufung des Künstlerkollektivs Ruangrupa im Jahr 2019 wurden die Weichen gestellt. Die documenta-Leitung hatte sich entschieden, einen neuen Weg zu gehen, weg von der bis dahin gepflogenen Kuratoren-Organisation. Erstmals seit 1955 sollten Künstlerinnen und Künstler aus dem sogenannten Globalen Süden bestimmen, was in Kassel gezeigt werden würde. Das hieß zum einen, dass wenige Arbeiten von etablierten Künstlern gezeigt werden würden. Zum anderen erhielte die Auswahl eine politischere Ausrichtung. Ruangrupas Kunst, das hätte die Leitung der documenta eigentlich wissen müssen, versteht sich explizit als politisch und aktivistisch.

Schon bevor die Schau überhaupt begann, wurden die ersten Antisemitismusvorwürfe laut. Zunächst gegen das palästinensische Künstlerkollektiv »The Question of Funding«, das eingeladen worden war, und gegen Mitglieder von Ruangrupa, die, so die Kritiker, der antiisraelischen Boykottkampagne »BDS«, also der Gruppe »Boycott, Divestment and Sanctions« nahestünden.

Die damalige Direktorin der documenta, Sabine Schormann, verwahrte sich gegen diese Bedenken. Man nehme in Kassel die deutsche Verantwortung sehr ernst. Auch Claudia Roth, die Bundesbeauftragte für Kultur und Medien, stellte sich damals noch hinter die Gruppe Ruangrupa und ihr Konzept. Allein Bundespräsident Frank-Walter Steinmeier fand in seiner Eröffnungsrede zur documenta am 18. Juni 2022 deutliche Worte. Er ermahnte und forderte, dass die documenta sich ernsthaft um das Thema Antisemitismus zu kümmern habe.[49]

Es gab viele Exponate, die in der Folge als antisemitisch interpretiert wurden. Stein das Anstoßes war zunächst das Wandbild »People's Justice« des indonesischen Künstlerkollektivs Taring Padi, ein riesiges Banner, auf dem so etwas wie ein Weltgericht dargestellt war. Ein Wimmel- und zugleich ein Rätselbild. Klar erkennbar mittendrin: ein Soldat mit einem Schweinsgesicht und einem Davidstern, daneben eine Figur mit Schläfenlocken, Raffzähnen und SS-Runen auf dem Hut.[50]

Die Proteste begannen. Die israelische Botschaft in Berlin ließ verlauten, man sei empört über die antisemitischen Elemente auf der documenta. Nur ideologisch Verblendete konnten behaupten, dass diese Darstellung nicht an nationalsozialistische Propaganda erinnere. Was tat Sabine Schormann wegen der anhaltenden und eskalierenden Proteste? Nein, sie ließ das Bild nicht entfernen, sondern nur verhüllen. Begründung: Eine Demontage wäre ein erheblicher Eingriff in die Kunstfreiheit. Auch Claudia Roth schaute und duckte sich weg. Ihr Verhalten war nicht nur unsensibel, sondern skandalös. Als schließlich nicht mehr zu leugnen war, dass die documenta-Chefin versagt hatte, zeigte sich die Grünen-Politikerin empört. Machen wir eine lang währende Peinlichkeit kurz: Nachdem sich auch noch Claudia Roth und Sabine Schormann gegenseitig die Schuld an dieser missglückten Schau zugeschoben hatten und die Direktorin zurückgetreten war, wurde das Bild entfernt.[51]

Hugo Müller-Vogg machte am 15. Juli 2022 in der Onlineausgabe des *Focus* den Vorschlag: »Diese Documenta gehört eigentlich abgebrochen; zu schwer wiegen die zu Recht gegen ihre Macher erhobenen Anschuldigungen. [...] Der angerichtete Schaden – im Innern wie außenpolitisch – ist viel zu groß, um seine Aufklärung weiter zu verzögern. Die documenta braucht einen neuen Anfang. Gut möglich, dass wir auch eine neue Kultur-Staatsministerin brauchen.«[52]

Die documenta wurde nicht vorzeitig beendet; Claudia Roth behielt ihren Posten.

Und trat bei der Jewrovison im Frühling 2023 auf. Der Präsident des Zentralrats der Juden in Deutschland, Josef Schuster, hatte sie zu dieser wichtigen Veranstaltung der jüdischen Community, einem Gesangs- und Tanzwettbewerb, nach Frankfurt am Main eingeladen. »Für die Jugendlichen und für den Zentralrat der Juden in Deutschland wäre es eine große Ehre und Freude, wenn Sie, sehr geehrte Frau Staatsministerin, zu Beginn der Show ein Grußwort an die Teilnehmer und Gäste der Jewrovision richten könnten«, so Schuster in einer »Ehreneinladung«.[53]

Ihr Auftritt in der Frankfurter Festhalle geriet zum Eklat. Claudia Roth sah sich während ihrer Rede Buhrufen und Pfiffen ausgesetzt. Sie nannte das jüdische Leben in Deutschland »bunt, vielfältig, stark« und reagierte dann direkt auf die Proteste, ihre Worte wichen vom Manuskript ab: »Das ist Demokratie. Und ich nehme diese Kritik an.«[54] Natürlich war dieser Protest auch als eine sehr späte Reaktion auf Claudia Roths Versagen in der Causa documenta zu verstehen.

Sechs Tage später wunderte sich Erica Zingher in der *taz* erneut über Claudia Roth. Sie war im Jüdischen Museum in Berlin erwartet worden, wo an den jüdischen Rabbiner Leo Baeck erinnert werden sollte, doch hatte sie ihr angekündigtes Grußwort kurzfristig abgesagt – aus gesundheitlichen Gründen, wie es hieß. Zingher gab zu bedenken: »Roths Verteidiger fanden die Buhrufe der Jugendlichen in Frankfurt unangebracht, emotional. Grünenpolitiker Jürgen Trittin sah in der Kritik gar einen ›inszenierten Eklat‹ gegen Claudia Roth. Als wären junge Jüdinnen und Juden nicht selbstständig denkende Menschen, die sehr genau ihre Umwelt wahrnehmen und auf diese reagieren. Diese Buhrufe haben ihren Ursprung. Sie sind Ausdruck einer tief sitzenden Unzufriedenheit und Enttäuschung.« Der Streit um die documenta habe »Spuren hinterlassen, die noch lange nicht aufgearbeitet sind«.[55]

Noch einmal zur Erinnerung: Mit welcher Naivität sich bei der documenta (bis heute!) herausgeredet wurde, zeigt sich wunderbar an dem Argument, man nehme den Antisemitismus ja deshalb so ernst, weil Deutschland diese besondere Vergangenheit habe. Ich möchte da jedes Mal nur genervt mit den Augen rollen. Ja, Auschwitz war eine deutsche Erfindung, aber der Antisemitismus nicht. Egal wo er auftritt, ob in Deutschland oder Indonesien: Antisemitismus ist immer menschenverachtend.

Stefan Aust und Alexander Kluge
Befreit die Tatsachen von der menschlichen Gleichgültigkeit. Gespräche und Projekte

Das Blut der Welt

Stefan Aust über Öl und »Nachrichten in Echtzeit«,
RTL, 24.6.2012, *10 vor 11*

ALEXANDER KLUGE: Wie würdest du das Wort Nachricht definieren?

STEFAN AUST: Die Nachricht war früher etwas anderes als heute. Früher war sie *nach* dem Ereignis. Heute geht die Nachricht in Lichtgeschwindigkeit um die Welt, gemeint sind die Nachrichten, die wir bekommen im Fernsehen, im Internet, im Radio.

KLUGE: Das sind Lebenszeichen der Wirklichkeit.

AUST: Das Einzige, was zwischen dem Empfänger der Nachricht und dem Ereignis selbst liegt, ist die Lichtgeschwindigkeit. Wir erleben die Welt fast live.

KLUGE: Wir erleben aber das, was von der Welt erreichbar ist. Die Aufnahmegeräte sind nirgends richtig aufgestellt.

AUST: Das ist richtig. Aber dadurch, dass es inzwischen so viele Aufnahmegeräte gibt und viele Menschen welche haben, vergrößert sich die Zahl derjenigen, die ihr eigenes Leben, das, was sie sehen, das, was sie beobachten, aufnehmen. Deswegen gibt es von vielen großen Ereignissen (und es nimmt zu) mehr Aufnahmen als jemals in der Weltgeschichte. Der 11. September 2001 ist schon zehn Jahre her. Inzwischen hat sich die Welt enorm verändert. Aber schon dieses Ereignis ist bestimmt von den Aufnahmen, die man darüber sieht. Der Anschlag auf das World Trade Center ist über die Hälfte von Leuten aufgenommen worden, die keine professionellen Fotografen, Filmemacher, Reporter sind. Das hat noch zugenommen, wenn man an die Smartphones denkt, die heute in hochauflösender Qualität Bilder aufnehmen. Aber das bedeutet auch, dass wir in aktueller Berichterstattung von Fotos oder Bildsequenzen, eins zu eins übertragen, ersticken, sodass die Auswertung nicht mehr Schritt hält.

KLUGE: Ein Fernsehverantwortlicher hat zu mir gesagt: Über Öl kann man keinen Film machen. Was stimmt daran? Ich habe noch die Ölkrise unter Willy Brandt in Erinnerung, da waren die Autobahnen plötzlich leer. Ich kann in Situationsform über Öl viel sagen.

AUST: Am Öl kann man außerordentlich viel zeigen, denn seit der Entdeckung des Petroleums, des Erdöls, hat sich die Welt, als wäre sie vom Öl geschmiert, schneller gedreht. Öl ist das Blut der Welt, und zwar in doppelter Hinsicht, als Blut, das durch die Adern der Welt fließt, also die kommerziellen Adern, die Handelsadern, die technischen Adern.

KLUGE: Außerdem ist es Ursache blutiger Kämpfe.

AUST: Auch von gewaltigen Auseinandersetzungen. Das ist nicht erst seit heute oder gestern so, schon der Erste Weltkrieg war wesentlich durch Öl gekennzeichnet, der Zweite Weltkrieg erst recht.

KLUGE: Über Hitler und das Öl kann man einen Artikel schreiben.

AUST: Es gibt einen interessanten Auftritt von Hitler, wo er darüber redet, dass er nach Aserbaidschan wollte wegen des Öls. Es gibt dieses berühmte Bild von der Torte. Das Tortenstück heißt Baku. Die Torte selbst hatte die Form des Kaspischen Meeres. Die deutschen Panzer fuhren mit Benzin, nicht mit Diesel. Das hatte man auch nicht. Deswegen sind alle mit der Eisenbahn an den Kriegsschauplatz gefahren worden. Dann waren die Tanks relativ schnell leer, weil die auch so viel Sprit verbraucht haben. Die Deutschen hatten nur wenig Öl. Deswegen hat man nach dem Fischer-Tropsch-Verfahren aus Kohle Öl hergestellt oder Benzin. Flugzeuge flogen mit Benzin, was aus Kohle hergestellt war. Man musste die Kohle vergasen, dann das Gas verflüssigen, um den Sprit rauszukriegen. Das macht man heute übrigens massiv in Katar, wo es die größten Gasvorräte der Welt gibt. Das Dieselöl, das wir tanken, kommt zum Teil aus Gas to Liquid, insofern ist Öl wirklich das Blut der Welt. Darüber kann man viele Geschichten schreiben, erzählen und auch Filme machen.

KLUGE: Das ist ein fossiles Erzeugnis.

AUST: Wenn man das am Beispiel Kanadas beschreibt, wo ich gerade war, oben in Alberta, wo die Ölsände abgebaut werden, ist das eine ziemlich schmutzige Angelegenheit. Das liegt direkt unter der Oberfläche. Das ist Sand, der mit Öl getränkt ist. Da wird das Öl rausgewaschen. Diese Gegend oben in Kanada ist der Grund eines fossilen Meeres. Da gibt es wahnwitzige Vorräte. Das ist nicht übermorgen zu Ende. Es gab die Theorie Peak Oil; dabei ging es um die Frage, wann die Spitze des Ölverbrauchs beziehungsweise der Ölförderung erreicht ist.

KLUGE: Du warst auch in Feuerland.

AUST: Feuerland ist eine Insel, die durch die Magellanstraße getrennt ist vom Kontinent, von Südamerika. Da gibt es die Stadt Río Grande. Vor Río Grande gibt es Land, das flach ist, richtig Pampa, wie im südlichen Teil von Argentinien. Da gibt es Öl, dort stehen diese Pferdekopfpumpen. Da findet sich viel Gas und eine Stelle, über die man mit dem Helikopter 80 Kilometer über den Südatlantik fliegt. In ungefähr 80 Kilometer Entfernung vom Ufer stehen zwei Bohrinseln, Aries und Carina, auf Stelzen, unbemannt. Da wird Gas gefördert, das durch eine Pipeline an Land gebracht wird. Dort wird es vorgereinigt, Wasser rausgenommen. Dann gibt es eine Pipeline, die geht 3000 Kilometer bis Buenos Aires. Diese beiden Gasbohrinseln stellen ungefähr die Hälfte der gesamten Energie von Buenos Aires. Man darf nicht vergessen, dass fossile Brennstoffe, also diese Kohlenwasserstoffe, ungefähr das Kompakteste an Energie sind, was man haben kann. Wenn ein Auto zehn Liter Benzin oder Dieselöl verbraucht, hat man ein Gewicht von etwas mehr als zehn Kilo an Bord, um damit 100 Kilometer zurückzulegen. Das ist weniger als ein Wassereimer voll. Wenn man zum Beispiel mit Strom fahren will, dann braucht man eine Batterie, die ungefähr 250 Kilo wiegt. Da kann man sich vorstellen, dass die Energiedichte bei Diesel und bei Benzin, also bei Ölprodukten, außerordentlich groß ist. Das ist schwer zu ersetzen.

KLUGE: Dieses Öl hat eine Geschichte von 150 Jahren. Damit sind Schicksale verknüpft. Calouste Gulbenkian, ein armenischer Geschäftsmann, der mit Öl handelte, nannte sich »Mister Five Percent«. Das bezog sich auf die Vielfalt von Gesellschaften und Geschäften, an denen er jeweils mit bescheidenen fünf Prozent partizipierte. Ein Geschäftsmodell, das insgesamt erhebliche Summen erbrachte.

AUST: Durch diesen hohen Ölpreis gibt es eine Verschiebung von

Wohlstand und von finanziellen Mitteln in die Ölstaaten. Die kaufen zwar selbst wieder im Westen oder sich in Firmen ein, aber es gibt einen unglaublichen Transfer von Wohlstand in diese Länder. Wenn es in einem Land wie Saudi-Arabien, wo das Öl leicht zu fördern ist, nichts kostet, das aus dem Boden zu holen, der Ölpreis bei 100 Dollar pro Barrel liegt oder darüber, dann wissen die nicht mehr, wohin mit ihrem Geld.

KLUGE: Diese Lotterie ist wie ein Dauerregen.

AUST: Jeden Tag ein Sechser im Lotto. Länder wie Aserbaidschan fangen erst jetzt an, seitdem sie aus der Sowjetunion entlassen worden sind, das Öl auf dem Weltmarkt zu verkaufen. Das ist unvorstellbar, was da plötzlich für Geld reinkommt. Ganze Städte gibt es auf dem Wasser. Das sind die Ersten gewesen, die offshore gebohrt haben in den Vierzigerjahren. Wenn man diese Ölplattformen sieht, die alle verbunden sind mit Straßen, sieht das aus wie Science-Fiction.

KLUGE: Was machen die Arbeiter auf einer Bohrinsel in der Nordsee? Wo werden sie sexuell getröstet?

AUST: Zu Hause, die haben einen Schichtbetrieb und sind je nach Vereinbarung oft 14 Tage auf der Bohrinsel, arbeiten bis auf acht Stunden Schlaf, wo sie zwischendurch Skat spielen oder Fernsehen schauen. Dann sind sie anschließend 14 Tage zu Hause. Das ist eine reine Arbeitsatmosphäre auf diesen Bohrinseln, am Ende der Welt. Diese Raffinerie am Ufer des Südatlantiks in Feuerland ist mitten in einer absoluten Öde, da ist nichts rundherum.

KLUGE: Keine Liebesgeschichten?

AUST: Die gibt es wahrscheinlich überall. Aber es ist ziemlich trist.

KLUGE: Die *Odyssee* ist deswegen interessanter zu lesen als die *Ilias*, weil bei dem einen nur Kämpfe vorkommen und bei dem anderen auch Liebesgeschichten.

AUST: Wenn man sich die Auseinandersetzungen im arabischen Raum in den letzten Jahrzehnten ansieht, haben die alle mit Öl zu tun. Niemand würde sich um die Frage kümmern, ob Saddam Hussein Diktator vom Irak ist, wenn er nicht über Öl verfügen würde und damit auch über große finanzielle Mittel, um seine Armeen aufzubauen und im Zweifel Atombomben zu bauen. Alle Auseinandersetzungen dieser Gegend spielen sich um Öl ab, manchmal kriegerisch, manchmal weniger kriegerisch. Wir fahren nächste Woche nach Angola. Dort sind die Chinesen groß im Geschäft und haben die Fördergenehmigung dadurch bekommen, dass sie die Infrastruktur aufbauen. Die Chinesen haben eine andere Strategie. Der Westen ist davon ausgegangen, das Öl bei denen zu bekommen, die müssen große Lizenzen dafür bezahlen. Dann haben die örtlichen Potentaten sich das in die Tasche gesteckt und davon große Armeen aufgebaut, haben Waffen gekauft, Grundstücke oder Aktien. Die Chinesen gehen im Wesentlichen so daran, dass sie für die Staaten die Infrastruktur aufbauen.

KLUGE: Das geschieht mit Zustimmung der Bevölkerung.

AUST: Die nehmen denen auch die Arbeit weg. Aber vielleicht können die bessere Straßen bauen.

KLUGE: Vielleicht braucht man mehr Arbeit, denn Chinas Landwirtschaft wird auch nach Afrika verlegt. Die machen Großgrundbesitz dort und ernähren ihr Land.

AUST: Das ist ohnehin die größte Veränderung, die wir im Augenblick erleben, erlebt haben und noch weiter erleben werden: Chinas Wiederaufstieg.

KLUGE: Das ist Stoff für Epen. Ich stelle mir vor, dass jemand 18 Jahre alt ist, als Mao Zedong die Macht ergreift. Der hat dann einen Sohn und eine Tochter. Und diese haben nach dem Einkind- oder Zweikinderprinzip eine weitere Generation als Nachkommen. Das ergibt eine Generationsfolge, und jeder denkt etwas anderes.

AUST: Gerade in China wird es sicher Autoren geben, die darüber ein Epos schreiben, über den Aufstieg der Familie XY, wo entweder Vater oder Großvater im Reisfeld gearbeitet haben oder aus der chinesischen Parteinomenklatura kamen. Viele der großen Investments in China kommen zum Beispiel aus Taiwan. Taiwan, das immer in Gefahr ist, von China einverleibt zu werden, ist der größte Investor auf dem chinesischen Kontinent. Das sind auch Familiengeschichten.

KLUGE: Ich springe nach Texas und Hollywood. Dort findest du Howard Robert Hughes, den Gründer einer Firma für Erdölbohrer, bestimmt für die Erdölfelder im Süden der USA. Er hat einen Sohn, der das Riesenunternehmen erbt, aber sich primär dafür interessiert,

Hollywoodfilme zu machen. Das ist der legendäre Hughes. Das Geld kommt immer noch aus den Erdölbohrern, mit den Filmen verliert der Sohn Geld, ist aber dadurch ein wichtiges Glied der Filmgeschichte geworden. Nicht nur die Buddenbrooks, sondern Geschichten aus aller Welt sind interessant, wenn sie nicht nur einen Lebenslauf, sondern ganze Generationen und die Gegensätze darin umfassen. Wenn du auf deine unmittelbaren Vorfahren, Großeltern und Urgroßeltern, blickst, wen würdest du gerne beschreiben?

AUST: Die interessanteste Figur ist mein Großvater. Er war gelernter Kaufmann. Dessen Vater, also mein Urgroßvater, war Uhrmacher, hatte eine kleine Uhrmacherei auf St. Pauli in der Silbersackstraße. Kurz vor der Jahrhundertwende gab es eine große Mode, da hat man Postkarten gesammelt. Man konnte noch nicht so viel verreisen wie die Touristen heute. Da hat mein Großvater den Kapitänen und Offizieren auf den Schiffen Geld gegeben, damit sie ihm von ihren weltweiten Reisen Postkarten mitbringen. Dann hat er einen Postkartenverlag aufgemacht und damit viel Geld verdient. Es gibt heute noch Sammler von Postkarten, die kennen den Aust Verlag. Das war mein Großvater. Er hat mit dem Geld eine Reederei aufgemacht, die auf der Unterelbe Schiffsverkehr betrieb. Er hatte 10 bis 15 Schiffe, Raddampfer und so etwas. Als in der Weimarer Republik (er wurde gerade 60) der Hamburger Staat ihm mit einer staatlichen Reederei Konkurrenz gemacht hat, kam er in Schwierigkeiten und hat die Reederei an die Hamburger Staatsreederei verkauft, und zwar auf Leibrente. Dann hat er sich an denen gerächt, indem er bis 1962 gelebt hat. Mein Vater selbst war 15 Jahre in Kanada gewesen zwischen den Kriegen. Er war 1939 auf Heimatbesuch und fand sich drei Wochen später als Soldat im Krieg wieder in Polen. Das kommt dabei heraus, wenn man nicht Zeitung liest. Ein anderer Verwandter war 30 Jahre in China, eine Tante war 15 Jahre dort. Eine andere Tante war, glaube ich, 15 Jahre in Guatemala. Die waren sehr global. Einer hat es nur bis Belgien gebracht.

KLUGE: Das sind alles Tatsachen, Nachrichten und Erzählbares. Erzählst du deinen Kindern?

AUST: Die fragen natürlich, wenn ich auf einer Reise war oder wenn wir etwas machen. Wir haben den Schneideraum unten im Keller. Dann kommen die Kinder gelegentlich und schauen. Die reisen auch selbst gern. Meine ältere Tochter ist jetzt Anfang 20. Wenn ich auf Reisen war, habe ich sie häufig mitgenommen. Die ist schon mit 12, 13, 14 Jahren mitgereist. Sie war ein paarmal mit in China, in Tibet, in Australien, in Neuseeland, in Kanada, in der Karibik, in Afrika.

KLUGE: Interpretiere mir am Schluss bitte den Satz: »Erlöst die Nachrichten von der menschlichen Gleichgültigkeit.« Wer erzählt, ist so wichtig wie das, was erzählt wird.

AUST: Es ist wichtig, wer erzählt, auf welche Weise man erzählt und auf welche Weise man die Ereignisse in Verbindung zu den Menschen bringt, um die es bei den Nachrichten geht. Es geht um die Frage der Kausalität, wie es zu den Ereignissen gekommen ist. Und es spielt natürlich eine Rolle, wer etwas erzählt und warum er etwas erzählt. Manchmal verfälscht die Absicht auch den Inhalt.

Was heißt Aktualität?

Stefan Aust über die »Gegenwart der Vergangenheit«,
RTL, 28. 5. 2006, *Primetime*

ALEXANDER KLUGE: Du hast in deinem Beruf mit Aktualität zu tun. Was heißt Aktualität?

STEFAN AUST: Aktualität ist nicht die Aktualität der vergangenen Woche, das macht die Sache schwierig. Die Aktualität zum Beispiel, die sich niederschlägt in der Entscheidung über ein Titelbild, eine Titelgeschichte, eine Titelzeile, ist die Aktualität der Woche darauf. Am Freitagabend müssen wir ein Gefühl dafür entwickeln, welches das Thema von Montag ist. Es gibt eine hohe Auflage, die Maschinen laufen verhältnismäßig langsam, der Verteilungsprozess dauert eine gewisse Zeit, das Heft liegt 24 Stunden im toten Raum. Am Freitag muss man entscheiden, was am Montag am Kiosk erscheint oder am Sonntagabend. Um das richtige Thema zu treffen, muss man den Kern der Sache jenseits der aktuellen Ereignisse erkennen. Es gibt Dinge, die scheinen am Freitag aktuell zu sein, und man denkt, das muss am Montag auf dem Titel sein. Am Montag stellt man fest, dass es schon überholt ist. Das Allgemeine im Besonderen hat Bestand. Das Thema ist das, was die Aktualität überdauern muss. Wenn es nur darum geht, hinter einem singulären Ereignis herzulaufen, liegt man daneben.

KLUGE: Die Wirklichkeit ist immer raffinierter, immer rascher.

AUST: Das aktuelle Ereignis ist nur dann relevant, wenn es einen Trend, der dahinterliegt, ein Problem, ein Thema, blitzartig erleuchtet. Der Blitz ist nicht das Entscheidende. Das Entscheidende ist, was er erleuchtet. Wir haben einen Titel gemacht über Feinstaub. Einerseits haben wir danebengelegen, aber andererseits haben wir auch richtig gehandelt. Es gab diese Feinstaubrichtlinie von Brüssel. Wenn man sie umsetzt, müsste jede deutsche Großstadt nach 35 Tagen lahmgelegt werden. Die Feinstaubwerte sind verrückt, keine Stadt kann die erfüllen, es ist ein Regelungswahn ohne Blick auf die Realität. Das Thema ging durch alle Zeitungen. Die Stadt wird stillgelegt, man muss die Dieselmotoren verbieten und die Feinstaubfilter einführen oder subventionieren. Wenn man sich das in der Realität anschaute, stellte man fest, dass die Dieselmotoren ungefähr sieben Prozent des Feinstaubs bringen. Es war nicht so gewaltig. Wir haben mit unserer Geschichte die Proportionen zurechtgerückt. Die Geschichte hieß dann auch »Das Feinstaub-Gespenst«. Wir haben uns mit der Hysterie darüber beschäftigt und am Montag einen Titel dazu gemacht. Es war ein hochgejubeltes Thema und als Konfliktpotenzial nicht langlebig. (Das dachte ich damals. Aber ich kam nicht auf den Gedanken, dass sich eine Umweltschutzgruppe, eine NGO, Jahre später auf dieses Thema stürzen und es zu einem politischen Problem hochstilisieren würde.)

KLUGE: Wenn das ein Blick auf die Aktualität ist, wie sieht es aus, wenn ein neues Kriegsgerät gerüstet wird? Der Eurofighter war ein Beispiel. In den USA werden Weltraumstationen hergestellt, die jeden Punkt der Erde sehen und auch beschießen können. Diese Dinge brauchen 30 oder 40 Jahre Entwicklungszeit. Die Strategen im Pentagon befassen sich jetzt mit den Fragen von 2040. Das ist unabhängig vom Budget einer einzelnen Präsidentschaft, die vier Jahre dauert.

AUST: Wenn man sich unseren Rüstungsbereich ansieht, stehen bei uns die Garagen des Verteidigungsministeriums voll mit großen Panzern, die nie zum Einsatz gekommen sind.

KLUGE: Die wären vor dem Krieg relevant gewesen.

AUST: Wenn er denn gekommen wäre. Aber vielleicht hätte auch das nichts genutzt, weil es die Politik der Strategie der gegenseitigen sicheren Vernichtung gegeben hätte. Die hätten möglicherweise durch ein totes Gebiet fahren können, wenn die Panzerfahrer noch am Leben gewesen wären. Jetzt haben wir eine Situation, in der alle Konflikte, über die wir im Augenblick nachdenken, globale Konflikte sind; es handelt sich um militärische Polizeiaktionen, mit denen in Somalia oder Afghanistan Sicherungsaufgaben übernommen werden. Es ist eine Technik gefragt und eine Art von Einsatztruppe, die global tätig werden kann, die man schnell irgendwohin bringt und die man mit einer entsprechenden Logistik versehen kann. Was wir an fliegerischem militärischen Gerät haben, ist zum großen Teil noch für den Krieg mit der Sowjetunion auf bundesdeutschem Territorium angelegt. Die Technik ist so veraltet, dass man es auch besser gleich sein lassen kann. (Es sieht allerdings so aus, dass der Ukrainekrieg die Geschichte der Kriegsführung um 75 Jahre zurückgedreht hat.)

KLUGE: Wo wird heute ein Bewusstsein, eine Meinung gebildet, die sich auf die Welt bezieht? Gibt es diese Art von Öffentlichkeit? In der Antike wäre es die Bibliothek von Alexandria gewesen.

AUST: Es ist nicht ein Ort, glaube ich. Die neue Entwicklung ist eine Vernetzung von Wissen auf der Welt, es geht um die Fastgleichzeitigkeit von Informationen, die man von überallher bekommen kann. Wenn ich bei Google ins Internet gehe und einen Begriff eingebe, weiß ich nicht mehr, wo ich die Informationen herbekomme. Die kommen nicht von einem zentralen Ort.

KLUGE: Sie haben keinen Absender.

AUST: Es ist wie ein Hirn, eine Vernetzung von unendlich vielen verschiedenen Speichern, die miteinander kommunizieren. Deswegen kann man nicht mehr sagen, wo die gespeicherten Informationen herkommen. Sie sind überall und nirgends, eher überall. Wo ist das Zentrum? Das Zentrum ist da, wo Leute gerade über die Informationen miteinander diskutieren, das kann ein Seminar an der Uni sein, eine Diskussionsveranstaltung oder eine Talkshow im Fernsehen.

KLUGE: Neulich habe ich dich angerufen in Aspen, das liegt in den

Rocky Mountains, ein schöner Gebirgsort, im Winter und im Sommer. Dort treffen sich die großen Stiftungen der USA, wichtige Leute gehen dorthin.

AUST: Das Treffen in Aspen findet alle zwei Jahre statt. Das Aspen Institute veranstaltet zusammen mit der amerikanischen Wirtschaftszeitschrift *Fortune* ein Treffen, das sie »Fortune Brainstorm« nennen. Sie laden eine Reihe von Leuten ein, es ist begehrt, dahin zu kommen. Dort treffen sich Manager, Medienleute, Politiker, Chefs von großen Unternehmen, Michael Eisner von Disney, Paul Wolfowitz, Madeleine Albright und Bill Clinton. Es ist eine hochkarätige Besetzung. Das findet in einer Art von Collegeatmosphäre statt. Die Leute, die alle nicht mehr jung sind, setzen sich morgens um sieben in den Seminarraum; dann gibt es Frühstück mit Pappbechern und ein kleines Büfett. Man meldet sich vorher an oder wird eingeteilt. Die Leute stellen sich vor, und einer macht die Diskussionsleitung. Es ist eine egalitäre collegeartige Situation. Bei uns sitzen alle Leute im großen Saal, und jemand hält auf der Bühne einen Vortrag, dort gibt es kleine und größere Gruppen, Vollversammlung und Panels, jeder ist gezwungen mitzumachen.

KLUGE: Es bilden sich für eine Supermacht dort Meinungen heraus, die hinterher zu Entscheidungen führen.

AUST: Es wird offen diskutiert, es sind unterschiedliche Positionen, die vertreten werden. Es werden zwischendurch auch heftige Kontroversen ausgetragen, aber alles findet in einer Atmosphäre statt wie in einem College, einer Universität.

Jeder Irrtum hat seinen Grund – Die Gründe für Irrtümer sind ein wertvolles Material der Erkenntnis

Alexander Kluge

Es ist für Menschen vergeblich zu versuchen, sich den Irrtum abzugewöhnen. Gegenprobe dazu: Es ist unmöglich, willentlich einen Irrtum zu produzieren. Man wüsste ja sofort, dass man den Irrtum nur »erfunden« hat. Dass es kein »echter Irrtum« ist. Es wäre einfach nur unwahr.

Das Sammeln von wahren Einsichten – das war das Projekt der Aufklärung im 18. Jahrhundert. Zu einem Sieg der Aufklärung hat das Projekt bisher nicht geführt. Leute wie Sokrates oder Heiner Müller (und eine große Reihe anderer verlässlicher Vertrauensleute) würden uns raten, die Gründe, warum Irrtümer entstehen, zu untersuchen und diesen reichen Erfahrungsschatz zu heben. Vermutlich machen solche »Bodenschätze« 90 Prozent der kollektiven menschlichen Erfahrung aus. Es handelt sich um BERGWERKE DER ERFAHRUNG. Bei Marx gibt es den Begriff des »notwendig falschen Bewusstseins«, also die Lehre von den Irrtümern, die einen menschlichen Grund haben.

Die Öffentlichkeiten von 2022 und 2023 zeigen uns MINENFELDER DER GESCHICHTE. Im Nahen Osten, im Pazifik und in Osteuropa haben sich Kausalitätsketten aufgebaut, die sich zu Krisen zuspitzen. Plötzlich äußern sie sich in aktuellen Kriegen. Das Gefährliche daran ist, dass während ein aggressiver Konflikt wie der in der Ukraine noch kein Ende findet, sich schon ein weiterer Konflikt zwischen den USA und China im Pazifik zuspitzt. Niemand kann vorhersagen, was bis zum Jahre 2032 geschehen wird.

Auf dem Wege des Fortschritts existiert viel VERUNGLÜCKTE REALITÄT. Mit der Sorgfalt, mit der die Brüder Grimm die Märchen sammelten, sollten wir hier unsere Öffentlichkeiten ausrüsten zur Minensuche, Aufräumarbeit, Forschung: Wir sollten unsere Reparaturerfahrung verbessern. Dies ist das Programm einer Enzyklopädie des 21. Jahrhunderts.

»Mit einer Straßenkarte von Großlondon den Harz durchwandern …«

Wirklichkeitsverlust

Untersucht man Erfahrungsgehalte nicht nur nach richtig und falsch, brauchbar und unbrauchbar, was ja beides, je nach Situation oder Perspektive, sich verändert, so stößt man auf die Unterscheidung von EIGENERFAHRUNG und ENTEIGNETER ERFAHRUNG.

Wird meine Erfahrung enteignet, dies geschieht aber durch einen gütigen Herrn, so werde ich zwar unmündig, bin aber behütet. Ich lerne auf der Ebene der Erfahrungen, der Fremdsteuerung bei äußerer Freiheit, die Sklaverei kennen. Sie hat Vorzüge, weil sie den Leistungsdrang von mir nimmt. Ein tüchtiger Sklave kann sich ausruhen. Er sieht seinem Leben zu, ist Konsument seines Geschicks.

Alle Formen der Selbstbestimmung sind demgegenüber anstrengend, wenig *unterhaltend*. Wir müssen uns *überreden*, die Selbststeuerungen zu nutzen. Es wäre libidinös günstiger, sie in ein Museum zu stellen, sie zu verehren, sie aber nicht anzuwenden. Ich meine dies nicht mit ironischem Beiklang. Lernprozesse der unmittelbaren Erfahrung sind atavistisch, anstrengend, in der Mehrzahl vom libidinösen Haushalt entkoppelt. Dies enthält eine weitreichende Konsequenz. Prägung und Rückkontrolle gehen aus von unserer unmittelbaren Erfahrung. Wenn ich mir beim Durchwandern des Harzes mit einer Straßenkarte von Großlondon in einer Kule das Bein breche, werde ich das nicht vergessen, und ich habe etwas gelernt. Tatsächlich leben wir in unserer Medienwelt mit einer großen Masse von mittelbarer Erfahrung. Wir sehen einer Menge Kriminalfilme zu, ohne je verbrecherisch oder strafverfolgend selbst tätig zu sein. Weil diese verschiedenen Sorten der Erfahrung so unterschiedlich auf uns einwirken, ist es wichtig, dass wir die Erzählform des Cross-Mappings ausüben. Eine falsche Karte auf eine echte legen und sich noch einmal irritieren lassen. Das hilft bei Wirklichkeitsverlust zum Aufhorchen.

Gedächtnis, Vergessen, Rekonstruktion

Sich erinnern und vergessen sind Tätigkeiten verschiedener Organapparate im Menschen. Das Wegräumen von Präsenz (Vergessen) gelingt aus anderen Gründen, beruht auf einem gattungsgeschichtlich anderen physiologischen Vorgang als die Rekonstruktion, die aus Spuren, Splittern – und manchmal wie durch ein Wunder – das Gedächtnis herstellt. Es handelt sich also um zwei verschiedene, vermutlich nicht einmal polar miteinander verknüpfte Begabungen. Innerhalb dieser Begabung (für die Prädikate und Belohnungen vergeben werden könnten, wie für Musikalität) werden die Gründe und

Arbeitswege von Erinnerung und Vergessen verschieden sein: Vergessen aufgrund von Gleichgültigkeit, Vergessen, weil ein anderes Ereignis plötzlich wichtiger ist, Vergessen aus Großmut und Vergebung – innerhalb der Seele sind dies ganz verschiedene Länder und Souveränitäten.

Es kommt ein Erfahrungsgehalt hinzu, den Jean Piaget beschreibt. Piaget untersucht Katharsis und Gedächtnis. Er sagt: Das Gedächtnis ist nicht die Übersetzung von etwas Unbewusstem oder die Vorstellung von etwas zeitweise Verborgenem, sondern die Bewusstwerdung ist immer eine Reorganisation, eine *Rekonstruktion*. Als Beispiel erzählt Piaget die Geschichte einer sogenannten falschen Erinnerung. Er erinnere sich, sagt er, äußerst genau und lebendig, als Säugling in seinem Wagen angebunden, Opfer eines Entführungsversuchs gewesen zu sein (Ort des Abenteuers, Kampf zwischen dem Kindermädchen und dem Kinderdieb, Heraneilen der Passanten und des Polizisten). Als er 15 Jahre alt war, fährt Piaget fort, habe das Kindermädchen den Eltern brieflich mitgeteilt, die ganze Geschichte sei von ihr erfunden gewesen, sie selbst habe die Kratzer auf der Stirn des jungen Piaget verursacht. Dennoch: Die Erfahrung (unmittelbare Erfahrung), dass der junge Piaget im Alter von fünf oder sechs Jahren vom Entführungsversuch *gehört* hat, an den die Eltern zu diesem Zeitpunkt noch glaubten, ist stärker geblieben als das Dementi. Die Erzählung hat eine visuelle Erinnerung fabriziert, eine Nachbildung, die *mithilfe der konstruktiven Fähigkeiten unseres Vorstellungsvermögens* zu einer vollständigen Szene entwickelt werden kann, so als läge ein Negativ im Archiv. Es sind nur Splitter notwendig, um diese generative Eigentätigkeit der Fantasie in Gang zu setzen. Es gibt sinnliche Fähigkeiten der Menschen, die weniger Dauerwirkung haben (Dauerwirkung haben alle). So könnte man sagen, »dass den Füßen eines jungen Menschen egal ist, welchen Boden sie berührt haben«. »Meine Reden von gestern haben auf der Zunge ihre Spur nicht hinterlassen.« (Wer weiß wirklich, was nach außen gerät, während ich darüber rede; was gerät während des Redens nach innen?) Auf jeden Fall sind rekonstruktive Arbeitsleistungen nie ohne prägende Wirkung, sodass dasjenige, wovon ich mir ein Gedächtnis mache, Besitz von mir ergreift, ich kann damit spielerisch umgehen, aber das ist kein Spiel. Da aufgrund der rekonstruktiven Vervollständigung eines jeden reizenden Splitters einer früheren Erfahrung sich Menschen fast alles in innere Bilder wandeln können, sind die symbolischen Sequenzen, mit denen Spielfilme oder Fernsehprogramme umgehen, keine auswechselbaren, »unterhaltenden« Gebilde: Sie haben materielle Kraft. Sie besitzen diese materielle Gewalt aufgrund der Eigentätigkeit der Menschen, die ihnen zuwächst. Sie wirken wie Magnete oder wie die 13. Fee im Märchen vom Dornröschen, die, nachdem sie aus dem Schloss vertrieben wird, ihre wahre Macht zeigt.

Auf dem Weg zu einer Straßenkarte der Irrtümer

Alexander Kluge im Gespräch mit Stefan Aust

STEFAN AUST: Die Corona-Pandemie ist ein entscheidender Punkt, der das Leben in unserem Land, aber auch auf der Welt, stark verändert hat.

ALEXANDER KLUGE: Es handelt sich um einen Fremdling, der uns nicht kannte, als er sich aus dem Körper einer Fledermaus zu uns verirrt hat. Er hatte dort in einer uns fremden Evolution gelebt. Die Begegnung brachte für uns und für ihn eine Fülle von Irrtümern.

AUST: Es gibt keinen Zweifel daran, dass in dem Labor in Wuhan mit solchen Viren experimentiert worden ist, bevor dieses Virus zu einer Erkrankung geführt hat. Das haben die auch zugegeben und darüber Untersuchungen veröffentlicht. Eine amerikanische Stiftung hat viel Geld investiert, damit man mit dem Virus experimentiert. Unter dem Begriff Gain of Function wollte man dem Virus eine zusätzliche Funktion antrainieren, damit es auch auf menschliche Gene anspringt.

KLUGE: Warum haben die das gefördert?

AUST: Es wird gesagt, sie haben mit diesen Viren experimentiert, um für den Fall einer Epidemie Impfstoffe zu haben. Das ist die offizielle Begründung dafür. Es ist nicht nachgewiesen, dass dieses Virus das Labor verlassen hat. Das wird man nie herausfinden können; es muss sich nur ein einziger Mitarbeiter in dem Labor infiziert haben, nach Hause gegangen sein und auf dem Markt jemand anders angesteckt haben. Es wird sich auch nicht herausfinden lassen, ob andere Ideen dahintergesteckt haben oder ob es nur Forschung war. Aber dass man mit diesen Viren dort experimentiert und sie auf menschliche Andockmöglichkeiten trainiert hat, daran gibt es keinen Zweifel.

KLUGE: Wenn das so wäre, wäre es das erste auf Menschen alphabetisierte Lebewesen in der Natur.

AUST: Allerdings nur mit der griechischen Zählweise.

KLUGE: Das ist wie eine Bildungsreform auf der Seite der Viren, etwas Gefährliches. Wir selbst waren Viren vor 3,5 Millionen Jahren.

AUST: Wir sind permanent mit Viren in Berührung. Diese Viren sind ständig dabei, sich zu verändern.

KLUGE: An Viren, Pilzen, Bakterien und anderen Mikroben finden sich in einem gesunden Darm etwa zwei Kilogramm.

AUST: Bei jemandem, der positiv getestet wurde, aber keine Symptome zeigt, kann man sich fragen, ob das nicht früher gesund hieß.

KLUGE: Es gibt Milliarden, Billionen von Virenvölkern, die auch zu unserer Gesundheit beitragen, vielleicht sogar zu Teilen unserer Intelligenz.

AUST: Wir wären nicht funktionsfähig ohne Viren. Als das Ganze hochging, habe ich häufig mit Otto Schily telefoniert, der eine rationale Position dazu hat. Unter anderem auch deswegen, weil sein Bruder Arzt ist und Chef der Klinik in Witten/Herdecke war. Was sollen diese Infektionszahlen, hat er gefragt. Wer infiziert ist und keine Symptome hat, ist in Wahrheit nicht infiziert. Da hat sich der Körper sofort gegen dieses Virus in Position gebracht. Das kann man nicht als krank bezeichnen. Deswegen sind diese Infektionszahlen eine trügerische Angelegenheit.

KLUGE: Hier hat ein Fremdling an unsere Tür geklopft, ein Alien, nicht aus einer anderen Welt, sondern auf demselben Planeten geboren. Heute findet sich nicht mehr so wie in Babylon die große Schrift an der Wand, sondern mit einer Menge von Kleingedrucktem meldet sich ein kleines Lebewesen zu Wort und erinnert uns daran, dass unsere Kraft begrenzt ist.

AUST: Für mich hat das noch einen anderen Hintergrund. Ich kann mich erinnern, als Aids aufkam. Das gibt es seit über 40 Jahren. Wir haben bis heute keinen Impfstoff dagegen. Man hat allerdings Medikamente gefunden, die den Verlauf der Erkrankung oder die Sterberate stark senken. Als es vor zwei Jahren losging, war ich skeptisch, ob die es schaffen würden, einen Impfstoff gegen Corona zu entwickeln. Zur damaligen Zeit hat man viel über Aids diskutiert, es gab etliche *Spiegel*-Titel dazu (das war vor meiner Zeit beim *Spiegel*). Es gab eine große Gefahrenüberlegung: Stellt euch vor, wir haben eine Krankheit, die so gefährlich ist wie Aids oder wie Ebola (damals gab es den Kinofilm *Outbreak*), und diese Krankheit, diese Infektion verbreitet sich so wie die gemeine Grippe. Jetzt ist das da, wovor wir große Angst hatten und gewarnt haben. Im Vergleich zur damaligen Zeit hat sich eines gravierend geändert: Es gab noch nie so viele Menschen auf dem Planeten Erde. Und es gab noch nie so viel Bewegung unter diesen Menschen auf der Welt. Aus den großen Ballungsgebieten in Afrika, in Asien, auch in Europa gab es noch nie so viel Bewegung in andere Teile der Welt, durch Geschäftsbeziehungen, durch Arbeiter, die in anderen Ländern gearbeitet haben, durch Tourismus und durch Migration. Die wirkliche Veränderung auf der Welt hat dadurch stattgefunden, dass die Weltbevölkerung sich in wenigen Jahrzehnten verdoppelt hat und sich ständig auf dem Globus hin und her bewegt und jede Infektion herumtragen kann.

KLUGE: Das sind nicht nur die Flüchtlingsbewegungen, sondern auch die Bewegungen des Geldes.

AUST: Es geht auch um die digitalen Bewegungen. Vor 20 oder 30 Jahren gab es öffentlich-rechtliche Anstalten. Da arbeiteten Leute, die für Journalismus ausgebildet waren oder auch nicht. Sie hatten Full- oder Halftimejobs, waren freie Mitarbeiter, aber sie waren alle in einer bestimmten Kategorie des Journalismus und der Publikation tätig. Durch das Internet hat sich das geändert. Die Kontakte zwischen den Ländern, den Menschen und den journalistischen Institutionen, Politikern, den NGOs oder Privatpersonen sind so wie noch nie auf diesem Planeten. Du hast ein biologisches und gleichzeitig ein digitales Virus.

KLUGE: Das wirkt im Kopf ansteckend und garantiert Irrtum auf Irrtum, auch Wahrheit auf Wahrheit.

AUST: Es bringt Leute dazu, Journalisten, Politiker, Virologen, sich ständig in den Vordergrund zu stellen. Womit kann man in der

Öffentlichkeit, im Internet, in Talkshows oder auf anderen Veranstaltungen mehr Eindruck erwecken, als wenn man sagt: Der Mensch stirbt. Im Durchschnitt sterben alle Menschen zu 100 Prozent. Es gab schon immer Überlegungen, das Sterben abzuschaffen, indem man von Unsterblichkeit redet oder von Wiedergeburt. Im Paradies treffe ich 72 Jungfrauen.

KLUGE: Oder ich treffe dort Voltaire oder Adorno, das müssen nicht Jungfrauen sein. Was willst du mit 7000 Jungfrauen anfangen?

AUST: 7000 wäre zu viel. 72 würden reichen, so wie das im Islam beschrieben ist, wenn du ins Paradies kommst.

KLUGE: Gibt es einen Toten, mit dem du gerne sprechen würdest?

AUST: Goethe wäre cool.

KLUGE: Du hättest eine Jungfrau auf der anderen Seite, von der du nicht weißt, ob sie dich will.

AUST: Das kommt darauf an, in welchem Alter ich wäre, wenn ich ins Paradies komme. Jetzt würde ich lieber mit Goethe sprechen als mit Jungfrauen diskutieren. Durch diese Corona-Diskussionen ist die Tatsache, dass der Mensch stirbt, in den Vordergrund gerückt. Die Angst vor dem Tod taucht auf eine Weise in den Medien und im Internet auf, wie das vorher nicht der Fall gewesen ist. Das gab es bei einer Katastrophe wie dem 11. September 2011, da waren 3000 Leute tot. Aber dass jeden Tag im Fernsehen gesagt wird, wie viele Menschen an oder mit Corona gestorben sind, hat es vorher nicht gegeben. Nach dem ersten Halbjahr mit Corona, also 2020, habe ich mich mit den Sterbezahlen beschäftigt. Es war schwierig herauszufinden, ob wir eine Übersterblichkeit haben. Es hat sich herausgestellt (das haben wir überprüft), dass wir im ersten Halbjahr 2020, als es mit Corona losging, keine Übersterblichkeit hatten. Wenn man sich die Sterbezahlen des ersten Halbjahres 2020 ansieht, stellt man fest, dass die im Vergleich zu den fünf Jahren zuvor an dritter Stelle liegen. Die höchste Sterblichkeitsrate mit ungefähr 20 000 mehr hatten wir 2018 durch die Grippeepidemie und 2016 auch durch eine Grippewelle. In dem Jahr aber, in dem alle Medien, alle Leute bei jeder Veranstaltung, bei jedem Kaffeetrinken über die Sterblichkeit geredet haben, hat keiner gewusst, dass wir nur an dritter Stelle bei der Sterberate liegen. Im gesamten Jahr 2020 hatten wir keine Übersterblichkeit.

KLUGE: Diese subjektive Seite, was die Menschen darüber denken, und die objektive Seite, was das Infektionsgeschehen betrifft, muss man zusammen betrachten. Ohne die subjektive Seite kann man das Objektive nicht verstehen. Im und nach dem Ersten Weltkrieg geht ein Schock aus von den Toten, die in dem Stellungskrieg starben. Es geht aber auch eine starke Irritation aus von der Spanischen Grippe, die unmittelbar im Krieg entsteht und den Krieg überlebt. Menschen fühlen sich dem Krieg und der Epidemie gegenüber hilflos. Und gleichzeitig geht es für uns darum, diese starken Gefühle, die diese Realitäten begleiten, auszugraben. Ich mache einen Sprung. Aus den Tiefen des Marianengrabens kommt eine Erdbeben- und Flutwelle und löst den Tsunami in Fukushima aus. Die Naturkatastrophe koppelt sich mit der Empfindlichkeit eines AKWs, das auf eine solche Naturkraft nicht vorbereitet ist. Und jetzt interessiert mich – das betrifft die subjektive Seite – die Erzählung über das Ereignis und die Reaktion unserer Bundeskanzlerin, die aufgrund der Katastrophe die AKWs schließen lässt. Was mich als Erzähler dabei verblüfft, ist, dass die Wissenschaftler der Universität Sendai, einer Universität, die ganz in der Nähe von Fukushima liegt, schon vorher darauf aufmerksam gemacht hatten, dass alle 800 Jahre an dieser Stelle der japanischen Inseln – wie ein Gongschlag der Geschichte – eine solche Katastrophe eintritt. Es hat nämlich 800 Jahre vor unserer Zeit schon einmal eine solche Katastrophe gegeben. Eine solche Erzählung der Wissenschaftler setzt bei mir die Assoziation in Gange: Was wäre gewesen, wenn die Windräder den Wind gewendet hätten auf die Riesenstadt Tokio zu? Daraufhin geht meine Einbildungskraft in eine ganz andere Richtung: Es ist nämlich unmöglich, eine Stadt von etwa 37 Millionen Einwohnern in einem solchen Ernstfall zu evakuieren.

AUST: Bei Fukushima sind es die Bilder von dieser riesengroßen Flutwelle, wo die Schiffe und die Autos an Land gespült werden und sich überschlagen. Wenn ausgerechnet an dieser Küste ein Atomkraftwerk steht, kann man sich die Frage stellen, ob man ein Atomkraftwerk in einem solchen Gebiet bauen sollte. Das war ein großes Drama, aber es gab praktisch keine Toten durch das Durchbrennen dieses Atomkraftwerkes. Die Toten in Fukushima und in der Umgebung kamen durch die Flutwelle um, nicht durch das Atomkraftwerk, aber dem Atomkraftwerk wurde die Gefahr zugeschrieben. Deswegen wurde das als Signal genommen, dass man in der Bundesrepublik aus der Atomenergie aussteigen müsste. Angela Merkel hatte in der Regierung mit der FDP gerade die Verlängerung der Laufzeiten der deutschen Atomkraftwerke durchgesetzt, unter großem Protest der Grünen und auch der SPD, die damals, wenn auch in langsamen Schritten, in der rot-grünen Koalition den Ausstieg wollten. Wenige Wochen nach Fukushima war in Baden-Württemberg Wahlkampf. Dort geriet die CDU in die Defensive. Plötzlich war das Thema Atomkraftwerke besonders aktuell. Das wurde durch Fukushima verschärft. Deswegen hat Angela Merkel eine Kehrtwendung betrieben, weg von der Verlängerung. Dann ist sie in die andere Richtung gegangen. Die FDP hat wieder mitgemacht. Dann haben sie den Beinahesofortausstieg entschieden, in Wirklichkeit, damit die Grünen die Regierungsmacht nicht übernehmen. Das hat aber nichts genutzt, sie haben sie trotzdem übernommen.

KLUGE: Die unmittelbaren, nachweisbaren Toten durch das Kraftwerk sind nicht verifiziert. Aber wenn der Wind über Fukushima im entscheidenden Moment nach Süden gedreht hätte und der Atomsmog nach Tokio geweht worden wäre, hätte man nicht gewusst, wie man eine Riesenstadt von 37 Millionen Einwohnern evakuiert. Da trifft man wieder auf etwas Subjektives, wie du es vorhin beschrieben hast. Es geht um Angst. Aber das ist eine berechtigte Angst. Wie willst du zum Beispiel London im Fall einer ubiquitären Gefahr des Krieges evakuieren?

Zum Umgang mit Furcht und Angst

Skypegespräch zwischen Stefan Aust und Alexander Kluge im Oktober 2022

ALEXANDER KLUGE: In manchen Situationen gibt es keinen Notausgang. Wenn Drohnen uns in einem Luftkrieg bedrohen, kann ich davor nicht kapitulieren. Das hat etwas Unmenschliches. Ein Leitwolf, der einen Rivalen niedergerungen hat, hört auf zu kämpfen, wenn dieser Rivale »kapituliert«. Sind wir Menschen bösartiger oder aggressiver? Die Automatiken sind es in jedem Fall. Wir leben mit der rechten *und* der linken Hirnseite. Unsere Vorfahren haben das getrennt gebraucht, die rechte Hirnseite kann nicht sprechen. Aber da sprachen die Götter, die sagen: Achill, bitte tue das oder unterlasse es. Die linke Seite kann sprechen und handeln, ist aber tagesbezogen.

STEFAN AUST: Das Gefährlichste an der Pandemie, bei der Gefahr vor dem Atomkrieg, damals in der DDR (die Gefahr, dass der Imperialismus kommt) oder beim Terrorismus ist die Angst.

KLUGE: Wenn Sarajevo passiert, muss sich das Deutsche Reich nicht fürchten. Aber alle sind 1914 gegen alle, weil sie voreinander Angst haben.

AUST: Dann gibt es den berühmten Begriff der Schlafwandler, die sich, von Angst getrieben, in eine Situation reinmanövrieren, vor der sie Angst haben. Die Angst ist der Grund dafür, dass sie in die Situation gekommen sind, in der sie tatsächlich Angst haben müssen.

KLUGE: Wir dürfen nicht wegschauen, um die Angst wegzutherapieren. Wir sind immer zwei Lebewesen, ein subjektives und ein objektives. Wir sind sachlich, »unparteiischer Beobachter«, und können kühl schauen wie der Bundeskanzler Helmut Schmidt. Die andere Seite in uns ist die Empathie, die »Einfühlung«. Sie ist eine natürliche Mitgift von uns Menschen. Aber auch der Empathie dürfen wir nicht blind vertrauen, wenn sie zum Beispiel Angst erzeugt, in uns putscht, das Gleichgewicht und die Vernunft zerstört. Der Verstand ist aber nichts gegen die Einfühlung.

AUST: Die gefährlichsten Politiker sind diejenigen, die ihrer Bevölkerung permanent Angst machen. Am Anfang dieser Pandemie gab es ein Land, das bewusst und offen mit den Problemen umgegangen ist und gleichzeitig versucht hat, die Angst möglichst gering zu halten und vernünftig zu operieren. Das sind die Schweden gewesen, die damals von den Medien angegriffen und als unverantwortlich bezeichnet wurden. Jetzt stellt sich heraus, dass sie insgesamt besser durch diese zwei Jahre gekommen sind als wir. Es gibt einen evolutionären Prozess in der Menschheitsgeschichte und in der Geschichte dieses Globus. Bestimmte Dinge passieren, dann geschieht etwas anderes, dann etwas Drittes. Es stellt sich heraus, dass es Entwicklungen gibt, die anders sind, als man sie sich vorgestellt hat. Gerade die Experten und Politiker glauben häufig, dass sie durch Maßnahmen, die sie ergreifen, ein Problem lösen können, während in Wirklichkeit die Möglichkeiten, durch Maßnahmen etwas hinzubekommen, geringer sind, als sie sich vorstellen können. Über die Risiken und Nebenwirkungen der politischen Entscheidungen und Maßnahmen machen sie sich meistens keine Gedanken. Plötzlich steigen die Infektionszahlen ins Unermessliche mit dieser Omikron-Variante. Jetzt sagt sogar Christian Drosten, dass es vielleicht doch nicht so gefährlich ist.

KLUGE: Die Virologin Karin Mölling hat eine Stimme und eine Erzählform, die entspricht Magda, meiner Kinderfrau, die mir als Kind die Märchen erzählt und mich beruhigt hat, wenn ich Angst hatte. Diese Furcht, dass ein Virus uns je vernichten könnte, ist selbst bei unseren ungeheuren Bevölkerungszahlen ganz unwahrscheinlich, sagt Mölling. Der Virus würde seine Basis zerstören, wenn er uns zerstört. Das kann man auch in dem evolutionären Zusammenhang sehen, den du nennst. Die Natur weiß mehr Auswege als jeder Politiker oder wir Menschen. Das ist eine Überschätzung, wenn wir sagen, dass wir Menschen allmächtig sind.

AUST: Wir überschätzen uns maßlos. Das bezieht sich auch auf die Frage der Triage. Jeder Arzt ist bei Unfällen in einer Situation zu fragen: Versuchen wir es noch weiter, oder drehen wir den Strom ab? Als mein Vater in der Klinik war, saßen wir eine Woche oder zehn Tage lang jede Nacht am Bett. Irgendwann hat der Arzt gesagt: Sie haben Ihre Pflichten als Kinder erfüllt. Ich möchte abschalten; dann hat er abgeschaltet, und wir haben erlebt, wie unser Vater gestorben ist. Man muss sich mit der Tatsache des Sterbens abfinden und sagen: Das wird uns auch passieren.

KLUGE: Das geschieht nicht aus Mangel an Vorstellungsvermögen und Empathie, sondern weil wir in einer Wirklichkeit leben, die nicht von Menschen gemacht ist. Sie hängt nicht davon ab, ob wir an Gott glauben.

AUST: Die Frage, ob es Gott gibt, ist eine Frage der Definition. Am Anfang des Johannesevangeliums steht der Satz: »Im Anfang war das Wort.« Aber im Original heißt das Wort Logos. Das Wort kannst du auch als Logik übersetzen. Wenn du den Satz sagst: »Im Anfang war die Logik, und die Logik war Gott, und Gott war die Logik«, dann ist es logisch, dass es Gott gibt.

KLUGE: Das hast du verkürzt übersetzt, weil Logos auch der Sinn ist. Am Anfang war der Sinn, die Bestimmung, das, was in den Dingen hinarbeitet, auf etwas, was auch in uns steckt. Könnten wir mit dem Virus sprechen, könnten wir ihm sagen, dass es unsinnig ist, den eigenen Wirt zu schädigen. Karin Mölling hat mir von einem Element in unserem Erbgut erzählt. Das ist ein über fünf Millionen Jahre altes Virus. Das ist übergelaufen zu den Vorfahren von uns, als wir noch nicht Menschen waren. Es sitzt in uns und verteidigt uns immer noch wütend und träumend gegen Gefahren von Bakterien und Viren von vor fünf Millionen Jahren. Die Gegner unserer Vorfahren, die hier abgewehrt werden, gibt es längst nicht mehr. Wenn wir mit diesem »Urvirus und Überläufer«, der wie ein Hugenotte nach Preußen in unser Erbgut überlief, sprechen könnten, hätten wir vermutlich Zugang zu einem Universalimpfstoff. Wir hätten einen Schutzengel in uns. Neulich musste ich an dich denken, weil du für mich der Ungläubigere bist. Ich habe in einem Mythos von Parzifal gelesen, bei Wolfram von Eschenbach, aus dem 12. Jahrhundert. Parzifal kämpft eines Tages mit seinem Halbbruder, einem Mohammedaner. Er zerschmettert sein Schwert und denkt, dass er in der nächsten Minute tot ist. Da kommen aus der Zukunft zwei von IHM NOCH NICHT GEZEUGTE KINDER, der eine davon heißt Lohengrin, und retten den Vater, WEIL SIE GEBOREN WERDEN WOLLEN.

AUST: Wenn man das in eine solche Szene umsetzt, ist es eine Darstellung des Prinzips Hoffnung.

KLUGE: Das ist eine gute Mitgift. Wir haben ein Urvertrauen als Babys, dass es die Welt gut mit uns meint. Das entspricht später nicht den Tatsachen, bezogen auf die gesamte Wirklichkeit, aber mit Blick auf unsere Nächsten stimmt es.

EINSICHTEN

Aus Philosophie und Wissenschaft

Julian Nida-Rümelin
»Cancel Culture« – Ende der Aufklärung? Ein Plädoyer für eigenständiges Denken

Cancel Culture in unterschiedlichen Theorien

Zum Begriff »Cancel Culture«

Cancel Culture ist ein uraltes Phänomen, das sich durch die Kulturgeschichte der Menschheit zieht: Praktiken, um diejenigen zum Schweigen zu bringen, deren Auffassungen von den eigenen in störender Weise abweichen. Manchmal sind diese Praktiken todbringend, wie in den Ketzerprozessen des Mittelalters und der Frühen Neuzeit. Neben der Androhung oder Vollstreckung des physischen Todes gibt es die Praxis des sozialen Todes, des nachhaltigen Ausschlusses aus der Gemeinschaft.

Im Römischen Imperium war die Verbannung neben der Ermordung ein bei Kaisern und anderen Potentaten beliebtes Instrument der Cancel Culture. Der soziale Tod wurde nicht nur von oben dekretiert, sondern auch von unten praktiziert. Vom Scherbengericht in den griechischen Stadtstaaten, das Alkibiades, den Feldherren und lange Zeit Liebling der Athener, mitten im Krieg gegen Syrakus zum Abbruch seiner militärischen Mission und zur Rückkehr nach Athen zwang, um sich dort vor einem Tribunal zu verantworten,[1] bis hin zu der alltäglichen Praxis des Verächtlichmachens, der Diffamierung, der Denunziation, der üblen Nachrede, der Diskreditierung in den unterschiedlichsten Varianten – meist ohne dass den betroffenen Personen eine faire Chance eingeräumt wird, sich zu verteidigen, sich zu rehabilitieren, den Weg zurück in die soziale Gemeinschaft zu finden. Cancel Culture ist darauf gerichtet, unliebsame Meinungen verstummen zu lassen.

Das Gegenmodell zu den Praktiken der Cancel Culture ist nicht die große Harmonie, die *concordia* klerikaler oder auch konfuzianischer Prägung, auch nicht die platonische *sophrosýne,* die Tugend der Besonnenheit, sondern die aufklärerisch gestimmte Kritik. Menschen sind zu theoretischer Vernunft befähigt, sie suchen nach Erkenntnis und wollen Erklärungen für Ereignisse. Zudem sind Menschen in der Lage, so zu handeln, dass sich ihre eigene Praxis in eine vernünftige Struktur der Praxis aller einbetten lässt. Sie sind befähigt zu praktischer Vernunft. Aufklärung in allen ihren Varianten beruht auf diesen beiden miteinander verkoppelten menschlichen Fähigkeiten und ist darauf gerichtet, diese zu aktivieren, zu fördern und die politischen, sozialen und kulturellen Bedingungen so zu gestalten, dass sie praktisch wirksam werden. Kritik ist ein durchgängiges Merkmal der Aufklärung. Sie beginnt oft genug mit der Kritik von Vorurteilen und von Praktiken, die einem erfüllten menschlichen Leben zuwiderlaufen. Die Kritik an Aberglauben, Pseudowissenschaft, Ideologie und menschenunwürdiger Praxis steht am Beginn der Aufklärung. Die Alternative zur Aufklärung ist Rückfall in Irrationalität und Inhumanität.

Aufklärung als Praxis der Vernunft gründet auf einer optimistischen Anthropologie, sie ist seit Jahrzehnten in der Defensive. Ihre Gegner sind zahlreich und ihre Verteidiger ängstlich. Nicht allen ist bewusst, dass mit ihrem Niedergang nicht lediglich die eine oder andere Überzeugung bedroht wäre, die wir bisher für selbstverständlich gehalten haben mögen, sondern darüber hinaus eine Lebensform, ohne die die Demokratie nicht existieren kann.

Die Stärke des aufklärerischen Projekts ist zugleich ihre Schwäche. Im Vertrauen auf die menschliche Vernunftfähigkeit nimmt sie ihre Kritiker als Gesprächspartner ernst und bekämpft sie nicht als ihre Feinde. Ihre Stärke beruht auf ihrer Universalität und Inklusivität, ihre Schwäche ebenso. Wenn sie sich mit den Mitteln ihrer Feinde, zu denen Cancel Culture ganz wesentlich gehört, verteidigen würde, gäbe sie sich selbst auf. Sie muss sich verteidigen, ohne ihre eigenen Grundlagen zu gefährden.

So versteht sich auch dieser Beitrag. Er ist ein Gesprächsangebot an diejenigen, die dem Projekt der Aufklärung die Treue halten, aber auch an diejenigen, die sich davon verabschieden. Er appelliert an Vernunft, auch gegenüber ihren Verächtern.

Unter Cancel Culture wird dabei eine kulturelle Praxis verstanden, die Menschen abweichender Meinungen zum Schweigen bringt, indem sie

I. die Äußerung dieser Meinungen unterbindet, behindert oder zumindest erschwert;
II. Personen, die diese Meinungen haben, zum Schweigen bringt, aus dem Diskurs ausgrenzt oder zumindest marginalisiert;
III. Personen, die diese Meinungen haben, tötet, verfolgt oder ihnen Nachteile auferlegt, die die Freiheit ihrer persönlichen Lebensgestaltung beeinträchtigen.

Es handelt sich um drei Eskalationsstufen der Cancel Culture, nach denen sich konkrete historische und aktuelle Fälle gliedern lassen. Im Zentrum dieses Textes steht aber die systematische Analyse dieses Phänomens mit dem Ziel, die Alternative zu allen Praktiken der Cancel Culture herauszuarbeiten: eine Theorie der Urteilskraft in der Tradition von Aufklärung und Demokratie.

Platon: Der Ursprung aller Cancel Culture?

Platon eignet sich in seiner Ambivalenz gut für einen Einstieg in die Thematik. Der große Philosoph, dessen Schriften von hoher literarischer Qualität sind, plädiert zum Entsetzen vieler seiner Leser in der *Politeia* dafür, die Künstler, insbesondere die Tragödienschreiber, aus der Stadt zu vertreiben. Dabei wird oft unterschlagen, dass er an späterer Stelle in dieser Schrift erörtern lässt, unter welchen Bedingungen man sie wieder in die Stadt zurückkehren lassen könnte. Der Wissenschafts- und Erkenntnistheoretiker Karl Popper hat daraus das vernichtende Urteil abgeleitet, Platon sei ein radikaler Vertreter der geschlossenen Gesellschaft, dem Urbild der totalitären Diktatur.

Der platonische Sokrates führt für den Vorschlag, die Künstler aus der Stadt zu vertreiben, erkenntnistheoretische, politische und psychologische Argumente an. Das erkenntnistheoretische besagt, dass die Werke der Kunst den Zugang zur Realität verstellen, dass sie Abbildungen von Abbildungen seien. Für Platon gründet die Realität in den tiefer liegenden Strukturen (sogenannten *eidé,* was irreführend mit »Ideen« übersetzt wird), die Welt der Erscheinungen hingegen besteht ihm zufolge lediglich aus Schatten dieser Urbilder, von denen wiederum die Kunst mehr oder weniger gelungene Nachbildungen schafft, also statt zur Realität vorzudringen, sich weiter von ihr entfernt.

Das politische Argument besagt, dass die Werke der Kunst die Harmonie in der Stadt gefährden, dass sie aufrührerisch und spaltend wirken. Und das psychologische besagt, dass sie die innere Seelenruhe, die sich für den gerechten Menschen einstellt, der damit die Harmonie der Stadt im wohlgestalteten Verhältnis ihrer Teile widerspiegelt, gefährden. Die Strukturgleichheit von *psyché* und *pólis,* der Einzelseele und der politischen Gemeinschaft, beruht bei Platon auf einer strukturellen Theorie des Ganzen, dessen Teile zueinander in einem ausgewogenen, sich wechselseitig stabilisierenden Verhältnis stehen. Die Künste bringen diese Harmonie von *psyché* und *pólis* in Gefahr. Die Künstler stören die wohlgeordnete Stadt und die Seelenruhe des Einzelnen.

In der modernen Kunst, insbesondere in der Literatur- und Filmtheorie, ist manchmal von der »Melodramatisierung« die Rede, die von der Kunst auf die Lebenswelt übergreift.[2] Während Platon die nur in Bruchteilen erhaltene Tragödienliteratur, die das moralische Bewusstsein seiner Zeit prägte, kritisch beurteilte, wendete dies Aristoteles mit seiner *kátharsis*-Theorie, also der Auffassung, dass die Erschütterungen, die durch den Besuch einer Tragödienaufführung ausgelöst werden, zu einer inneren Reinigung führen, ins Positive; beide scheinen sich jedoch einig darin zu sein, dass die Kunst einen Beitrag zum gelingenden Leben zu leisten habe. Umgekehrt liegt der Schluss nahe, dass sie, sofern sie dies nicht tut, verstummen sollte. Auch in der Hochphase der europäischen Aufklärung hält diese eudämonistische Gesinnung noch an, und das Aufblühen der Wissenschaft oder die Gewährung von Freiheit wird im utilitaristischen Geist als Instrument der Optimierung des allgemeinen Wohlergehens gerechtfertigt.

Die Aufklärung kommt aber erst zu sich selbst, wenn sie die Vielfalt der Erscheinungsformen des menschlichen Geistes als solche und nicht als bloßes Instrument zu anderen Zwecken schätzen lernt. Im Zentrum des Projekts der Aufklärung aber steht der Respekt gegenüber Gründen. Gründe, die für Überzeugungen sprechen – nennen wir sie »theoretische Gründe« –, und Gründe, die für Handlungen sprechen – nennen wir sie »praktische Gründe«. Es ist allein das bessere Argument, das unsere Überzeugungen leiten sollte, und nicht andere Erwägungen. *Epistemische Rationalität* bildet den Kern der Aufklärung. Nicht klerikale Autorität oder fürstliche Macht bestimmt, was richtig oder falsch ist, sondern die Abwägung von Gründen pro und kontra. Wissenschaft ist ein Kind der Aufklärung; ohne Aufklärung, ohne die Hochachtung gegenüber dem besseren Argument gibt es keine Wissenschaft.

Dies macht die Ambivalenz der platonischen Philosophie aus: Sie möchte wohlbegründetes Wissen *(epistéme)* an die Stelle bloßen Meinens *(dóxa)*, bloßer Vorurteile setzen. Sie setzt auf wissenschaftliche und philosophische Rationalität, um das Gemeinwesen zu ordnen und gerecht zu gestalten. Und zugleich fürchtet sie sich vor der Irritation durch Vielfalt und Differenz. Es sind nur die wenigen, die den philosophischen, wissenschaftlichen Weg zu Ende, bis zur Schau des Guten, gehen können, und von den anderen wird *sophrosýne* erwartet, die sie auf diese wenigen hören lässt. Die wenigen geben die Richtung vor, und die vielen folgen. Und die Wissenden kommen zu einheitlichen Überzeugungen. Vielfalt und Differenz, Meinungsstreit und politische Konflikte sind Ausdruck von Unordnung, die durch reines Wissen behoben werden kann. Aber hier irrt Platon, und ebenso irren viele derjenigen, die diesem Konzept bis heute, meist ohne sich dessen bewusst zu sein, folgen. Wahre Wissenschaft ist vielfältig, sie respektiert den Streit der Hypothesen und Theorien, die beständige Abwägung von Argumenten, die nie enden wollende Suche nach den richtigen Überzeugungen. Sie führt eben nicht zu der einheitsstiftenden Schau des Guten, sondern bleibt auf dem Weg. Sie bezieht alle ein, auch diejenigen, die sich irren. Sie ist irrtumsfreundlich und inklusiv. Wissenschaft ist mit Cancel Culture, mit der Austreibung der Künste, mit der Ausgrenzung unliebsamer Meinungen, mit Ideologisierung und Abschottung unvereinbar.

Im *Theaitetos*-Dialog geht es Platon um die Frage, was Wissen sei. Und nachdem alle alternativen Wissensdefinitionen gescheitert sind, insbesondere diejenigen, die Wissen als bloßes Instrument für Macht oder Reichtum verstehen, führt Sokrates seine Gesprächspartner zu dem Ergebnis, Wissen sei wohlbegründete, wahre Meinung. An einer Stelle wendet er sich gegen die Wortstreit-Künstler, die im Kampf der Meinungen obsiegen wollen, denen es aber nicht darum geht, herauszufinden, wie es sich tatsächlich verhält.

Dieser *Theaitetos*-Dialog kann durchaus als eines der ersten, beeindruckendsten Dokumente des Projekts der Aufklärung gelten. Wissen ist begründete, wahre Meinung, und das Abwägen von Gründen hat das Ziel, Irrtümer zu beheben und Wissen zu erreichen. Das Ringen um das bessere Argument ist entgegen einer verbreiteten zeitgenössischen Auffassung kein Machtkampf. Niemand wird besiegt, wenn sich herausstellt, dass ein Argument, das die betreffende Person vorgetragen hat, irrig ist. Niemand obsiegt in einem Machtkampf, wenn er mit seinem Argument überzeugen konnte. Der Austausch von Argumenten, das Abwägen von Gründen pro und kontra, hat seine eigene Logik, und diese lässt sich in den Kategorien der Macht ebenso wenig rekonstruieren wie in den Kategorien des Interesses. Dies ist das Ergebnis des *Theaitetos*-Dialogs. Wir verstehen es als Zentrum des Projekts der Aufklärung. Wer dieses Zentrum aufgibt, fällt zurück in dunkle, eben voraufklärerische Zeiten, in denen Argumente nicht für sich selbst stehen, sondern bloße Mittel sind, um anderes als Wissen zu erreichen, zum Beispiel Macht oder Reichtum.

Demokratietheoretische Aspekte der Cancel Culture

Was ist Demokratie?

Wir verstehen unter Demokratie eine besondere Form der politischen Selbstbestimmung. Eine besondere Form deswegen, weil die moderne Demokratie im Unterschied zur antiken auf einer Anthropologie der Freiheit und Gleichheit aller Menschen beruht. Die antike Demokratie ging dagegen davon aus, dass manche Menschen frei geboren sind und andere als Sklaven, dass Frauen Männern von Natur aus untergeordnet sind und dass daher die Demokratie ausschließlich eine Sache (freier, autarker) männlicher Haushaltsvorstände ist, die zugleich Vollbürger ihrer Stadt sind.

Wenn man in die Feuilleton-Debatte schaut, könnte man den Eindruck gewinnen, dass die Freiheit und Gleichheit aller Menschen bis heute hochumstritten seien. So wird häufig Gerechtigkeit gegen

Freiheit gestellt: auf der einen Seite die »Linken«, die für Gleichheit sind, auf der anderen Seite die »Rechten« (in einer äußerst problematischen Charakterisierung), die für (individuelle) Freiheit sind und Gleichheit gering schätzen. Die modernen Klassiker der politischen Theorie waren sich jedoch alle einig, dass die Freiheit und Gleichheit aller Menschen gegen die Feudalordnung spricht, und haben mit dieser Erkenntnis der Demokratie den Weg bereitet. Ich neige dazu, diese beiden normativen Grundprinzipien der Demokratie zusammenzuführen und von gleicher Freiheit zu sprechen, gleicher Autonomie, gleichem Respekt, gleicher Anerkennung. Anthropologien, die der Auffassung sind, dass sich Menschen in Würde und Respekt unterscheiden, je nachdem, welchem Geschlecht, welcher Religion, welcher Kaste, welcher Hautfarbe, welchem Bildungs- oder Berufsstand sie angehören, sind mit einem modernen Verständnis von Demokratie unvereinbar. Demokratie ist also politische Selbstbestimmung unter den Bedingungen von Freiheit und Gleichheit.

Politische (kollektive) Selbstbestimmung setzt eine Verständigung über das voraus, was gemeinsam gewollt ist. Die Gemeinschaft der Bürgerinnen und Bürger berät sich, um zu klären, was politisch zu tun sei. Manche werden hier einwenden, damit lege man sich auf eine deliberative Theorie der Demokratie fest. Sofern man mit Jürgen Habermas unter deliberativer Demokratie eine Konzeption versteht, wonach es der Konsens aller ist, der Legitimität stiftet, dann vertrete ich keine deliberative Demokratiekonzeption. Aber auch die bloße Aggregation von Präferenzen wäre keine Demokratie. Zu ihr gehört essenziell der öffentliche Vernunftgebrauch, das Abwägen des Für und Wider eines Projekts, die Diskussion über angemessene Kriterien der Gerechtigkeit, etwa in der Sozialpolitik, die Sicherstellung gleicher Rechte durch eine unabhängige Judikative und die Kontrolle der Regierung durch ein Parlament. In den Kommunen gibt es Räte, die das Verwaltungshandeln der Stadt anleiten; schon der Name betont die Beratung. In der antiken politischen Philosophie spielt die *euboulía* eine wichtige Rolle, also der Zustand der Wohlberatenheit als erstrebenswertes Ziel.

Wenn wir einen Augenblick von den besonderen Bedingungen der modernen Staatlichkeit abstrahieren, so ist es das Bild der sich beratenden Bürgerschaft, die im Hochmittelalter und in der Renaissance zum Ideal der Stadt wurde, welches unsere Vorstellung von Demokratie nach wie vor prägt. Nun ist uns bewusst, dass sich viele Millionen Menschen nicht regelmäßig beraten können, und daher geben wir uns mit repräsentativen Formen der Demokratie in Gestalt von Parlamenten auf verschiedenen Ebenen, begleitet von öffentlichen Stellungnahmen in den Medien, aber auch beurteilt im privaten Gespräch, zufrieden.

In der politischen Theorie werden deliberative und dezisionistische Konzeptionen als Gegensätze diskutiert. Tatsächlich ist das Verhältnis von Deliberation und Dezision komplementär. Am Ende muss entschieden werden, aber eine Entscheidung ohne alle Deliberation ist pure Willkür. Ohne die Bereitschaft, sich dem Austausch von Gründen pro und kontra zu stellen, die jeweiligen politischen Vorhaben der öffentlichen Kritik auszusetzen, auf Einwände einzugehen und darauf zu achten, dass die Prinzipien gleicher Freiheit gewahrt bleiben, oder – um einen anderen zentralen Begriff zu gebrauchen – politische Gerechtigkeit zu sichern, gibt es keine Demokratie. Politische Systeme, die formal als demokratisch gelten, weil Wahlen stattfinden und Mehrheiten über die Zusammensetzung der Regierung oder über die Besetzung des Präsidentenamtes entscheiden, sind keine Demokratien, wenn individuelle gleiche Rechte nicht – rechtsstaatlich garantiert – gesichert sind, wenn die Parlamente die Exekutive nicht kontrollieren oder wenn das politische Handeln nicht von öffentlichem Vernunftgebrauch begleitet ist. Ohne Meinungs- und Pressefreiheit, ohne Schutz der Privatsphäre, der individuellen Interessen – auch dann, wenn sie Mehrheitsinteressen entgegenstehen –, kann es keine Demokratie geben. Schon deswegen nicht, weil eine solche politische Ordnung nicht zustimmungsfähig wäre.

Wir sind der Meinung, dass epistemische Rationalität ohne Meinungsvielfalt und Respekt gegenüber abweichenden Auffassungen nicht möglich ist. Dass die Instrumentalisierungen von Behauptungen und Äußerungen für weltanschauliche, religiöse oder politische Zwecke vernünftige Urteilsbildung erschwert, ja in vielen Fällen unmöglich macht. Wenn es nicht möglich ist, das Für und Wider einer bestimmten Überzeugung abzuwägen und ein breites Spektrum von Meinungen – auch solche, die deutlich vom Mainstream divergieren – einzubeziehen, dann leidet die Verlässlichkeit des Urteils. Wir sehen es als Projekt der Aufklärung, verlässlichen Urteilen einen intrinsischen Wert beizumessen. Urteile sind nicht Mittel zu anderen Zwecken, sondern haben ihre eigene epistemische Rationalität. Die Subsumption von Meinungsäußerungen unter eine wie auch immer geartete politische Rationalität legt die Axt an die Kultur der Aufklärung und des Humanismus, ohne die es eine Demokratie nicht geben kann.[3]

Je bedeutsamer das deliberative Element in der Demokratie ist, desto mehr nähert sich die politische Meinungsbildung einem Erkenntnisprozess. Je mehr die Deliberation, zum Beispiel in Krisensituationen, zurückgedrängt wird und an die Stelle der Abwägung von Gründen die bloße Abstimmung tritt, desto deutlicher nimmt die Demokratie die Form der bloßen Aggregation von Präferenzen an. Die »Collective Choice«-Theorie, die sich mit der Überführung individueller Präferenzen in kollektive Präferenzen beziehungsweise Entscheidungen befasst, modelliert politische Entscheidungsprozesse als bloße Präferenzenaggregation.[4] Individuelle Präferenzen werden als gegeben angenommen, um dann zu bestimmen, nach welchen Regeln aus individuellen Präferenzen kollektive Präferenzen und Entscheidungen generiert werden. Die Ergebnisse der »Collective Choice«-Theorie sind überwiegend negativ, das heißt, es stellt sich heraus, dass Postulate, die man für unverzichtbar hält, zugleich nicht erfüllbar sind, zum Beispiel das Postulat der individuellen Freiheit und das der Pareto-Effizienz, wie Amartya Sen in seinem berühmten Liberalen Paradoxon gezeigt hat.[5]

Der Unterschied zwischen deliberativer Demokratie und Wissenschaft zeigt sich dann in erster Linie an zwei Merkmalen demokratischer Meinungsbildung, die diese deutlich von der wissenschaftlichen abhebt. Zum einen ist der politische Diskurs im Gegensatz zum wissenschaftlichen nicht disziplinär und subdisziplinär gegliedert. Im Gegenteil, oft wird die Expertise von Fachpolitikerinnen und Fachpolitikern durch die gemeinsame Stellungnahme, etwa einer Fraktion oder eines Parteivorstandes, marginalisiert. Im Hintergrund steht das Bestreben der Politik, kohärente Gesamtstrategien, gegründet auf programmatischen Festlegungen, zu verfolgen, sodass die Meinungsbildung und Entscheidungsfindung in Teilbereichen jeweils auf ihre Passung zum politischen Gesamtkonzept überprüft werden müssen. Das zweite, noch auffälligere Merkmal ist die Rolle von Abstimmungen, das heißt von Verfahren, um Deliberationsprozesse zu einem – meist nur vorläufigen – Ende zu bringen. Anders als in der Wissenschaft wird der Austausch von Argumenten gestoppt, um Handlungsfähigkeit zu sichern. An dieser Stelle greift dann das dezisionistische Element.

Eine vitale Demokratie lebt von kreativen Ideen und konstruktiver Kritik. Sie ermutigt Teilnahme an der Meinungsbildung und der Entscheidungsfindung. Sie ist inklusiv und nicht exklusiv, sie hält Widersprüche und Konflikte aus und überführt Interessensdivergenzen in Argumente. Die bloße Feststellung oder Artikulation eines Interesses ist noch kein Beitrag zur Politik. Politik findet in der Demokratie erst dann statt, wenn nicht bloße Interessen oder Präferenzen vorgebracht werden, sondern politische Überzeugungen mit Begründungen versehen sind. Diese Begründungen können erst dann als politische gelten, wenn sie sich an normativen Kriterien orientieren, die die Demokratie als Ganze tragen, also zuvörderst gleiche Freiheit, Gerechtigkeit, Solidarität, ökonomische Effizienz, Nachhaltigkeit etc. Nur gemeinwohlorientierte Argumente können in der Demokratie als politische gelten. Oder anders und kürzer formuliert: Die Demokratie ist immer auch eine Republik, eine sittliche Körperschaft in der Terminologie von Jean-Jacques Rousseau.

Wenn Deliberation eine so zentrale Rolle für die Demokratie spielt, wie hier dargestellt, dann gelten alle Argumente aus erkenntnistheoretischer Perspektive auch für die Demokratie: Das Argument als solches zählt und nicht die Überlegung: cui bono? Die strategische Rationalität politischer Akteure, die sich die Urteilskraft untertan macht und diese instrumentell für bestimmte politische Ziele einsetzt, die abweichende Überzeugungen aus dem politischen Diskurs ausschließt oder gar zum Schweigen bringt, gefährdet die Essenz der Demokratie. Cancel Culture hat in der Demokratie keinen legitimen Ort.

Der arco costituzionale

In Italien etablierte sich in der Nachkriegszeit ein Begriff, der mit der Resistenza-Erfahrung in der Zeit des Faschismus verbunden war: Der *arco costituzionale*. In der Tat hatte sich eine Widerstandsbewegung gegen das totalitäre Mussolini-Regime formiert, das im Laufe der Jahre alle Winkel der italienischen Gesellschaft vom Norden bis zum Süden durchdrungen hatte, so sehr, dass sogar die sizilianische Mafia in die Defensive geriet und die soziale Kontrolle in ihren traditionellen Herrschaftsbereichen weitgehend einbüßte. Erst die US-Invasion, die sich auf die Kompetenz von Italoamerikanern stützte, führte – ungewollt – zu einer Reetablierung des Mafiaregimes im Süden des Landes.

Auch wenn dies nur ein Randaspekt des italienischen Faschismus ist, so zeigt er doch, in welchem Umfang das totalitäre Projekt der kompletten Durchdringung der Gesellschaft gelungen war. Auch rigorose Maßnahmen des demokratischen Staates seit dem Zweiten Weltkrieg, selbst die Bewegung der *pentiti* (der reuigen ehemaligen Mafiosi) als Reaktion auf die Eskalation der Mafiakriege zwischen den Familien, konnten die Strukturen, den Einfluss und letztlich auch die ökonomische Expansion der Mafiaorganisationen (auch der 'Ndrangheta in Kalabrien und der Cosa Nostra in Neapel sowie ihrer mittel- und norditalienischen Ableger) nicht eindämmen. Offenkundig sind es nicht die staatlichen Sanktionierungen und der konsequente Einsatz aller polizeilichen Mittel, die im demokratischen Rechtsstaat möglich sind, sondern es ist letztlich die kulturelle Verfassung der Gesellschaft als Ganzer, die über Sieg oder Niederlage entscheidet. Leoluca Orlando, der Mafiakritiker und langjährige Bürgermeister von Palermo, ein umfassend gebildeter, philosophisch bestens informierter Jurist aus einer alten sizilianischen Familie, hatte seine Stadt auch zivilkulturell gerettet. Palermo wirkt unterdessen aufgeräumt, die Alltagskriminalität ist massiv gesunken, Mafiamorde finden kaum noch statt, auch die allgemeine Kriminalitätsstatistik ist günstig. Aber selbst dieser Triumph eines demokratischen Politikers, unterstützt von einer beachtlichen Mehrheit in der Bevölkerung, konnte die weitere ökonomische Expansion der Mafia und die Infiltration der staatlichen Institutionen nicht stoppen.

Vor diesem Hintergrund muss man die italienische Resistenza sehen: Sie hatte zivilkulturell verloren; es gab keine größeren Bevölkerungsgruppen, die sich gegen den Faschismus stellten. Selbst die Mafia war niedergerungen, diese mächtige, familiär strukturierte und tief in der Bevölkerung verwurzelte Organisation des italienischen Mezzogiorno. In einer solchen Situation werden alle verbliebenen Ressourcen des Widerstandes aktiviert, Unterschiede in politischer Orientierung und Herkunft spielen keine Rolle mehr. Die organisatorisch geschulten, mit einem gehörigen Schuss Zynismus ausgestatteten Kader des damals noch stalinistisch orientierten italienischen Partito Comunista versuchten, die Oberhand zu behalten, was ihnen aber nicht gelang. Aus den liberal, christlich, sozialistisch und humanistisch orientierten losen Gruppierungen der Resistenza formierte sich nach dem Zweiten Weltkrieg der *arco costituzionale,* der Verfassungsbogen, der ein breites Bündnis politischer Kräfte umfasste, aber sowohl den Faschismus und Neofaschismus auf der rechten Seite als auch die antidemokratischen Kräfte links von dem dann bald reformorientierten Partito Comunista ausschloss. Wer nicht zum *arco costituzionale* gehörte, war kein politischer Dialogpartner. Politische Aktivisten jenseits des *arco costituzionale* genossen alle Freiheiten des demokratischen Rechtsstaates, aber ihre Wortmeldungen wurden politisch nicht ernst genommen. Sie lagen außerhalb des demokratischen Spektrums, jenseits des Minimalkonsenses, der für eine Verständigung, für den öffentlichen Vernunftgebrauch, für das Abwägen von Argumenten erforderlich ist.

In Italien war diese Form der Marginalisierung politischer Bewegungen jenseits des *arco costituzionale,* solange er noch Geltung hatte, nicht mit einer allgemeinen gesellschaftlichen und kulturellen Stigmatisierung verbunden. Die Jugendbewegung des neofaschistischen Movimento Sociale Italiano (MSI) war über Jahrzehnte recht aktiv und hatte unter jüngeren Leuten, vor allem im Süden des Landes, viele Anhänger. Man nahm sie politisch nicht sonderlich ernst, grenzte sie aber soziokulturell nicht aus. Sie galten als Rebellen gegen die großen demokratischen Kräfte und als politisch nicht ganz zurechnungsfähig. Von möglichen Berufsverboten, Unterdrückung von Meinungsäußerungen, von persönlicher Diffamierung und gesellschaftlicher Ausgrenzung waren selbst diejenigen nicht betroffen, die offen eine faschistische Politik befürworteten oder zumindest befürwortet hatten, wie zum Beispiel Giorgio Almirante. Nach mehreren politischen Häutungen mündete die extreme politische Rechte in eine eher nationalliberale von Gianfranco Fini geführte Bewegung Alleanza Nazionale (AN), die dann unter Berlusconi sogar an der Regierung beteiligt war und später mit dessen Partei Forza Italia und mehreren anderen politischen Gruppierungen zur Sammelpartei Popolo della Libertà fusionierte, bis es zum persönlichen politischen Bruch zwischen Berlusconi und Fini kam, inszeniert als die Verstoßung eines unbotmäßigen Schwiegersohns durch das Familienoberhaupt. Heute regiert in Italien als gewählte Ministerpräsidentin Giorgia Meloni, eine langjährige Aktivistin der Fratelli d'Italia, einer neofaschistischen Partei, die Mussolini verehrt und in der Nachfolge des MSI und der AN steht.

Die erste Frage, die sich stellt, ist, ob eine Praxis des *arco costituzionale* eine Form legitimer Cancel Culture ist. Erst einmal ist festzuhalten, dass diese Form der politischen Marginalisierung – Ausschluss von Zusammenarbeit, erst recht von Koalitionen – im Unterschied zur klerikalen Praxis und zu totalitären Regimen die betreffende Politikerin, die außerhalb des *arco costituzionale* steht, nicht als Person, auch nicht als Bürgerin, nicht einmal als Politikerin zum Schweigen bringt, sondern sie in bestimmten konstitutionellen Kontexten wie Parlamentsdebatten oder Koalitionsverhandlungen als Gesprächs- und Interaktionspartnerin nicht akzeptiert. Es handelt sich also um eine bereichsspezifische Marginalisierung, und selbst dort werden das Rederecht und die Meinungsfreiheit nicht beschränkt. Die zeitgenössischen Praktiken von Cancel Culture sind jedoch meist auf die ganze Person ausgerichtet. Wenn diese sich falsch geäußert hat, ist sie *persona non grata* in beliebigen Kontexten, auch solchen, in denen es nicht um politische Inhalte geht. Darauf zielten und zielen auch Berufsverbote ab: Personen in den empfindlichsten Bereichen ihrer Lebensgestaltung so zu treffen, dass sie sich entweder politisch von ihrer bisherigen Positionierung glaubhaft und nachhaltig distanzieren oder gravierende Nachteile in der Lebensgestaltung in Kauf nehmen müssen. Im Falle der geforderten Verfassungstreue im öffentlichen Dienst gibt es immerhin ein rechtsstaatlich vertretbares Kriterium, aber wenn diese Sanktionierung sich auf den Arbeitsmarkt generell überträgt, fehlt jede legitimatorische Grundlage.

In prominenten Fällen genügt die öffentliche Stigmatisierung, um die Ausübung des bisherigen Berufs unmöglich zu machen: Künstler, die nicht mehr zu Ausstellungen eingeladen werden, Schauspielerinnen, die nicht mehr engagiert werden, Wissenschaftlerinnen, die keine Dauerstelle bekommen können etc. Der Unterschied zwischen einer bereichsspezifischen politischen Marginalisierung und einer generellen Cancel Culture liegt auf der Hand: Im einen Fall geht es um die geteilten Grundlagen des politischen Diskurses in der Demokratie, und im anderen Fall geht es um die Stigmatisierung, Ausgrenzung, Verfolgung und gegebenenfalls Tötung von Personen, die die falschen Überzeugungen artikulieren. Letzteres scheint mir unter allen Bedingungen ethisch illegitim zu sein, während die Verständigung auf Prinzipien der verfassungsgemäßen rechtlichen und politischen Ordnung als Voraussetzung für Dialog prinzipiell zulässig ist. Allerdings sollten die Grenzen so weit wie möglich gesteckt werden, da die Marginalisierung politischer Positionen häufig zur Radikalisierung und je nach öffentlicher Diskurslage auch zur Stärkung von verfassungsgefährdenden Bewegungen beitragen kann.

Es sind also politisch-strategische Überlegungen, die für einen möglichst weiten *arco costituzionale* sprechen. Hinzu kommt, dass z. B. in den Parlamenten schon aufgrund der rechtlichen Rahmung der parlamentarischen Praxis ein konsequenter Ausschluss politischer Positionen aus dem Diskurs nicht möglich ist (Abgeordnete verfügen über ein Rederecht, Fraktionen haben bestimmte Mitbestimmungsmöglichkeiten, bei Anhörungen kann niemandem das Wort allein deswegen vorenthalten werden, weil er Positionen vertritt, die nicht im Einklang mit zentralen Normen der Verfassung sind). Sich offen, auch argumentativ, mit Positionen auseinanderzusetzen, die außerhalb des Verfassungskonsenses stehen, ist zudem Ausdruck demokratischer Souveränität, der Selbstgewissheit, dass die Argumente, die darauf gerichtet sind, die Verfassungsordnung zu delegitimieren, kaum überzeugen können und es daher sogar im Interesse der Demokratinnen und Demokraten sein kann, dass diese artikuliert werden. Politisches Ressentiment, das sich nur noch in dumpfer Wut äußert, kann gefährlicher sein als die Beteiligung von Verfassungsfeinden am öffentlichen politischen Diskurs.

Strategische Kommunikation in der Demokratie

Es kann kein Zweifel bestehen, dass in der politischen Praxis öffentliche Äußerungen strategisch, also für politische Ziele, eingesetzt werden. Der Zeitpunkt und die Gelegenheit müssen gut gewählt sein, auch die sprachliche Form, in der die Äußerung erfolgt, muss auf die Adressatin und den Adressaten abgestimmt sein. Die Äußerung soll dazu beitragen, die Zustimmungswerte zu erhöhen, eine Wahlkampagne vorzubereiten, politische Gegner zu kritisieren, selbst wenn sie nicht genannt werden; sie soll die eigene Anhängerschaft mobilisieren, eine bisher eingenommene Position so modifizieren, dass der Widerspruch verborgen bleibt, einen Richtungswechsel einleiten oder eine Personalentscheidung vorwegnehmen. Die hier genannten politischen Ziele sind legitim, und wieso sollte es dann nicht auch legitim sein, die Äußerung an diesen Zielen auszurichten – oder präziser: sie als Instrument der Zielerreichung einzusetzen?

Die erste Antwort lautet zweifellos: Ja, das ist legitim. Aber diese positive Antwort gilt nur unter ganz spezifischen Voraussetzungen. Die wichtigste davon ist die *Regel der Wahrhaftigkeit*. In der Demokratie ist die politische Praxis auf ein hohes Maß an Vertrauen angewiesen, schon deswegen, weil die Bürgerinnen und Bürger nicht direkt die Entscheidungen herbeiführen können – abgesehen von ihrem Einfluss bei Volkswahlen –, sondern nur indirekt durch Repräsentanten in den Parlamenten. Zudem ist, wie wir gesehen haben, die Demokratie deliberativ verfasst, das heißt, es geht ihr um die Klärung guter Gründe, die für oder gegen ein Projekt oder eine Maßnahme sprechen. Eine der wichtigsten Voraussetzungen für Vertrauen in der Demokratie ist, dass die Akteure wahrhaftig kommunizieren. Wahrhaftigkeit verlangt, dass sie nur das behaupten, von dem sie selbst überzeugt sind. Wahrhaftigkeit verlangt nicht nach Wahrheit. Jemand, der unwissentlich etwas Falsches sagt, hat das Konzept der Wahrhaftigkeit nicht verletzt. Aber Wahrhaftigkeit legt dem Äußerungsverhalten enge Schranken auf. In vielen Fällen mag es strategisch gesehen wünschenswert sein, die Unwahrheit zu sagen oder etwas zu sagen, das falsche Erwartungen weckt. Wenn dies wissentlich erfolgt, ist die Regel der Wahrhaftigkeit auch dann verletzt, wenn die Äußerung sachlich zutreffend war. Der berühmte Spruch Norbert Blüms, des Bundesministers für Arbeit und Soziales unter Helmut Kohl, den er im Wahlkampf häufig wiederholte und plakatierte – »Die Rente ist sicher!« –, war in dem Sinne zutreffend, als niemand befürchten musste, seine Rentenansprüche zu verlieren. Norbert Blüm musste aber wissen, dass angesichts der Debatte um den demografischen Wandel und die steigende Arbeitslosigkeit Menschen sich darüber Sorgen machten, in welchem Umfang für ihren Ruhestand finanziell gesorgt sein würde. Die Aussage »Die Rente ist sicher« wurde von den meisten so verstanden, dass diese Sorge unberechtigt sei. Diese Sorge war aber, wie wir heute wissen und damals zumindest wissen *konnten* – jedenfalls wenn man über die Daten eines Sozialministeriums verfügte –, berechtigt. Insofern war diese Äußerung wahr, aber nicht wahrhaftig. Man kann mit der Wahrheit lügen.

Wenn wir unter Lüge eine Äußerung verstehen, die (1) objektiv falsch ist, (2) von der die äußernde Person weiß, dass sie falsch ist, und die (3) von der äußernden Person mit der Absicht erfolgte, die Adressatin der Äußerung in die Irre zu führen, dann ist offenkundig, dass Lügen in der Demokratie, wie auch immer politisch motiviert, unzulässig sind. Das beliebte Argument der *dirty hands,* dass die Politik sich nicht denselben moralischen Regeln zu unterwerfen hat, wie wir es im Alltag tun, überzeugt nicht; sie verkennt die Essenz der Demokratie, die in hohem Maße auf einem Vertrauensvorschuss beruht.

Anders als dies durch manche Politikerkritik nahegelegt wird, ist niemand allein schon deswegen der Lüge überführt, weil sich die betreffende Äußerung objektiv als falsch herausgestellt hat. Dies ist nur unter günstigen epistemischen Bedingungen der Fall, das heißt, nur wenn die äußernde Person über die notwendigen Informationen verfügte, dass diese Äußerung sachlich falsch ist. Im öffentlichen Diskurs gibt es dazu die merkwürdige Praxis, Versprechungen zu zukünftigen Entwicklungen einzufordern, die nur begrenzt oder gar nicht in der Kontrolle der betreffenden Politikerin sind. Die Frage

»Können Sie versprechen, dass die Renten nicht unter dieses Niveau sinken werden?« ist schon sprachlogisch abwegig. Zukünftige Entwicklungen kann niemand versprechen, sondern nur zukünftige eigene Handlungen. Wenn aber die Entwicklung der Rentenhöhe nicht ausschließlich von eigenen Handlungen abhängt, dann können solche Versprechen gar nicht gegeben werden. Ähnlich steht es um das politische Instrument eingeforderter Entschuldigungen. Politiker werden aufgefordert, sich für Entwicklungen zu entschuldigen, die sie selbst gar nicht verantworten konnten, da sie keine Kontrolle über diese Entwicklung hatten.

Um ein Beispiel aus der jüngsten Vergangenheit zu nennen: Der Außenminister, die Verteidigungsministerin, der Innenminister – aber erstaunlicherweise nicht die Kanzlerin – wurden in der Afghanistan-Krise nach dem Abzug der US-Amerikaner im Sommer 2021 aufgefordert, zurückzutreten oder sich wenigstens für eingetretene humanitäre Desaster zu entschuldigen. So kritisch auch die Entwicklungen in Afghanistan seit Beginn der westlichen Intervention beurteilt werden müssen, so abwegig sind diese Erwartungen. Keine europäische Regierung hatte, soweit erkennbar, irgendeine Einflussmöglichkeit auf die Entscheidung des US-Präsidenten, das umzusetzen, was sein Vorgänger ausgehandelt und mit einem Termin versehen hatte, nämlich den vollständigen Abzug der US-Truppen innerhalb weniger Monate. Die weitverbreitete Auffassung, der Abzug hätte schon viel früher beginnen müssen und die europäischen Alliierten wären dazu auch imstande gewesen, geht deswegen in die Irre, weil ein kontinuierlicher Abzug über Wochen und Monate die Wahrscheinlichkeit militärischer und terroristischer Bedrohung deutlich erhöht hätte. Zudem wäre es mit der Bündnisloyalität innerhalb der NATO kaum vereinbar gewesen, die US-Amerikaner ausharren zu lassen, aber die europäischen Unterstützer abzuziehen. Das, was dann nach dem angekündigten Abzug der US-Truppen in Afghanistan geschah, das heißt, dass eine vergleichsweise hochgerüstete afghanische Armee sich kampflos schlecht ausgerüsteten Talibankämpfern auf Mopeds mit Kalaschnikows ergab, ohne dass ein einziger Schuss fiel, war nicht unter der Kontrolle der in Afghanistan engagierten westlichen Mächte. Für mich drängt sich sogar der Eindruck auf, dass vermutlich in Geheimverhandlungen

Wochen zuvor zwischen Taliban und der afghanischen Regierung dieser Ablauf ausgehandelt war, ohne die westlichen Verbündeten davon in Kenntnis zu setzen. Auch die frühe Ausreise des afghanischen Präsidenten spricht für diese Vermutung.

Entschuldigungen angesichts dramatisch negativer Entwicklungen beruhigen die Menschen, und sie dienen in der politischen Kommunikation gerade dazu: Es ist ein Schuldiger gefunden, der sich zu seiner Verantwortung bekennt, und die Entwicklung ist dann leichter zu ertragen. Aber sowohl das Einfordern einer solchen Entschuldigung wie auch das Eingehen darauf, in Gestalt einer Entschuldigung, ist unwahrhaftig, wenn die Voraussetzung für die eigene Kontrolle und die epistemischen Bedingungen für Schuldzuweisungen nicht gegeben sind. Unwahrhaftig von beiden Seiten: von denjenigen, die die Entschuldigung einfordern, und von denjenigen, die sich entschuldigen.

Dies soll das Institut der politischen Verantwortung nicht infrage stellen. Dieses sieht auch dann eine politische Verantwortlichkeit vor, wenn die betreffende Ministerin selbst nicht an der Entscheidung mitgewirkt hat. Dieses Institut setzt aber klare Abgrenzungen voraus. Dazu gehört, dass zwar der jeweilige Minister verantwortlich gemacht werden kann für alle Entscheidungen seines Ministeriums, aber nicht für Prozesse, die außerhalb der eigenen Ressortzuständigkeiten und der Möglichkeiten des eigenen Ressorts lagen. Das Institut der politischen Verantwortung sichert öffentliche Kontrolle, da die Ministerialen selbst keine öffentlichen Figuren sind, sich auch nicht öffentlich rechtfertigen können und zudem weisungsunterstellt agieren. Es setzt die möglichst weitgehende – hierarchische – Kontrolle innerhalb eines Ministeriums voraus und ist mit internen demokratischen Entscheidungsprozessen unvereinbar. Unwahrhaftige Entschuldigungsforderungen und auch unwahrhaftige Entschuldigungen sind illegitime Beispiele strategischer Kommunikation in der Demokratie.

Eine extreme Form von Cancel Culture liegt vor, wenn sachlich zutreffende Äußerungen stigmatisiert werden. Man könnte sagen, dass in solchen Fällen die strategische Kommunikation Amok läuft und nicht einmal vor den Grenzen, die durch die Realität gesetzt sind, haltmacht. Auf Fakten hinzuweisen mag manchmal politisch unbequem sein und in extremen Fällen, wie dem betrachteten von Galileo Galilei, sogar die klerikale und politische Ordnung gefährden. Aber dies rechtfertigt unter keinen Bedingungen, Personen zum Schweigen zu bringen. Das Grundprinzip der strategischen Kommunikation in der Politik – cui bono? Wem nützt diese Äußerung? – darf nur in den engen Grenzen von Wahrheit und Wahrhaftigkeit eine Rolle spielen.

Thomas Metzinger
Bewusstseinskultur. Spiritualität, intellektuelle Redlichkeit und die planetare Krise

Selbstachtung, intellektuelle Redlichkeit und die planetare Krise

Wir müssen uns ehrlich machen. Die Menschheit befindet sich mitten in einer planetaren Krise. Die globale Krise ist selbstverschuldet, historisch beispiellos – und es sieht nicht gut aus. Sowohl die politischen Institutionen als auch eine große Zahl von Einzelpersonen auf der ganzen Welt versagen bei der Bewältigung dieser Krise kläglich, und zwar sehenden Auges und schon sehr lange. Es gibt ein neues Problem zu lösen, das eine etwas radikalere Form von Ehrlichkeit erfordert: Wie bewahrt man seine Selbstachtung in einer historischen Epoche, in der die Menschheit als ganze ihre Würde verliert? Oder können wir vielleicht doch noch rechtzeitig eine neue Art zu leben entwickeln, eine Lebensform, die es uns ermöglicht, das giergetriebene Wachstumsmodell zu verlassen? Was uns fehlt, ist ein neues Leitbild, ein kultureller Kontext für die sich beschleunigende planetare Krise.

Seit einem halben Jahrhundert wissen wir, dass das alte, von Gier, Neid und rücksichtslosem Wettbewerb angetriebene Modell des kontinuierlichen Wirtschaftswachstums uns in die globale Katastrophe führt – vor allem aufgrund der engen Korrelation zwischen Wirtschaftswachstum und Kohlendioxidemissionen. Die Klimakatastrophe rollt, und sie beschleunigt sich spürbar. Realistisch betrachtet sind unsere Handlungsoptionen mittlerweile nur noch auf Schadensbegrenzung und ein möglichst intelligentes Krisenmanagement beschränkt. Neben unserem Mangel an moralischer Selbstachtung und dem fehlenden Mitgefühl für künftige Generationen besteht eine der Hauptursachen für die planetare Krise aber auch in fehlender kultureller Kreativität: Wir wussten sehr genau, was kommen würde, waren aber nicht in der Lage, die alten Werte hinter uns zu lassen und tatsächlich funktionierende alternative Lebensformen zu schaffen.

Dabei bräuchten wir neue Handlungsnormen und ein wirklich weitreichendes und wesentlich tiefer gehendes Leitbild dringend. Wir müssen zu einem angemessenen kulturellen Kontext für die Bewältigung der sich beschleunigenden planetaren Krise gelangen. »Bewusstseinskultur« könnte ein solches kulturelles Leitbild sein, bietet sie doch eine praktische Strategie, die auf individueller und auf gesellschaftlicher Ebene funktionieren könnte, und zwar sowohl in einem Worst-Case- als auch in einem Best-Case-Szenario. Wir brauchen etwas, das im tatsächlichen Leben einzelner Menschen und Länder auch dann trägt, wenn die Menschheit als ganze scheitert. Das Ziel dieses Textes ist es, eine etwas ernsthaftere Diskussion über die Möglichkeit solch eines neuen kulturellen Kontextes zu beginnen.

Die meisten Menschen spüren bereits, dass sich etwas geändert hat. Wenn es um die Klimakatastrophe geht, ist es intellektuell nicht mehr redlich, noch Optimist zu sein. Viele von uns fühlen auch, dass wir uns seit geraumer Zeit selbst belügen. Sicher, aus Sicht der Klimawissenschaft und aus einer rein physikalischen Perspektive ist es immer noch möglich, die Erderwärmung unter 1,5 °C oder vielleicht 2 °C zu halten. Aber aus psychologischer, aus kognitions- und politikwissenschaftlicher Sicht ist es das eben nicht. Wenn wir uns den heute verfügbaren psychologischen und politischen Fakten unvoreingenommen stellen, deutet alles darauf hin, dass die Menschheit an diesem Problem scheitern wird – sehenden Auges.

Physikalische Möglichkeit ist nicht dasselbe wie psychologische oder politische Möglichkeit. Wir dürfen den Begriff des »noch Möglichen«, wie er sich aus der Physik und der aktuellen Klimaforschung ergibt, nicht mit dem verwechseln, was *realistischerweise* noch möglich ist aufgrund unseres Wissens über unseren eigenen Geist und seine evolutionäre Geschichte, über die verschiedenen politischen Institutionen auf dem Planeten sowie über den aktuellen Zustand menschlicher Gesellschaften und Kulturen. Die vernünftigste Annahme ist jetzt, dass der Klimawandel in den kommenden Jahrzehnten und Jahrhunderten einen katastrophalen und weitgehend unkontrollierten Verlauf nehmen wird.

Ich weiß, dass diese Einschätzung extrem schwer zu akzeptieren ist, vor allem gefühlsmäßig. Aber wir müssen uns endlich den Tatsachen stellen. Ich denke, wir haben sogar eine ethische Verpflichtung dazu. Um möglichen (oder sogar vorsätzlichen) Missverständnissen vorzubeugen, möchte ich gleich zu Anfang klarstellen, dass es sich bei den folgenden Ausführungen weder um eine Form von Zweckpessimismus handelt noch um eine Verteidigung von Defätismus und Passivität. Ich sage keineswegs, dass wir uns aus dem politischen Geschehen zurückziehen oder aufhören sollten, etwas zu tun. Bei der Idee einer Bewusstseinskultur geht es nicht um eine philosophisch verbrämte Form von Gleichgültigkeit und auch nicht um eine Entschuldigung für Mutlosigkeit oder Resignation. Ich rede weder einer eleganten neuen Form von Welt- oder Wirklichkeitsflucht das Wort, noch plädiere ich für einen pseudospirituellen Quietismus oder den unpolitischen Rückzug in eine reine Innerlichkeit. Ganz im Gegenteil: Wir brauchen einen neuen kulturellen Kontext, der es uns ermöglicht, *mehr* zu tun. Aber die Überschätzung unserer eigenen Fähigkeiten, ob individuell oder kollektiv, führt nicht zu diesem Ziel. Sie ist kontraproduktiv und psychologisch nicht nachhaltig. Leider zeigt die psychologische Forschung, dass gerade Menschen mit geringen Fähigkeiten diese bei der Problemlösung am meisten überschätzen – mit gefährlichen Folgen. Um überhaupt eine Chance zu haben, noch möglichst viel zu retten, müssen wir uns sowohl von ideologischen Formen eines Zweckpessimismus als auch von den vielen verlogenen Varianten eines reinen Zweckoptimismus befreien. Es ist der *Realismus*, der auf eine neue Ebene gehoben werden muss.

Optimismus ist keine Option

Wissenschaftler sprechen schon seit Langem von der Großen Beschleunigung.[1] Viele verschiedene Aspekte unseres Lebens gewinnen zunehmend an Geschwindigkeit. Auch die planetare Krise verschärft sich, aber sie hat viele verschiedene Gesichter. Nicht nur die Weltbevölkerung, die Informationsflut und die Geschwindigkeit des technologischen Wandels nehmen ständig zu, sondern auch viele globale *Entwicklungstendenzen* wie der Energieverbrauch, der Wasser- und Flächenverbrauch, die Treibhausgas-Emissionen, die Versauerung der Ozeane, der Verlust der Tropenwälder und insbesondere das Artensterben verstärken und beschleunigen sich.

Wir haben den Übergang von einem wachstumsorientierten, durch Gier, Neid und Dominanzstreben motivierten Wirtschaftsmodell zu einer funktionierenden Suffizienz-Ökonomie nicht geschafft, also zu einer wirklich nachhaltigen und entschleunigten Form des Wirtschaftens. Weil wir über Jahrzehnte hinweg das rechte Maß und den Übergang zu naturverträglichen Technologien nicht gefunden haben, intensiviert und beschleunigt sich nun die planetare Krise noch einmal deutlich. Das alles wussten wir schon lange. Aber wir haben beschlossen, die Tatsachen so gut wie möglich zu ignorieren. Zudem haben wir unsere eigene Selbsttäuschung auf politischer Ebene erfolgreich organisiert. Nun hat uns das Wachstumsmodell endgültig in eine sich selbst verstärkende Umweltkatastrophe geführt. Der zentrale Faktor, den alle kennen, ist dabei der enge Zusammenhang zwischen Wirtschaftswachstum und der Rate der globalen Kohlendioxidemissionen.

Als Gesellschaften ist es uns nicht gelungen, einen intelligenteren neuen Kontext zu entwickeln, der das primitive neoliberale Wachstumsmodell an Attraktivität übertrifft. Noch immer hält uns der wahnhafte Glaube an ein grenzenloses und durch immer neue Technologien weiterhin ermöglichtes Wirtschaftswachstum im Würgegriff. In Anlehnung an die philosophische Idee des Effektiven Altruismus[2] könnten wir das traditionelle Modell als »effektiven Egoismus« bezeichnen – und natürlich ist es tief in unserer biologischen Geschichte verankert. Die industrielle Revolution und die Entstehung des Kapitalismus in England ab 1760 mögen historische Zufälle gewesen sein,[3] aber die enorme Widerstands- und Anpassungsfähigkeit dieser besonderen Wirtschaftsform haben mit der Tiefenstruktur unseres eigenen Geistes zu tun.

Gier, Neid, Dominanzstreben und die Motivation durch Selbsttäuschung waren in der Welt unserer Vorfahren erfolgreiche Überlebensstrategien. Sie haben den Fortpflanzungserfolg erhöht. Die »Wachstumsideologie« ist sozusagen ein biologisches Grundprinzip, das wir mit den meisten anderen Tieren teilen – und das uns jetzt an den Abgrund führt. Im vergangenen Jahrhundert gab es trotzdem Phasen und Momente, in denen sich durchaus ein neuer soziokultureller Kontext hätte entwickeln können. Der Übergang zu etwas Neuem wäre im Prinzip möglich gewesen.

Im Prinzip. Doch jetzt ist es dafür zu spät. Die globale Finanzindustrie und die Wirtschaftslobby haben uns in eine ökologische Katastrophe geführt, und es scheint mehr als wahrscheinlich, dass sie weiterhin große Teile der Biosphäre des Planeten zerstören werden. Dabei spielt aber auch unsere eigene geistige Trägheit eine Rolle, die zum Beispiel durch die Reizüberflutung in den sozialen Medien und den Einfluss organisierter Religionen systematisch verstärkt wird. Davon bald mehr.

Natürlich könnten in der Zukunft ganz *andere* Entwicklungen zuerst eintreten. Entwicklungen, die durch *andere* menschengemachte Ereignisse ausgelöst werden und die dazu führen könnten, die Klimakatastrophe auf absehbare Zeit zu stoppen. So könnte die Erderwärmung durch eine starke und lang anhaltende globale Abkühlung des Klimas verhindert werden, wie sie zum Beispiel bereits nach einem begrenzten Atomkrieg eintreten könnte, bei dem ausgedehnte Feuerstürme Rußpartikel in die Stratosphäre einbringen und einen sogenannten »nuklearen Winter« verursachen.[4] Schon ein lokaler Konflikt zwischen Indien und Pakistan, bei dem nur etwa 350 Sprengköpfe ausgetauscht würden, könnte nicht nur zu weltweiten Hungersnöten führen, sondern auch die Erderwärmung für längere Zeit stark verlangsamen.[5]

Neue Risiken drohen durch den Fortschritt in der Gentechnik. Bioterroristen könnten mutwillig eine globale Pandemie herbeiführen, welche die durch Industrie und Verkehr verursachten CO_2-Emissionen plötzlich auf nahezu null brächte.[6] Auch auf dem Gebiet der künstlichen Intelligenz könnten wir in der mittelfristigen Zukunft durchaus auf *unknown unknowns* (»unbekannte Unbekannte«, also kausale Zusammenhänge, von denen wir bis jetzt nicht einmal wissen, *dass* wir sie nicht kennen) und »schwarze Schwäne« stoßen (also unerwartete und sehr unwahrscheinliche Ereignisse mit großen Auswirkungen). Auch solche Ereignisse könnten die Erderwärmung vorübergehend stoppen.[7] Doch wenn es zu keinem dieser Ereignisse kommt, wird die Klimakatastrophe mit Sicherheit eintreten. Sie ist der neue *basso continuo* der planetaren Krise, der Generalbass, der die weitere Entwicklung der Menschheit von nun an begleitet.

Offenbar hat der menschliche Geist in der Klimakrise seinen

Meister gefunden, und wir beginnen die Gründe dafür langsam zu verstehen. Es handelt sich hier um eine neue Art von Katastrophe. Sie entfaltet sich in Zeitlupe, ihre Anfänge sind sinnlich kaum wahrnehmbar. In ihrem Verlauf weist sie Kipppunkte und Schwellen der Unumkehrbarkeit auf. Diese entstehen durch komplexe Rückkopplungssysteme und physikalische, geistige und sozioökonomische Formen von Trägheit. Dem letzten Punkt kommt große Wichtigkeit zu: Es ist nicht nur so, dass komplexe Rückkopplungen und die Möglichkeit einer sich plötzlich beschleunigenden, exponentiellen Entwicklung den menschlichen Geist überfordern.[8]

Was Wesen wie wir zudem nur schwer begreifen können, ist die Trägheit der physikalischen Systeme. Das Klimasystem der Erde reagiert so langsam, dass die Erwärmung noch lange andauern wird – auch wenn es uns gelingen sollte, die Emissionen zu stabilisieren oder sogar erfolgreich zu reduzieren. Der Meeresspiegel zum Beispiel wird noch über viele Jahrhunderte ansteigen, selbst bei einer Stabilisierung der CO_2-Emissionen. In den Jahren 2021 und 2022 sind sie jedoch wieder angestiegen.

Es gibt aber noch etwas anderes, das wir erst jetzt und ebenfalls nur allmählich wirklich realisieren: die Trägheit unseres eigenen Geistes und die Trägheit unserer Gesellschaften. Es gibt nämlich nicht nur drei verschiedene Arten von Möglichkeit, sondern auch drei Lesarten des Begriffs »Trägheit«. Nicht nur das Klimasystem des Planeten Erde, auch das menschliche Gehirn ist ein komplexes System, genauso wie es menschliche Gesellschaften sind. Biologische Nervensysteme haben eine lange biologische Geschichte, Teile ihrer inneren Struktur sind relativ starr. Immer drängender stellt sich daher die wissenschaftliche Frage, welche »Fenster der Plastizität« der menschliche Geist angesichts der eskalierenden Krise tatsächlich besitzt. Was an unserem eigenen Geist ist wirklich noch formbar, und *wann* genau im Verlauf eines menschlichen Lebens existiert die hierfür notwendige Offenheit? Wann und wie öffnen sich Fenster der Formbarkeit?

Analoges gilt für Gesellschaften und politische Institutionen. Ihr Beharrungsvermögen steht in krassem Gegensatz zur steigenden Geschwindigkeit, mit der sich die objektiven Risiken entwickeln. In der Technikethik spricht man vom *pacing gap,* von der gefährlichen zeitlichen Lücke zwischen neu entstandenen Risiken und einer adäquaten gesellschaftlichen Reaktion. Im Zusammenspiel kann all dies möglicherweise zu Kaskaden einzelner Kippelemente führen. Die Klimakatastrophe ist eine *besondere* Katastrophe.

Zeitlupe plus anfängliche Unsichtbarkeit plus die Möglichkeit eines plötzlichen exponentiellen Wachstums plus die Trägheit gleich mehrerer zugrunde liegender Prozesse – das war zu viel für den menschlichen Geist. Die planetare Krise wird wahrscheinlich all unseren – verspäteten – Strategien zur Schadenbegrenzung auf längere Zeit widerstehen, selbst dann, wenn diese weniger halbherzig ausfallen sollten als bisher. Die Trägheit der physikalischen Prozesse, die dem Klimawandel zugrunde liegen, aber eben auch die Trägheit des menschlichen Geistes und der von ihm geschaffenen politischen Institutionen wird von Optimisten systematisch unterschätzt.

Für Wesen wie uns bleibt ein kalkulierter Optimismus trotzdem gefühlsmäßig aus verschiedenen Gründen attraktiv. »Zweckoptimismus« ist ein zielgerichteter Optimismus, der versucht, in schwierigen und unglücklichen Situationen immer die Lösungsmöglichkeiten zu betonen. Die Forschung zeigt, dass Optimismus unsere Motivation stärkt und unsere Grundstimmung hebt. Er kann zudem das Durchhaltevermögen erhöhen und, bei leichteren Erkrankungen, sogar zu einem Placebo-Effekt führen. Schwache Formen von unrealistischem Optimismus sind eine Strategie der Selbststabilisierung, weil sie unser Selbstwertgefühl steigern und unser Gefühl, die Kontrolle zu besitzen.

Zuversicht stärkt das Ich-Gefühl, sogar dann, wenn sie wahnhaft ist. Dies könnte auch ein Grund dafür sein, warum die Evolution eine optimistische Tendenz in unseren Verstand eingebaut hat: Bei unrealistischem Optimismus handelt es sich um eine wissenschaftlich gut dokumentierte kognitive Verzerrung (den sogenannten *optimism bias*). Diese Verzerrung lässt uns glauben, die Wahrscheinlichkeit, ein negatives Ereignis in der Zukunft zu erleben, fiele bei uns geringer aus als bei anderen Menschen.

Zweckoptimismus wirkt sich auch positiv auf die Karriere aus. Er hilft uns, in vielen verschiedenen sozialen Situationen ein wünschenswertes persönliches Image aufzubauen und aufrechtzuerhalten. Er schafft das, was ich manchmal die durchaus angenehme, weil leicht selbstgefällige »Illusion der Selbstwirksamkeit« nenne: Ich bin wichtig, weil ich einen entscheidenden Einfluss darauf habe, was am Ende passiert.[9] Eine stabile Illusion der Selbstwirksamkeit ist von besonderer Bedeutung, wenn wir erfolgreiche Politiker oder Führungspersönlichkeiten werden wollen. Denn mit der öffentlichen Zurschaustellung von Optimismus können wir nach außen hin Tugendhaftigkeit signalisieren und Solidarität mit den Zielen der Gruppe demonstrieren.

Weil Zweckoptimismus dazu beiträgt, unser Selbstwertgefühl zu stabilisieren, hilft er uns dabei, unsere Ängste und andere negative Emotionen zu kontrollieren – was anderen, die wir vielleicht für uns gewinnen oder beeinflussen wollen, nicht verborgen bleibt. Man sieht es an der Körpersprache. Durch offen zur Schau gestellten Optimismus gewinnen wir Freunde, Verbündete und Unterstützer, denn wir helfen den Menschen um uns herum, bewusst an das zu glauben, was sie unbewusst schon lange gern glauben wollen – zum Beispiel, dass *eigentlich* alles noch möglich ist. Auf diese Weise bestärken wir uns alle gegenseitig in einer kollektiven Selbsttäuschung. Zweckoptimismus verschafft Führungspersönlichkeiten mehr Aufmerksamkeit für ihre heiteren und zuversichtlichen Zukunftsprognosen. Prognosen, die wir eigentlich alle hören und nur zu gern glauben wollen. Wer hat schon wirklich Lust, Skeptikern oder Pessimisten zuzuhören?

Aber Lügen haben kurze Beine. Die Wahrheit wird auf jeden Fall ans Licht kommen. Zweckoptimismus führt zu Heuchelei, und das Festhalten an Heuchelei führt wiederum zu einem Verlust gegenseitigen Vertrauens und zu einer Schwächung des sozialen Zusammenhalts. Das Festhalten am Zweckoptimismus raubt uns darüber hinaus die geistige Energie, die wir gerade jetzt so dringend brauchen, denn es verursacht einen permanenten inneren Konflikt: Ein Teil von uns weiß, dass das, was wir nach außen hin als unser persönliches oder politisches Ziel formulieren und einfordern, in Wirklichkeit etwas ist, wovon wir selbst nicht vollständig überzeugt sind. Ein Teil von uns würde zwar immer noch gern daran glauben; ein anderer Teil hat schon längst damit aufgehört.

Wir brauchen alle geistige Energie, die wir überhaupt aufbringen können, für das, was nun vor uns liegt. Wir können uns den inneren Konflikt, der mit Heuchelei und selbstgefälligem Optimismus einhergeht, nicht mehr leisten. Für alle, die wirklich ein Teil der Lösung sein wollen, sind Selbsttäuschung, die angenehme Illusion von Selbstwirksamkeit sowie blauäugiger Idealismus keine nachhaltigen Selbstmotivierungsstrategien. Zweckoptimismus führt mittelfristig fast immer zu emotionalem Ausbrennen und zu einem Gefühl der Verbitterung, denn es handelt sich dabei um eine gezielte und vorsätzliche Verzerrung des eigenen inneren Modells der Realität. Daher kann Zweckoptimismus manchmal sogar aus dem Ruder laufen und in einem wahnhaften Zustand enden.

Aber warum ist das alles so wichtig? Was die planetare Krise betrifft, so sind wir jetzt in eine neue historische Phase eingetreten, nämlich in die Phase der Schadensbegrenzung und des Katastrophenmanagements. Angesichts der physikalischen Trägheit der Prozesse, die den Klimawandel verursachen, wird die akute Phase mindestens viele Jahrzehnte, sehr wahrscheinlich aber viele Jahrhunderte dauern. Deshalb brauchen wir eine viel grundlegendere und nachhaltigere Strategie, als sie uns der Zweckoptimismus bietet. Wir brauchen etwas, das wirklich trägt.

Gesellschaftliche Kipppunkte

Die planetare Krise hat viele Gesichter. Seit 2008 befindet sich die Demokratie weltweit auf dem Rückzug. Heute lebt mehr als ein Drittel der Weltbevölkerung unter autoritärer Herrschaft, während nur 6,4 Prozent aller eine vollständige Demokratie genießen.[10] Die gemeinsame Erfahrung, dass es uns nicht gelungen ist, die Klimakatastrophe zu verhindern, vermag diese antidemokratische Entwicklung noch zu beschleunigen. Sie untergräbt das Vertrauen in politische Institutionen und lässt primitivere Formen der sozialen Organisation erstarken. Möglicherweise gibt es auch hier Rückkopplungseffekte und Kipppunkte: Zum Beispiel könnte es über den Umweg von Verschwörungstheorien, neuen religiösen Bewegungen und dem Erstarken populistischer Strömungen zu einem Ausstrahlungs- oder Übertragungseffekt von primitiveren Gesellschaftsformen auf die wenigen noch verbliebenen Demokratien kommen.

Auf politischer Ebene besteht die Gefahr, dass ganze Nationalstaaten durch ihr Beharren auf klimapolitischem Zweckoptimismus delegitimiert werden. Was bedeutet das? Wenn die Vertreter unserer politischen Institutionen angesichts der rollenden und immer offensichtlicher werdenden Katastrophe auch weiterhin Zweckoptimismus verbreiten – etwa indem sie unermüdlich behaupten, das 1,5-Grad-Ziel (oder auch nur eine Erwärmung um 2 °C) sei noch erreichbar –, dann büßen nicht nur sie selbst ihre persönliche Glaubwürdigkeit ein und erscheinen zunehmend als korrupte Lobbypuppen. Dann werden nicht nur sie sich den rasch wachsenden Zweifeln der Bürger ausgesetzt sehen und der Frage, ob sie das 1,5-Grad-Ziel überhaupt jemals erreichen *wollten*.

Nein, wenn sich die planetare Krise weiter zuspitzt, steht plötzlich die Rechtfertigung aller bestehenden Regeln und Strukturen auf dem Spiel. Dann sind es die staatlichen Institutionen selbst, die in der öffentlichen Wahrnehmung ihre Legitimität verlieren. Was wiederum das Risiko für ein Erstarken populistischer Strömungen erhöht. In einer weiteren, besonders bösartigen Form von sozialer Rückkopplung könnte das Delegitimierungsproblem im Prinzip auch die Klimabewegung selbst beschädigen. Denn ein kalkulierter, aber spürbar unrealistischer Optimismus schadet auch der Glaubwürdigkeit all jener, die ein Teil der Lösung sein wollen.

Wir brauchen neue Formen des Wirtschaftens. Auf ökonomischer Ebene besteht das ungelöste Hauptproblem darin, wie ein friedlicher Übergang in eine Postwachstumsgesellschaft im Detail aussehen soll – und zwar ohne dass unser Wirtschaftssystem zusammenbricht. Ulrike Herrmann hat überzeugend dargelegt, dass die Idee eines »grünen Wachstums« mit Solar- und Windenergie eine Illusion ist, weil die Verfügbarkeit der dazu notwendigen Rohstoffe abnimmt; weil Ökoenergie auch in einem weiterwachsenden kapitalistischen System immer teuer und knapp bleiben wird und weil Rebound-Effekte viele Fortschritte wieder zunichtemachen.[11]

Das Problem sind nicht so sehr große positive Visionen. Die *Wege*, die wir in eine bessere Zukunft gehen könnten, sind enorm gefährlich und historisch kaum erprobt. Ein ungeordnetes »grünes Schrumpfen« etwa kann uns direkt in die Populismus-Falle führen. Herrmann schreibt: »Das ungelöste Problem ist allein, wie sich diese ökologische Kreislaufwirtschaft erreichen lässt, ohne unterwegs eine schwere Wirtschaftskrise zu provozieren, die die Bevölkerung in Panik versetzt und einen Diktator an die Macht bringt.«[12] Einer ihrer wichtigsten Punkte ist, dass neue Kosten entstehen, während zugleich die Wirtschaftsleistung schrumpfen muss, um eine Klimakatastrophe abzuwenden.[13] Es wird deshalb Verteilungskonflikte geben, die die Grundlagen der westlichen Demokratien erschüttern.

Dieses Problem betrifft auch die Weltgesellschaft als ganze. Wenn uns eine wirklich gerechte Rationierung von Gütern und Verschmutzungsrechten nicht gelingt; wenn die Mehrheit der Weltbevölkerung sieht, dass die Reichen sich immer wieder freikaufen und erfolgreich um den persönlichen Verzicht drücken können, dann wird es die so dringend benötigte globale Solidarität nicht geben. Realistischerweise ist es aber unwahrscheinlich, dass die Finanzindustrie und die reichen Länder freiwillig auf ihre Privilegien verzichten werden. Viele der entscheidenden Akteure werden ein Wachstum bis zum bitteren Ende verteidigen. Aktuell investieren die großen Energiekonzerne und Ölförderländer Milliarden in neue Projekte, mit denen sie die Erderwärmung weiter beschleunigen werden. Auch aus diesem Grund ist Optimismus keine Option mehr.

Daher brauchen wir eine robustere und nachhaltigere Form des Realismus. Die Menschheit wird sich einer Vielzahl von ineinandergreifenden politischen, gesellschaftlichen und planetaren Katastrophen stellen müssen. Die Lösung, die es zu entwickeln gilt, muss auch in einer historischen Periode des Scheiterns funktionieren. Sie kann daher nicht von großartigen »positiven Visionen« oder von wahnhaftem Optimismus und Illusionen der Selbstwirksamkeit abhängen. Sie wird ihren Ursprung auch nicht im Silicon Valley haben oder von kalifornischen Milliardären stammen. Zweckoptimismus führt nur zu Heuchelei und Misstrauen, Selbstüberschätzung ist keine nachhaltige Quelle von Motivation.

Unsere Lösung muss etwas Tieferes sein. Und wenn sie von der Mehrheit nicht akzeptiert wird, wenn die Katastrophe sich weiter entfaltet, dann muss diese Lösung zumindest auf der Ebene eines individuellen Lebens noch funktionieren und das Leben des Einzelnen in einer gefährlichen Welt und einer Phase des Scheiterns lebenswert machen. Es geht letztlich auch um unsere geistige Gesundheit. Eine echte Lösung muss uns vor allem dabei helfen, unsere Würde wiederzugewinnen und zu bewahren.

Intellektuelle Redlichkeit

Intellektuelle Redlichkeit meint die Weigerung, sich selbst in die Tasche zu lügen. Sie steht in einem engen Zusammenhang mit altmodischen Werten wie Integrität und Aufrichtigkeit und damit mit einer gewissen Form von »innerem Anstand«. Intellektuelle Redlichkeit ist eine geistige Tugend, die man haben kann oder auch nicht. Vielleicht könnte man von einer sehr konservativen Art sprechen, wirklich subversiv zu sein.

Können die Vertreter organisierter Religionen und Theologen jeglicher Art intellektuelle Redlichkeit überhaupt besitzen? Intellektuelle Redlichkeit bedeutet, dass man nicht vorgibt, etwas zu wissen oder auch nur wissen zu *können*, was man nicht wissen kann. Sie bedeutet aber eben auch, dennoch am bedingungslosen Willen zur Wahrheit und zur Erkenntnis festzuhalten, und zwar selbst dann, wenn es um Selbsterkenntnis geht und diese einmal nicht mit angenehmen Gefühlen einhergeht oder einer akzeptierten, etwa religiösen oder politischen Lehrmeinung entspricht.

Manche Philosophen bezeichnen intellektuelle Redlichkeit als eine Tugend. Eine »intellektuelle Tugend«, die das eigene Denken und das innere Handeln betrifft; eine ethische Einstellung zu dem, was man denkt und meint.[14] Auch hier geht es also wieder um moralische Integrität und Aufrichtigkeit. Darum, dass das, was man tut, so oft wie irgend möglich zu den Wertvorstellungen passen sollte, die man sich zu eigen gemacht hat – in diesem Fall aber vor allem darum, was man *überhaupt* glauben sollte. Denn das Sich-zu-eigen-Machen einer Überzeugung ist selbst eine innere Handlung, die man durchaus auch unterlassen kann. Das spontane Auftreten eines Gedankens oder einer Überzeugung ist eine Sache – das Weiterverfolgen des Gedankens, die aktive Bestätigung, das Festhalten an der Überzeugung eine ganz andere.

Worum es geht, ist innere Selbstbestimmung, geistige Autonomie. Im menschlichen Geist gibt es nämlich nicht nur eine emotionale Selbstregulation (also die Fähigkeit, den eigenen Gefühlszustand zielgerichtet zu beeinflussen) und die bewusste Kontrolle der eigenen Aufmerksamkeit. Eine innere Selbstregulation existiert auch in Bezug auf das, was wir *glauben*. Interessanterweise erlernen Säuglinge die Kontrolle des eigenen Gefühlszustands und der eigenen Aufmerksamkeit erst nach und nach. Die kritische Selbstregulation des Vorgangs, bei dem das Sich-zu-eigen-Machen von Überzeugungen stattfindet, beherrschen aber viele von uns auch als Erwachsene kaum. Oft erlernen wir sie niemals vollständig.

Ist es möglich, die eigene Autonomie, die innere Freiheit zu stärken, indem man diese besondere Art der Selbstkontrolle übt und verbessert? Ja, genau darum geht es bei der intellektuellen Redlichkeit. In unserer aktuellen Situation sollten wir allerdings die besten Grundeinsichten aus *allen* philosophischen Menschheitstraditionen nutzen. Was bedeutet es, sich radikal ehrlich zu machen und der Wahrheit ins Angesicht zu schauen?

In Asien gibt es diesbezüglich ein tiefes Praxiswissen, das über Jahrtausende gewachsen ist und weit über einen rein intellektuellen Ansatz hinausgeht. Viele Formen von Meditation zielen durch die Kultivierung einer sehr spezifischen, anstrengungslosen Form von Aufmerksamkeit und innerem Gewahrsein genau auf die fragliche Erhöhung von mentaler Autonomie. Meditation kultiviert die geistigen Bedingungen der Möglichkeit von Rationalität. Denn innere Bewusstheit macht vernünftiges Denken überhaupt erst möglich, sie befreit uns von automatischen Reaktionen und eingefahrenen Mustern. Wir müssen diese Muster dann nicht mehr ausagieren, können Gegenargumente annehmen und auf uns wirken lassen. Innere Klarheit erzeugt Kritikfähigkeit. Es geht um die innere Fähigkeit, *nicht* zu handeln; um die sanfte, aber sehr präzise Optimierung von Impulskontrolle sowie um eine schrittweise Bewusstwerdung der automatischen Identifikationsmechanismen auf der Ebene unseres Denkens.

Doch bleiben wir kurz bei der westlichen Tradition. Vernünftiges Denken also, intellektuelle Redlichkeit statt schöner Gefühle. Das Ziel ist die bestmögliche Übereinstimmung zwischen Wissen und Meinung. Es geht darum, nach Möglichkeit nur evidenzbasierte Überzeugungen zu haben, und darum, dass Kognition nicht emotionalen Bedürfnissen dient.

Daher handelt es sich bei der intellektuellen Redlichkeit in gewissem Sinne auch um Entsagung, eine spezielle Form von geistiger Askese, um eine Art des Loslassens. Das aufrichtige Streben nach *intellektueller* Integrität ist ein wichtiger Sonderfall des Strebens nach *moralischer* Integrität. Man kann es als eine Tugend beschreiben, aber eigentlich auch als eine Art zu leben.

Wer *ganz* werden, also eine integre Person werden will, indem er allmählich alle Konflikte zwischen seinen Handlungen und seinen Werten auflöst, der muss dieses Prinzip sowohl mit seinen geistigen als auch mit seinen körperlichen Handlungen verfolgen. Diese Forderung gilt insbesondere für das epistemische Handeln, das Handeln um der Erkenntnis willen. Wir handeln epistemisch, wenn wir nach Einsicht, nach Aufrichtigkeit, nach Wissen oder wahrem Glauben, nach authentischer Selbsterkenntnis streben. Wir sind »epistemisch offen«, wenn uns die Möglichkeit von Einsicht und Erkenntnis klar bewusst ist.

Allerdings existiert mehr als eine Form von Wissen. Epistemisches Handeln lässt sich nicht einfach auf den Intellekt oder das Denken reduzieren. Jenseits des bloßen Denkens gibt es auch die systematische Kultivierung innerer Aufmerksamkeit; es gibt Achtsamkeit, und es gibt Mitgefühl. Ja, es gibt sogar nicht-egoische Formen der Selbstwahrnehmung und des Selbstmitgefühls.

»Nicht-egoische« Bewusstseinszustände sind solche, in denen das Ich-Gefühl fehlt. Das bedeutet etwa, dass keinerlei Ich-Gedanken vorhanden sind – Philosophen sprechen von »kognitiver Selbstbezugnahme«. Es bedeutet aber auch, dass das Gefühl, sich körperlich an einem bestimmten Ort im Raum zu befinden, nicht mehr existiert. Vor allem aber sind das Gefühl der Handlungskontrolle und das bewusste Erleben von »Meinigkeit« in solchen nicht-egoischen Zuständen abwesend: Es gibt kein Selbst, das mit dem Körper oder im eigenen Geist handelt, und es gibt auch nicht das Gefühl, dass dieser Körper, diese Gedanken und Gefühle die *eigenen* sind, ja dass sie überhaupt etwas sind, was jemand *besitzt*. Die Forschung zeigt deutlich, dass nicht-egoische Formen des Erlebens und Wissens existieren.[15] Menschliche Wesen besitzen die Fähigkeit, etwas ganz ohne Gedanken und Gefühle zu erkennen, und manchmal geschieht das sogar in Abwesenheit des Ich-Gefühls.

Es gibt also wichtige geistige Tugenden, die überhaupt keine *intellektuellen* Tugenden sind. Weil es immer um ein Handeln um der Erkenntnis willen geht, kann man hier auch von einer Form der Praxis sprechen. *Episteme* (ἐπιστήμη) ist das griechische Wort für Wissen, Wissenschaft oder Erkenntnis. Man kann sagen: Philosophie ist eine epistemische Praxis, Wissenschaft ist eine epistemische Praxis, Meditation ist eine epistemische Praxis. Dies scheint eine interessante – und vielleicht für manche Leser etwas unerwartete – Brücke zwischen spiritueller Praxis und dem Ideal des vernünftigen, rationalen Denkens zu sein: Beide beinhalten eine Ethik des inneren Handelns um der Erkenntnis willen. Außerdem verbindet sie das Ziel einer systematischen Stärkung der geistigen Autonomie sowie das Streben nach Aufrichtigkeit, Wahrhaftigkeit und einer bestimmten Form von innerer Freiheit. Die nicht begriffliche Variante einer spirituellen Praxis ist in Asien viel tiefer, feiner und besser entwickelt als im Westen.

Die abendländischen Kulturen haben dagegen im Geist der Aufklärung zunehmend das Ideal intellektueller Redlichkeit ausgebildet und in den Mittelpunkt gestellt. Sie haben die wissenschaftliche Methode kultiviert sowie Demokratie und Menschenrechte entwickelt. Aber vielleicht sind die beiden Formen des Erkenntnishandelns von Natur aus miteinander verbunden: zwei Wege zu demselben Ziel. Und Meditation als einer epistemischen Praxis, die radikale Ehrlichkeit gegenüber sich selbst verlangt und die Fähigkeit zur inneren Freiheit fördert, könnte angesichts der eskalierenden planetaren Krise eine neue Bedeutung zuwachsen.

Die Tugend der intellektuellen Redlichkeit ist in der Geschichte der Philosophie in vielen Formen und Ausprägungen in Erscheinung getreten. Ich will mich auf zwei konkrete Beispiele beschränken. Der britische Philosoph und Mathematiker William Kingdon Clifford (1845–1879) hat als einer der ersten Denker systematisch Fragen nach jener echten, für die Unterscheidung zwischen Religion und Spiritualität so zentralen »Ethik des Glaubens« gestellt. Cliffords Hauptprinzipien lauten:

- *Es ist zu jeder Zeit, an jedem Ort und für jede Person falsch, etwas aufgrund unzureichender Beweise zu glauben.*

- *Es ist zu jeder Zeit, an jedem Ort und für jede Person falsch, für die eigenen Überzeugungen relevante Beweise zu ignorieren oder sie leichtfertig abzuweisen.*[16]

In der akademischen Philosophie wird diese Position oft einfach »Evidentialismus« genannt. Das bedeutet, dass man nur an Dinge glaubt, für die man tatsächlich Argumente und Beweise besitzt. Wir alle kennen die philosophisch-theologischen Gegensätze zum Evidentialismus, nämlich den Dogmatismus (»Es ist legitim, an einer Überzeugung festzuhalten, einfach weil man sie schon hat«) und den Fideismus. Als Fideismus wird in der Philosophie die Idee bezeichnet, dass es völlig legitim ist, an einer Überzeugung auch dann festzuhalten, wenn es keine guten Gründe oder Evidenzen für sie gibt, ja sogar angesichts überzeugender Gegenargumente und starker empirischer Belege gegen die eigenen Überzeugungen.

Beim Fideismus handelt es sich also um den reinen Glaubensstandpunkt. Man kann ihn damit als die *Verweigerung* jeder ethischen Einstellung zum inneren Handeln überhaupt beschreiben. Beim reinen Glaubensstandpunkt (klassischerweise der Standpunkt organisierter Religionen) handelt es sich damit in Wirklichkeit um einen Mangel an dem, was wir »inneren Anstand« genannt haben. Darin besteht der Gegensatz zur Spiritualität. Wenn man die beiden Perspektiven einmal rein psychologisch interpretieren würde, dann geht es beim Fideismus um vorsätzliche Selbsttäuschung, um systematisches Wunschdenken oder auch um Verfolgungswahn: Man denke nur an den Teufelsglauben oder an die früher beliebte Erziehungsformel »Der liebe Gott sieht alles!«.

Das psychologische Ziel einer philosophischen Ethik des Glaubens besteht dagegen in einer ganz bestimmten Form von geistiger Gesundheit. Ich nenne sie »intellektuelle Integrität«.[17] Wenn es überhaupt noch eine nachhaltige Antwort auf die planetare Krise gibt, dann muss intellektuelle Integrität Teil dieser Antwort sein.

Wer sich erlaubt, starrsinnig an einer bestimmten Überzeugung festzuhalten, ohne empirische Belege und ohne Stütze durch positive theoretische Argumente, hat bereits die ganze Idee einer Ethik des inneren Handelns aufgegeben. Er verwirft das Projekt der intellektuellen Redlichkeit und lehnt nicht nur die eigene Vernunft und das Ideal der Rationalität ab, sondern auch seine eigene Moralität. Er verliert seine Integrität als vernünftige Person insgesamt. Daher fragte ich vorhin, ob intellektuelle Redlichkeit etwas sei, was Theologen, viele Gurus sowie Vertreter organisierter Religionen jeglicher Art möglicherweise einfach nicht haben können – oder vielleicht doch? Diese Frage mag für manche nach billiger Polemik oder wie eine Provokation um der Provokation willen geklungen haben. Doch darum geht es mir nicht. Mir geht es um einen ganz einfachen und klaren Punkt, nämlich um das »Prinzip der Selbstachtung«. Darum, wie man seine Würde und geistige Autonomie nicht verliert.

Kerstin Decker
Eine kleine Geschichte des Windes

Der Westwind – meteorologisch und kulturell betrachtet

»A popular treatise on the winds«

West Virginia 1832. Ein armer Farmersohn schaut in den Himmel. Nach Auffassung seiner Eltern machen das nur Tagediebe und reiche Leute. Bauern schauen fast immer nach unten, sie schauen dahin, wo die Arbeit ist: auf Rüben, Kartoffeln, Getreide. Und in seinem Fall auch auf das Holz der väterlichen Sägemühle. Die Begrüßung wohlhabenderer Leute legt die gleiche Blickrichtung nahe, jetzt ist es die der Demut, und wohlhabender als die Ferrels sind die meisten.

Eigentlich dürften die Ferrels den Blick fast nie von der Erde aufheben, aber der Farmersohn William Ferrel tat es trotzdem und konnte ihn nicht mehr abwenden. So etwas hatte er noch nicht gesehen: eine schwarze Sonne mit goldenen Strahlen drum herum! Eine totale Sonnenfinsternis, im Juli 1832! Aber wie war das möglich?

Seine Eltern fragte William wohl nicht, Williams Eltern wussten genau, was eine totale Sonnenfinsternis ist. Ein Vorzeichen der Apokalypse wie ihr eigenes Leben.

Am Himmel stellten sich bald wieder normale Verhältnisse her, was sich vom Leben des William Ferrel nicht behaupten lässt. Zwei Winter lang war er zur Schule gegangen, länger gab die Familienfron ihn nicht frei, also schrieb, las und rechnete er nach langen, harten Arbeitstagen allein weiter. Das war seltsam, aber längst noch nicht alles. Bald begann er sein hart erspartes Geld auf eigentümliche Weise auszugeben: Er kaufte in Martinsburg und Hagerstown wissenschaftliche Bücher.

Das Buch aber, das ihm zum Schicksal wurde, fand er 1850 in Liberty, Missouri. Es waren Newtons *Prinzipien*, denen ein paar Papiere der *Académie française* beilagen, etwa über die Gezeiten auf der Erde. Und dann las er *Die Himmelsmechanik* des berühmten Simon Laplace. Und er erkannte: Der große Laplace irrte. Wie hatte er bei seiner Erklärung der Gezeiten übersehen können, dass die Erdumdrehung die Wirkungen von Sonne und Mond unmerklich abbremsen musste! Laplace hatte den Reibungseffekt vergessen.

William Ferrel hatte sein Thema gefunden: Alles, was bremst, stört und ablenkt, vorzugsweise im Wasser und am Himmel. 1856 erschien sein *Essay on the winds and currents of the ocean*. Zum ersten Mal erklärte einer auf höchst plausible Weise, warum wir in den mittleren Breiten so viel Wut am Himmel sehen und woher genau der Wind weht: aus allen möglichen Richtungen, aber doch meist von Westen, fast nie von Süden. Von wegen »immer zum Pol«! Kein Wind hält sich daran. Wotan ist schuld!, wussten die alten Germanen. Ferrel befriedigte das nicht.

Zu seinem Glück hatte der französische Offizierssohn Gaspard Gustave de Coriolis ungefähr zu der Zeit, als Ferrel die Sonnenfinsternis beobachtete, große Fortschritte bei der Erklärung verschiedenster Drall-Bewegungen gemacht. Anfangs interessierte er sich sehr für die Fortbewegungsweise von Billardkugeln, aber seine Untersuchungen weiteten sich sehr schnell bis zu der Frage: Wie bewegen sich Körper auf rotierenden Flächen?

Die Erde ist zweifelsohne eine solche rotierende Fläche und die Luft ein Körper darauf, wenn auch ein gasförmiger. Die Erde dreht sich, von der Nordhalbkugel aus betrachtet, nach rechts, und das hat Konsequenzen: »The fourth and last force arises from the combination of a relative east or west motion of the atmosphere with the rotary motion of the earth.«[1] Und immer so weiter. Ein sehr komplexer Mechanismus tritt vor Augen, den man einmal als Ferrel-Zelle kennen wird und der nichts weniger erklärt als die Windzirkulation in den mittleren Breiten. Maßgeblicher Faktor ist die Corioliskraft.

Nicht nur, dass sich die vom Äquator aufsteigende warme Luft in der Höhe immer weiter abkühlt, sie wird unterwegs auch von Coriolis' Kraft abgelenkt, was sie bei ungefähr 30 Grad nördlicher Breite niedersinken lässt. Das stellt sich dann so dar: Am Äquator rast die Erde um die eigene Achse, ein Mann am Kongo dreht sich mit 1670 Stundenkilometern nach Osten. Aber er spürt nichts von der Raserei. Die Corioliskraft ist hier trotzdem gleich null, da der Mann gewissermaßen senkrecht auf der Rotationsachse steht. Keine Ablenkung spürbar.

Die am Äquator aufsteigende heiße Luft mit Reiseziel Nordpol nimmt den ganzen Furor von 1670 Stundenkilometern mit und bewegt sich, je weiter sie kommt, bald schneller als die Erdoberfläche, schließlich wird der Erddurchmesser in Richtung Pol immer kleiner. Schon in Timbuktu sieht das wohl aus, als zögen die Luftmassen statt nach Norden mehr nach Osten.

Und in Berlin erst! Kaum ein Berliner macht sich klar, dass er immer noch mit 1000 Stundenkilometern durch den Weltraum jagt. Dabei ist das nur, sagen wir, die Sekundärbewegung. Unser Planet selbst stürzt – während er sich um die eigene Achse dreht – mit 100 000 Stundenkilometern durchs All. Er macht 30 Kilometer pro Sekunde! Nein, falsches Bild, die Erde stürzt nicht durchs All, die Sonne hält sie zuverlässig an ihrer Trabanten-Dressur-Leine, und die ist 150 Millionen Kilometer lang. Der gewöhnliche Berliner aber bemerkt weder die Höchstgeschwindigkeit von 1000 noch die von 100 000 Stundenkilometern.

Unsere Sprache hat für diese kosmische Ignoranz ein schönes, beruhigendes Wort gefunden: Normalität. Zur Normalität gehört auch, dass jeden Tag irgendjemand während der Mittagspause ein Berliner Bürofenster öffnet, kurz die Hand hinaushält und ruft: »Ist das wieder windig heute!« Völlig normal. Höchstwahrscheinlich weiß kein Berliner Windprüfer, dass William Ferrel aus West Virginia zum ersten Mal erklärt hat, warum das so ist.

Am Nordpol

Aber nicht ohne den Nordpol! Kein Mensch versteht die Winde von Berlin ohne ihn. Oder genauer: ohne die Polar-Zelle. »Zelle« bedeutet hier wie in jedem anderen kriminellen Kontext auch »Gefangensetzung«. Der Gefangene ist der Wind. Er kommt hier nicht, oder nur mit Hindernissen, wieder raus. Am Pol ist kein Erddurchmesser mehr übrig, hier kreist jeder nur noch um sich selbst. Die Sonneneinstrahlung ist am schwächsten, dafür ist die Corioliskraft am stärksten. Da alle hier zirkulierenden Luftmassen Migranten sind, näherhin Südländer, kühlen sie immer weiter ab, und so fällt am Pol ein erkaltetes Luftpaket auf das nächste. Es entsteht ein polares Hochdruckgebiet.

Doch kein Stapel wächst unendlich in den Himmel. Gewöhnliche Stapel fallen irgendwann von selbst um, und bei denen, die noch stehen, ist es gewöhnlich keine gute Idee, die untersten Lagen einfach herauszuziehen, denn spätestens dann fallen auch sie. Am Pol ist das anders. Da wollen die unteren, die am meisten unterdrückten Schichten, nichts als raus hier.

Sie emigrieren in die Horizontale, doch statt nun in aller neu gewonnenen Freiheit am Pol zu vagabundieren, machen sich die frostigen Luftpakete umgehend auf den langen, vergeblichen Weg zurück zum Äquator. Je südlicher sie kommen, steigen sie leicht erwärmt langsam wieder auf. Ein Tief nach dem anderen entsteht: Das ist die subpolare Tiefdruckrinne am 60. Breitengrad. Und wohin strömt am Ende die mühsam erwärmte aufgestiegene Luft? Wieder zurück zum Pol. Willkommen in der Polarzelle!

Wahrscheinlich ahnt jetzt jeder Laien-Meteorologe, wo sich die Ferrel-Zelle befindet. Zwischen dem 30. und 60. Breitengrad. Hier mischen sich die Luftmassen, die trotz starker Grenzkontrollen ihren Ursprungszellen, der polaren und der Hadley-Zelle, entwichen sind. Meteorologen sprechen von unbeständigen Wetterlagen. Aber einen großen Ordnungsfaktor gibt es doch. Hier herrscht im allgemeinen Durcheinander schon ob der Corioliskraft meist Westwind. Darum heißt die Ferrel-Zelle auch »Westwindzone«.

Zivilisationsgeschichtlich ist sie maßgeblich geworden. Aus der Westwindzone erfuhren Menschen in allen Weltecken irgendwann, woher der Wind weht. Wie aber war das möglich? *The answer, my friend, ist blowing in the wind*: Kein anderer als der Wind war der erste große Globalisierer, davon bald. Doch zuvor ist noch ein Wort fällig zum Grenzregiment der Hadley-, Ferrel- und Polarzelle.

Der Jetstream I

Keine Zelle ohne Wächter! Im Fall von Luftzellen übernehmen Winde dieses Amt, aber man spürt sie nicht am Boden, sie wehen sehr weit oben.

An einem Dezemberabend 2017 warnte der Lufthansa-Pilot die Passagiere noch am Boden: Dieser Flug könnte sehr unruhig werden. Es klang wie: Besser wäre, wir blieben gleich unten. Dabei lag keine ausgesprochene Hochrisikostrecke vor uns, wir wollten bloß von Frankfurt nach Berlin. Und dann sagte er etwas von den Fransen eines verirrten, vom Kurs abgekommenen Starkwindbandes, die uns schütteln würden. Starkwindband, was ist das?

Der Pilot war, glaube ich, rücksichtsvoll genug, nicht zu erwähnen, dass in diesen Strahlströmen die heftigsten Winde auf Erden wehen, 500 Kilometer pro Stunde erreichen sie gewissermaßen im Vorüberwehen. Aber »auf Erden«? In etwa 10 Kilometern Höhe und darüber, auf der Grenze von Troposphäre und Stratosphäre, also noch innerhalb des Luftmantels, in den unser Planet sich hüllt. Und gerade da wollten wir jetzt hin.

Es wurde ein unvergesslicher Flug, oder war es eher ein einstündiger Extrem-Material-Belastungstest für den Airbus A320? Die Fransen des Starkluftbandes gaben unmissverständlich zu verstehen, dass sie uns hier oben nicht haben wollten, sie warfen die 70 Tonnen durch die Luft, als wäre dieser A320 ein Blatt im Wind. Hätte das Flugzeug sich in alle Einzelteile zerlegt, ich hätte es bedauert, aber verstanden. In einer unvorsichtigen Minute erklärte sich die Crew bereit, einen Not-Bordservice anzubieten, wobei sie jedoch von offenen Getränken abriet. Andererseits: Wie diese Reise überstehen ohne Rotwein?

Und weil man Rotwein nicht aus Flaschen trinkt, bekam ich ein Glas. Der Wein flog fast senkrecht aus dem Glas nach oben, schien kurz im Zenit zu verharren, um gleich neben seiner Ausgangsposition wieder zu landen. Alle Kultur ist ein dünner Mantel über der Barbarei, sagte ich mir und trank aus der Flasche. So nah war ich dem Jetstream noch nie gekommen.

Das In-den-Himmel-Schauen gilt zumeist als Inbegriff der unproduktiven, ergebnislosen Tätigkeit schlechthin, die Vertreter der *vita activa* würden wohl leugnen, dass es sich dabei überhaupt um eine Tätigkeit handelt. Sie irren.

Dass es da oben ziemlich windig sein müsse, fiel manchem Hans-guck-in-die-Luft schon bei der Beobachtung von hoch gelegenen Wolkenfeldern auf. Der Japaner Oishi Wasaburo näherte sich dem Phänomen bereits 1924 mit der Systematik des Meteorologen. Aber Amerika erreichten diese Wind-Nachrichten nie. Und so waren die

Piloten der Langstreckenbomber B-29, die sich am Ende des Zweiten Weltkriegs in feindlicher Absicht Wasaburos Heimatland näherten, sehr irritiert, welch Widerstand ihnen entgegenwehte.

Die B-29 flogen bereits bis zu 10 Kilometer hoch. Mitunter kamen sie kaum noch voran, obwohl die Motoren alles gaben. Kein Zweifel, die Winde kämpften aufseiten der Japaner. Auch von den deutschen Wetterfliegern, die ihre Heinkel He 46 am 20. Februar 1937 von Frankfurt/M. aus vorsätzlich in den Jetstream steuerten, hatten die B-29-Piloten nie gehört. Sie erreichten eine Höhe von 5500 Metern und maßen auf dem Rückflug von Mainz nach Frankfurt die Windgeschwindigkeit: durchschnittlich 280 Stundenkilometer.

Das Wort »Strahlströmung« – Jetstream also – fiel wohl zuerst 1939. Der deutsche Meteorologe Heinrich Seilkopf bezeichnete so die Schicht maximaler Windgeschwindigkeit in der Nähe der Tropopause, dort, wo Höhenhoch und Höhentief aufeinandertreffen. Die Männer in den B-29, die auch die Atombomben brachten, mussten all ihre Nervenkraft zusammennehmen, um der windigen Höhen-Sabotage standzuhalten.

Die erste Interkontinentalwaffe 風船爆弾*, die Windschiff-Bombe*

Der Wind kämpfte in der Tat aufseiten der Japaner. Die Japaner erfanden die erste Interkontinentalwaffe, die »Windschiff-Bomben«, die 風船爆弾, *fūsen bakudan*.

In etwa drei Tagen kann der Jetstream, von dem die Amerikaner nichts wussten, so eine Windschiff-Bombe über den Ozean tragen, über 8000 Kilometer weit. Drei Tage! Die Transportfrage war also geklärt, die Reisegeschwindigkeit vorbildlich. Probleme gab es trotzdem: In der Sonne dehnen sich gasgefüllte Ballons aus. Dann steigen sie. Wenn es dunkel und kalt wird, schrumpfen sie wieder, und der Ballon sinkt.

Ein Kontrollsystem musste erdacht und konstruiert werden, sodass der unter 9000 Meter sinkende Ballon Sandsäcke abwarf, um wieder zu steigen. Würde er der Sonne aber zu nah kommen, über 11600 Meter über dem Meeresspiegel, sollte sich ein Ventil öffnen, um Wasserstoff abzulassen. Drei Tage mindestens würde dieser Mechanismus funktionieren: Wo genau das 風船爆弾 landete, nein, explodierte, Tod, Brand und Zerstörung brachte, war gleichgültig. Amerika, der Feind, lag überall in dieser Windrichtung. Auch der Höhenwind bläst immer von Westen.

Blieb die Materialfrage. Das Windschiff musste eine Bomben-Last von etwa 500 Kilogramm tragen, es brauchte also zehn Meter Durchmesser und 540 Kubikmeter Volumen. Die Armee gab am Ende Japanpapier den Vorzug vor gummierter Seide, weil es noch gasdichter war. Sie bestellte 10 000 Blatt, gefertigt aus Maulbeerbäumen, leider waren die jeweils nur Landkarten-groß. Schulmädchen mussten sie in mehreren Lagen zusammenkleben, weil sie die zartesten Finger hatten. Leider war der Kleber, die *konnyaku*-Paste, essbar, es herrschten Krieg und Mangel, darum war die Paste oft alle.

Die Militärführung hatte auf den Sommer gehofft, aber erst im November 1944 waren die Windschiff-Bomber einsatzbereit, auch wegen der *konnyaku*-Misslichkeiten. 9000 stiegen von der japanischen Insel Honshū auf. Die Armee hatte auch für den Sommer plädiert, um möglichst viele Waldbrände auszulösen. Der Jetstream tat seine Pflicht, das Kontrollsystem funktionierte, aber der amerikanische November versagte. Er war unangenehm, aber keineswegs brandgefährlich. Eine Wandergruppe in Oregon kam durch den Angriff der ersten Interkontinentalwaffe der Welt ums Leben.

Arktische Kälte in Berlin und die Flut im Ahrtal
Der Jetstream II

Ende Februar 2021 war Berlin verzaubert. Der Winter, endlich! Im Treptower Park liefen die Berliner Ski, als hätten sie nie etwas anderes getan. Sie schlitterten über die Spree, mit und ohne Schlittschuhe. Die Bewohner von Hausbooten, die draußen auf dem Wasser parkten, konnten plötzlich zu Fuß nach Hause gehen. Kleine Straßen zogen sich über den Spree-Schnee. Das Thermometer zeigte jeden Tag minus zehn Grad oder darunter bei blendender Sonne. Auf dem Karpfenteich verlangsamten die Schlittschuhläufer ihre Bewegungen, um im Rhythmus von Ravels *La Valse* zu bleiben. Es war ein Wunder aus Schnee und Eis, zumindest für Berlin, sagten die Berliner.

Es war eine Beinahe-Katastrophe, sagen die Meteorologen. Sie konnten das auch begründen. Der Polarfront-Jetstream, der ab und zu in mittlere Breiten ausfranst, was ich auf dem Dezember-Flug von Berlin nach Frankfurt zu spüren bekam, ist es nicht allein. Über ihm, in 15 bis 50 Kilometern Höhe, bildet sich im Winter der Polarwirbel. Er bindet die kalte Luft, umgeben vom größeren Polar-Strahlstrom. Damit bleibt die polare Kälte, wo sie ist. Normalerweise.

Dass die Pole sich schneller erwärmen als der Rest der Erde, weiß inzwischen fast jeder. Nun steht zu befürchten, dass der Polarwirbel auseinanderbricht und der Polar-Jetstream ihn nicht mehr hält. Eben das geschah im Endfebruar-Winter 2021, als alle Knospen schon frühlingsempfangsbereit waren. Erderwärmung bedeutet also keinen Schutz vor der Ausbreitung arktischer Kälte. Das Phänomen heißt meteorologensprachlich *arctic outbreak*. Alles wird labiler, sogar die früher für relativ stabil geltenden Starkwindbänder um die Erde.

Vielleicht wäre dies der richtige Augenblick, um diese Hochbeschleunigungsgrenzposten zwischen den Luftzellen etwas näher zu betrachten. Sie bilden sich so weit oben, weil hier die Höhenhochs und die Höhentiefs aufeinandertreffen. Die warme Luft aus den Tropen stapelt sich anfänglich bis zu 18 Kilometer hoch, sodass – obwohl sie viel leichter ist als kalte Luft – ein Höhenhoch entsteht.

An den Polen aber ist die Troposphäre nur bis zu acht Kilometer stark, und der Luftdruck dort oben ist tief, weil die kalten, schweren Luftpakete gleich zu Boden sinken. So entsteht weit oben der Starkwind, der kalte und warme Luftmassen voneinander trennt. Er bildet die strömende Grenzbefestigung der drei Luftzellen. Das Wort »Band« ist schon mehrmals gefallen, der Name Carl-Gustaf Arvid Rossby noch nicht.

Er hat den Strahlstrom schon vor jedem Erstkontakt als physikalische Notwendigkeit beschrieben. Und er kannte auch – das ist die Kraft der reinen Theorie – seine Form: Er ist kein geradliniges Band, er mäandert vielmehr. Man könnte auch sagen: Er bewegt sich wellenförmig, und so eine Welle greift mitunter weit nach Süden aus. Man spricht auch von den »Rossby-Wellen«.

Der Polarfront-Jet, der die Erde bei etwa 35 Grad nördlicher und südlicher Breite umkreist, ist besonders stark; der Subtropen-Jet bei 60 Grad nördlicher und südlicher Breite ist deutlich schwächer.

Doch auch der Polarfront-Jet verliert seine Kraft. Erstaunlich ist, was dieses Höhenwindband, von dem im letzten Jahrhundert nur die Meteorologen und kaum ein Laie wusste, inzwischen alles plausibel machen kann. Bereits am Abend der Flutkatastrophe im Ahrtal am 14. Juli 2021 erklärte Nachrichtensprecher Claus Kleber im *heute journal* das Unglück mit dem Polarfront-Jet, als ob es nichts Naheliegenderes gäbe. Tief »Bernd« war plötzlich nur noch sekundärverantwortlich. Der Höhenwind war schuld!

Da sich die Pole schneller erwärmen als der Rest des Planeten, das Temperaturgefälle zu den mittleren Breiten abnimmt, fehle es dem Jetstream zunehmend an Kraft. Tiefdruckgebiete wie »Bernd« fänden sich plötzlich eingeklemmt zwischen zwei Hochs und könnten da nicht weg. Man mag sich nicht recht vorstellen, wie die Betroffenen diesen Jetstream-Report zur Interpretation des auf sie einstürzenden Unglücks aufgenommen haben.

Wäre Tief »Bernd« gleich wieder weggepustet worden, hätte sich kein Mensch seinen Namen gemerkt. Und sein Nichtwegkommen war keineswegs nur ein passiver Zustand. Da es sich nun so weitgehend stationär um die eigene Achse drehte und dabei immer mehr feuchte, schwülwarme Mittelmeerluft aufnahm, wurde es zum Unglück. Denn wärmere Luft speichert mehr Feuchtigkeit, pro Grad sieben Prozent mehr. Und wenn dann die Wolken brechen, ist die Katastrophe schon fast da.

Höhenwind und das Beinahe-Ende der Menschheit

»Über den Wolken muss die Freiheit wohl grenzenlos sein«, sang Reinhard Mey in seinem Flughafenlied. Das stimmt, wie wir sahen, so nicht ganz. Doch jeder wusste, was er meinte: Höhenruhe statt Höhenwind! Weltenthobenheit. Gewissermaßen die moderne Formulierung von Schillers »Brüder, überm Sternenzelt muss ein lieber Vater wohnen« aus der *Ode an die Freude*. Die vollkommene Ruhe über den Wolken? In der Tropopause ist sie schon mal nicht anzutreffen, aber vielleicht obendrüber in der Stratosphäre? Lange glaubten das nicht nur Schiller und Reinhard Mey, sondern auch die Meteorologen. Wenn irgendwo, dann ist es da oben vollkommen still.

Am 13. Mai 1816 traf der Dichter Percy Shelley mit seiner neunzehnjährigen Geliebten Mary Godwin und ihrer Halbschwester Claire in Sécheron am Genfer See ein. Sie wollten einen Sommer am See verbringen, gemeinsam mit Lord Byron und dessen Geliebten John Polidori. Die Freunde hatten die Villa Diodati am See gemietet, sie waren bald vollzählig, doch einer erschien nicht bis zum Schluss: der Sommer. Es wurde nicht Sommer in diesem Jahr, dafür fielen die Temperaturen noch im Juli mancherorts in Europa unter null Grad.

Shelley, Byron und Polidori segelten bei Herbstwind im Juli auf dem sonnenlosen See, der Sommer-Schnee fiel bis ins Schweizer Flachland, die Bauern klagten über die ausbleibende Ernte, das Gespenst des Hungers hob sein Haupt, halb Europa dachte bald über Auswanderung nach, die Freunde schon jetzt über Abreise.

Niemand erzählt an gewöhnlichen Hochsommerabenden Schauergeschichten, aber jetzt entsprachen sie der Lage, der äußeren und inneren. Natürlich mussten sie den Kamin heizen und tagelang im Haus bleiben. Und irgendwann war die Idee da: Jeder schreibt eine Gruselgeschichte, eine *gothic novel*. Polidori wurde mit *The Vampyre* zum Autor der ersten Vampirerzählung der Weltliteratur, aber nur eine der Geschichten kennt man noch immer: Mary Shelleys, geb. Godwin, *Frankenstein*, entsprungen einem Jahr ohne Sommer.

Als *Eighteen Hundred and Froze to Death* ging dieser Sommer 1816 in das Gedächtnis der Menschen ein, und niemand kannte den Grund, nur der älteste lag nahe: der Zorn Gottes. Keiner der Kaminversammelten der Villa Diodati war solchen Argumentationen noch zugänglich. Aber eine andere Erklärung hatten sie auch nicht.

Ein Jahr zuvor, im Frühjahr 1815, war in Indonesien der Vulkan Tambora explodiert. Es war ein großer Knall, noch 1000 Kilometer entfernt zu hören. Vor dem Ausbruch war der Berg 4300 Meter hoch, danach bloß noch 2850. Die Zeitungen berichteten mit der unvermeidlichen Verzögerung, die damals entstand, wenn eine Nachricht um mehr als die halbe Welt laufen musste. Niemand brachte den europäischen Sommerwinter von 1816 mit der Tambora-Nachricht in Verbindung. Was sollte ein indonesischer Vulkan mit dem miserablen Wetter in Europa und Amerika zu tun haben?

Am 27. August 1883 brach der Krakatau aus. Der Schauplatz war wiederum Indonesien, die Sundastraße. Drei Viertel der Vulkaninsel verschwanden. Riesige Wellen rollten auf den umliegenden Inseln kilometerweit ins Hinterland. Der Dampfer *Berouw* wurde im Hafen von einem Tsunami erfasst und dreieinhalb Kilometer weiter landeinwärts in einem Bach wieder abgesetzt, fast unversehrt. Doch die Besatzung hatte diese letzte Reise nicht überlebt.

Noch in Australien war die Explosion zu hören. In Batavia, 130 Kilometer entfernt, klirrten die Fensterscheiben. Im Ärmelkanal zwischen Frankreich und Großbritannien registrierte man Pegelschwankungen von mehreren Zentimetern, in New York rückte die Feuerwehr aus, weil Bürger gemeldet hatten, der westliche Horizont brenne. Atmosphärische Druckwellen liefen sieben Mal um die Erde.

Die Detonation, so berechneten Experten später, war mindestens 10 000 Mal so stark wie die Hiroshima-Atombombe. Doch der Ausbruch des Tambora auf der Insel Sumbawa im Jahr 1815 war um vieles heftiger gewesen als der des Krakatau, trotzdem nahm nur diesmal die ganze Welt Anteil: Kurz zuvor war ein Telegrafen-Tiefseekabel verlegt worden. Die telegrafisch vereinte Menschheit schaute vielerorts in spektakuläre Sonnenuntergänge.

Die Meteorologen waren alarmiert. Dass die Asche bis in eine Höhe von 25, 30 Kilometer geschleudert wurde, konnten sie kaum ahnen. Aber sie beobachteten, wie sich die Staubwolke des Krakatau entlang des Äquators bewegte. In fast zwei Wochen hatte sie es einmal um die Erde geschafft, von Ost nach West. Zwei Wochen? Und alle, nein, nur wenige, wussten: Da oben ist keine Ruhe.

Die Winde der Stratosphäre bewirkten den vulkanischen Winter auf Erden. Sie lassen auch Sommerausflügler am Genfer See frieren, wenn in Indonesien ein Vulkan ausbricht. Den ganzen Zusammenhang verstand man jedoch erst ein halbes Jahrhundert später: Bleibt die Vulkanasche innerhalb der Troposphäre, sinkt sie bald wieder zu Boden.

In der Stratosphäre ist das anders. Was da oben anlangt, kommt so schnell nicht wieder herunter. Da die Ozonschicht in gut 20 Kilometern Höhe UV-Strahlung aufnimmt, erwärmt sich die Luft und sinkt nicht so leicht wieder ab. Die schweflige Vulkanasche wird in Sulfataerosol umgewandelt, und das absorbiert das Sonnenlicht. Die Menschen beginnen zu frieren und schauen in Sonnenauf- und -untergänge von leicht apokalyptischer Schönheit.

William Turner malte seine in allen Farben leuchtenden lichtzauberischen Seestücke. Und Caspar David Friedrichs Sonnenuntergänge! Was wir für den Inbegriff der Romantik hielten: Vulkanasche. Sie zerlegt das Licht.

Ein Vulkan auf Erden steht in dem Ruf, um Haaresbreite die ganze Menschheit ausgelöscht zu haben. Nicht der Berg selbst natürlich, sondern die niedergehenden Aschewinde aus der Stratosphäre. Der Standort des Vulkans ist nun leicht zu vermuten: Indonesien. Näherhin Sumatra.

Der Toba explodierte vor 74 000 Jahren und wird unter die stärksten Ausbrüche der letzten zwei Millionen Jahre gerechnet. 2800 Kubikkilometer Bimsstein und Vulkanasche wurden bis in die Stratosphäre emporgeschleudert. Damit ließe sich das 21 000 Quadratkilometer große Bundesland Hessen unter einer 130 Meter hohen Asche-Bimsstein-Schicht begraben.

Lange war man der Ansicht, dass wenig fehlte, und der *homo sapiens* hätte den nachfolgenden vulkanischen Winter nicht überlebt. Doch neuere Forschungen relativieren die Schuld des Toba. Zwar wurden in Südafrika durchaus Vulkanglassplitter gefunden, aber die tropischen Wälder Afrikas sind im vulkanischen Winter wohl nicht ganz verschwunden. Der indische Subkontinent lag unter einer 15 Zentimeter dicken Ascheschicht, doch wurden unlängst auch Nach-Vulkanwinter-Spuren des *homo sapiens* – vor allem Werkzeugspuren – aufgefunden. Das ist der Mensch!

Andererseits ist das Erbgut dieses indischen Überlebenskünstlers wohl nicht in die DNA des heutigen Menschen eingegangen. Das heißt, er überstand die größte denkbare Katastrophe, um später doch noch ausgelöscht zu werden. Auch das ist der Mensch.

Unbestritten ist, dass unsere Art bald nach dem Toba-Ausbruch durch eine Art Flaschenhals ging: Nur wenige Tausend Exemplare des *homo sapiens* blieben übrig, weltweit.

Die Tatsache, dass die heutigen Menschen überall auf der Erde einen überwältigend gemeinsamen Genpool haben, lässt auf nur wenige gemeinsame Vorfahren schließen. Wir sind alle Kinder der gleichen Eltern, doch das ist wahrscheinlich keine direkte Folge des Aschewinds hoch oben in der Stratosphäre vor 74 000 Jahren.

Vermutet wird, dass es schon vor 80 000 Jahren zu einer gewissen Überbevölkerung in Afrika kam. Die Jäger- und Sammler-Horden, die weite Gebiete durchstreiften, begegneten sich unerfreulich oft. Hinzu kam nun der vulkanische Winter, selbst wenn er milder gewesen sein sollte als bisher angenommen.

Ohne Zweifel setzte eine neue Auswanderungswelle aus Afrika ein – immer den großen Tierherden nach durch die Savanne Sahara. Die Emigranten, ebenfalls Überlebende des vulkanischen Winters, wurden in ihren Ankunftsgebieten nicht willkommen geheißen, auch nicht von Neandertalern und Denisova-Menschen. So hieß die größte Herausforderung wohl schon vor 74 000 Jahren: Wie übersteht der Mensch den Menschen?

Vom Tempelhofer Feld in die Stratosphäre!

Unmöglich, an dieser Stelle nicht den Entdecker der Stratosphäre zu erwähnen. Am 31. Juli 1901 befüllte man auf dem Tempelhofer Feld in Berlin den Ballon *Preussen* mit 5400 Kubikmetern Wasserstoff. Das Reiseziel des Vehikels war in jeder Hinsicht ungewöhnlich: Es war die Stratosphäre. Und der Ballon war bemannt.

Arthur Josef Stanislaus Berson hielt es für die Pflicht eines Wissenschaftlers, selbst nachzusehen, wenn etwas nicht stimmt, egal wo. In diesem Fall also in der Stratosphäre. Unbemannte Registrierballons hatten in über 10 Kilometern Höhe eine Konstanz oder gar einen Anstieg der Temperatur gemessen. Das war mit seiner Theorie unvereinbar. Was war da oben los? Es handelte sich um eine reine Kontrollmission.

Um 10.50 Uhr löste sich die *Preussen* vom sicheren Grund des Tempelhofer Felds. Der Wind nahm den Ballon in seine Obhut. Bei 6000 Metern – Berlin war schon lange nicht mehr zu sehen – griffen die Ballonfahrer zu den Schläuchen ihrer Sauerstoffflaschen, was aber nicht verhindern konnte, dass beide Meteorologen oberhalb von 10 000 Metern bewusstlos wurden. Berson gelang es noch, eine Höhe von 10 500 Metern zu registrieren. Auch schaffte er es bei schwindenden Sinnen, mehrmals an der Ventilleine zu ziehen: Wasserstoff wurde abgelassen. Doch der Ballon stieg aus Gewohnheit noch ein wenig weiter.

Weder Josef Arthur Stanislaus Berson aus Neu-Sandez in Galizien noch sein Mitfahrer erlebten, wie die *Preussen* eine Höhe von 10 800 Meter über Normalnull erreichte. Das war die Entdeckung der Stratosphäre im Zustand der Bewusstlosigkeit. Als Berson und sein Begleiter Süring wieder erwachten, waren sie schon erfreulich weit unten. Nach 7,5 Stunden Fahrt landete der Ballon sicher bei Briesen nördlich von Cottbus.

Arthur Berson machte bald eine weitere schockierende Entdeckung: Die Stratosphären-Winde wehen keineswegs nur von West nach Ost, wie bisher angenommen. Sie können auch die entgegengesetzte Richtung nehmen. Und die Sache hat System.

Westwindzone und bürgerliche Gesellschaft

Es ist mitunter bemerkt worden, dass die bürgerliche Gesellschaft eine Angelegenheit der gemäßigten Klimazone, demnach der Westwindzone sei. In anderen Verhältnissen habe sie sich – historisch betrachtet – nie halten können. Sollte der Westwind gar Rassist sein? Es liegt diesem Text fern, sich auf solch windige Thesen einzulassen. Vermerkt aber sei, dass es bis in die Aufklärung hinein, und noch beim jungen Kant, dem Klima zufiel, die Unterschiede zwischen den verschiedenen Phänotypen des Menschen zu erklären.

Eine frühe Abhandlung Kants, im Original knapp 20 Seiten, heißt *Von den verschiedenen Rassen der Menschen*, eine andere *Bestimmung des Begriffs einer Menschenrasse*, 30 Seiten. Beide stellen unter ebendiesen Titeln fest, dass »alle Menschen auf der weiten Welt zu einer und derselben Naturgattung« und »vermutlich zu einem Stamme«[2] gehören. Andernfalls würden sie keine »mit einander fruchtbaren Kinder zeugen« können, was ihnen aber leichtfällt. Es gäbe also mitnichten verschiedene Arten von Menschen, dass sie sich aber doch so verschieden entwickelt haben – auch im Äußeren –, sodass man von »Racen« spreche, sei vor allem meteorologisch zu begründen.

Kernthese, frei nach Kant: Unter zu rauen Bedingungen gedeiht der Mensch nicht, unter allzu paradiesischen aber auch nicht. Westwindzone, das ist der Name für das, was dazwischenliegt, für die gerade noch zuträgliche Unzuträglichkeit mit Potenzial! Ihre Bewohner müssen ergänzen, was die Natur ihnen vorenthält, sich vor ihr schützen, ihr gar die Unabhängigkeit erklären: Das sind die Bedingungen für die Entstehung der wissenschaftlich-technischen Zivilisation.

Wem die Natur ihre Gaben in den Mund legt, der wird kein Protestant. Der Protestant steht für einen Menschentypus, der täglich aufs Neue unter der Beweislast steht, dass er es wert ist, erlöst zu werden. Und wodurch? Durch Fleiß. Das ist der einst viel diskutierte Zusammenhang zwischen Gnadenwahl und Leistungsethik. Der Protestant versteht das Wesen der Faulheit nicht mehr. Denn was ist der Müßiggang, wie schon die Romantiker wussten? Der letzte Abglanz des Paradieses.

Das Hauptwort der Westwindzone heißt Entwicklung.

Selbst die modernen Städte Europas sind nach den Vorgaben des Windes gebaut. Er weht meist aus Westen, also wohnten die Besitzenden im Westen, im Westend, um die Ausdünstungen der Industrialisierung, also ihrer eigenen Fabriken, nicht atmen zu müssen. Im Osten, im Eastend, wohnten die Proletarier, dort standen vorzugsweise die Fabriken mit ihren rauchenden Schornsteinen.

Die Westwindzone war und ist der maßgebliche Schauplatz des Anthropozän. Was der Mensch vermag, hier wurde es offensichtlich. Das immer mitgehende Risiko war und ist, dass ganze Gesellschaften jedes menschliche Maß verlieren. Wer hat nicht noch die Schlusssätze der *Dialektik der Aufklärung* im Ohr? »Seit je hat Aufklärung im umfassendsten Sinn fortschreitenden Denkens das Ziel verfolgt, von den Menschen die Furcht zu nehmen und sie als Herren einzusetzen. Aber die vollends aufgeklärte Erde strahlt im Zeichen triumphalen Unheils.«[3] Geschrieben 1944.

Wer weiß noch, dass das Dritte Reich um ein Haar zum Windkraft-Pionier geworden wäre?

Autorinnen und Autoren

Stefan Aust, geboren 1946, war Chefredakteur des Nachrichten-Magazins *Der Spiegel* und Gründer sowie Geschäftsführer von »Spiegel TV«. Zuvor war Aust unter anderem Mitarbeiter des *NDR*, vor allem für *Panorama* und später Mitinhaber des Fernsehsenders *N24* und Herausgeber der *Welt*. Er ist Autor zahlreicher Bücher. Sein Buch »Der Baader Meinhof Komplex«, erstmals 1985 erschienen, gilt als »Klassiker« (FAZ).

Kerstin Decker, geboren 1962 in Leipzig, promovierte Philosophin, ist Autorin des *Tagesspiegel* und hat zahlreiche Bücher veröffentlicht, darunter »Lou Andreas-Salomé. Der bittersüße Funke Ich« sowie »Richard Wagner. Mit den Augen seiner Hunde betrachtet«. Im Berlin Verlag erschien 2015 »Meine Farm in Afrika. Das Leben der Frieda von Bülow«, 2016 »Die Schwester. Das Leben der Elisabeth Förster-Nietzsche«, 2018 »Franziska zu Reventlow. Eine Biografie« und 2021 »Die Geschichte des Menschen aus Sicht der Ratte«.

Natasha A. Kelly ist promovierte Wissenschaftlerin, Autorin und Herausgeberin, Kuratorin und bildende Künstlerin. Sie arbeitet an der Schnittstelle zwischen Wissenschaft und Kunst und hinterfragt aus einer Schwarzen feministischen Perspektive eurozentrische Konzepte von Wissen, Macht und Körper. Ihr zentrales Anliegen ist es, Schwarze Perspektiven in der Wissenschaft und Kunst zu stärken; derzeit ist sie federführend an der Gründung eines Instituts für Schwarze deutsche Kunst, Kultur und ihre Wissenschaften beteiligt.

Alexander Kluge, geboren 1932 in Halberstadt, ist Jurist, Autor, Filme- und Ausstellungsmacher; aber: »Mein Hauptwerk sind meine Bücher.« Für sein Werk erhielt er viele Preise, darunter den Georg-Büchner-Preis und den Theodor-W.-Adorno-Preis, den Heinrich-Heine-Preis der Stadt Düsseldorf und 2019 den Klopstock-Preis der Stadt Halberstadt.

Thomas Metzinger, geboren 1958 in Frankfurt am Main, lehrte Philosophie an der Johannes-Gutenberg-Universität Mainz. Er war Präsident der Gesellschaft für Kognitionswissenschaft und der Association for the Scientific Study of Consciousness. 2018 wurde er in die Hochrangige Expertengruppe für künstliche Intelligenz der Europäischen Kommission berufen. Sein Bestseller »Der Ego-Tunnel. Eine neue Philosophie des Selbst: Von der Hirnforschung zur Bewusstseinsethik« wurde in neun Sprachen übersetzt. 2021 erhielt er die Pufendorf-Medaille. 2022 wurde er in die Nationale Akademie der Wissenschaften gewählt.

Julian Nida-Rümelin gehört zu den renommiertesten deutschen Philosophen und public intellectuals. Er lehrte Philosophie und politische Theorie in Tübingen, Göttingen, Berlin und München sowie als Gastprofessor in den USA, Italien und China. Er war Kulturstaatsminister in der ersten rot-grünen Bundesregierung. Er ist Gründungsrektor der Humanistischen Hochschule Berlin, stellvertretender Vorsitzender des Deutschen Ethikrates und Direktor am bayerischen Forschungsinstitut für digitale Transformation.

Janka Oertel ist promovierte Politikwissenschaftlerin und Sinologin, war viele Jahre bei verschiedenen Forschungs- und Beratungsinstituten tätig und leitet derzeit das Asienprogramm des European Council on Foreign Relations (ECFR). Dort forscht sie zur europäischen und transatlantischen China-Politik, zu chinesischer Wirtschafts-, Technologie- und Klimapolitik und Fragen der globalen Ordnung.

Daniela Schwarzer ist eine der profiliertesten europa- und außenpolitischen Expertinnen Deutschlands. Sie ist seit 20 Jahren in der Forschung und Politikberatung tätig und eine gefragte Stimme in den Medien. Sie ist Vorständin der Bertelsmann Stiftung und Honorarprofessorin an der Freien Universität Berlin. Von 2016 bis 2021 leitete sie die Deutsche Gesellschaft für Auswärtige Politik.

Ronen Steinke, Dr. jur., geboren 1983 in Erlangen, arbeitet als Redakteur bei der *Süddeutschen Zeitung*. Er studierte Jura und Kriminologie, arbeitete in Anwaltskanzleien, einem Jugendgefängnis und beim UN-Jugoslawientribunal in Den Haag. Seine Promotion über die Entwicklung der Kriegsverbrechertribunale von Nürnberg bis Den Haag wurde von der *FAZ* als »Meisterstück« gelobt. Seine 2013 veröffentlichte Biografie über Fritz Bauer, den mutigen Ermittler und Ankläger der Frankfurter Auschwitz-Prozesse, wurde mit »Der Staat gegen Fritz Bauer« preisgekrönt verfilmt und in zahlreiche Sprachen übersetzt.

C. Bernd Sucher ist seit 1996 Professor an der Hochschule für Fernsehen und Film in München und leitet an der Theaterakademie August Everding den Ergänzungsstudiengang Theater-, Film- und Fernsehkritik. Der langjährige Theaterkritiker der *Süddeutschen Zeitung* ist PEN-Mitglied und hat zahlreiche Bücher verfasst. Mit seiner Veranstaltungsreihe »Suchers Leidenschaften« begeistert er seit fast 20 Jahren das kulturinteressierte Publikum in Deutschland, Österreich und der Schweiz.

Quellen

ERKENNTNISSE
Aus Politik und Wirtschaft

Daniela Schwarzer: Krisenzeit. Sicherheit, Wirtschaft, Zusammenhalt – Was Deutschland jetzt tun muss. Piper Verlag, München 2023, S. 48–70

Janka Oertel: Ende der China-Illusion. Wie wir mit Pekings Machtanspruch umgehen müssen. Piper Verlag, München 2023, S. 19–33, 80–84

Ronen Steinke: Verfassungsschutz. Wie der Geheimdienst Politik macht. Berlin Verlag in der Piper Verlag GmbH, Berlin/München 2023, S. 13–38

ERFAHRUNGEN
Aus Gesellschaft und Zeitgeschehen

Natasha A. Kelly: Schwarz. Deutsch. Weiblich. Warum Feminismus mehr als Geschlechtergerechtigkeit fordern muss. Piper Verlag, München 2023, S. 16–19, 179–198

C. Bernd Sucher: Unsichere Heimat. Jüdisches Leben in Deutschland von 1945 bis heute. Piper Verlag, München 2023, S. 47–65, 136–145

Stefan Aust, Alexander Kluge: Befreit die Tatsachen von der menschlichen Gleichgültigkeit. Gespräche und Projekte. Piper Verlag, München 2023, S. 108–118, 180–193

EINSICHTEN
Aus Philosophie und Wissenschaft

Julian Nida-Rümelin: »Cancel Culture« – Ende der Aufklärung? Ein Plädoyer für eigenständiges Denken. Piper Verlag, München 2024, S. 13–20, 85–102

Thomas Metzinger: Bewusstseinskultur. Spiritualität, intellektuelle Redlichkeit und die planetare Krise. Berlin Verlag in der Piper Verlag GmbH, Berlin/München 2023, S. 7–31

Kerstin Decker: Eine kleine Geschichte des Windes. Berlin Verlag in der Piper Verlag GmbH, Berlin/München 2023, S. 71–91

Anmerkungen

ERKENNTNISSE

Aus Politik und Wirtschaft

Daniela Schwarzer: Krisenzeit. Sicherheit, Wirtschaft, Zusammenhalt – Was Deutschland jetzt tun muss. Piper Verlag, München 2023, S. 48–70

1 »Regierungserklärung von Bundeskanzler Olaf Scholz am 27. Februar 2022«, *Die Bundesregierung*, 27. 02. 2022. https://www.bundesregierung.de/breg-de/suche/regierungserklaerung-von-bundeskanzler-olaf-scholz-am-27-februar-2022-2008356, zuletzt aufgerufen am 21. 02. 2023.

2 »Bundeskanzler Olaf Scholz: Wir erleben eine Zeitenwende«, *Deutscher Bundestag*, 27. 02. 2022. https://www.bundestag.de/dokumente/textarchiv/2022/kw08-sondersitzung-882198, zuletzt aufgerufen am 26. 02. 2023.

3 »Regierungserklärung von Bundeskanzler Olaf Scholz am 27. Februar 2022«, *Die Bundesregierung*, 27. 02. 2022. https://www.bundesregierung.de/breg-de/suche/regierungserklaerung-von-bundeskanzler-olaf-scholz-am-27-februar-2022-2008356, zuletzt aufgerufen am 21. 02. 2023.

4 »Vor fünf Jahren: Russlands Annexion der Krim«, *Bundeszentrale für politische Bildung*, 18. 03. 2019. https://www.bpb.de/kurz-knapp/hintergrund-aktuell/287565/vor-fuenf-jahren-russlands-annexion-der-krim/, zuletzt aufgerufen am 24. 02. 2023.

5 »Anteil der Militärausgaben am Bruttoinlandsprodukt (BIP) in Deutschland von 2006 bis 2022«, *Statista*, 24. 04. 2023. https://de.statista.com/statistik/daten/studie/183106/umfrage/anteil-der-militaerausgaben-am-bip-in-deutschland/#:~:text=Im%20 Jahr%202021 %20 betrug%20der,56 %20 Milliarden%20US%2DDollar, zuletzt aufgerufen am 28. 04. 2023.
»Deutschland verfehlt Nato-Zweiprozentziel auch 2023«, *Zeit Online,* 16. 05. 2023. https://www.zeit.de/politik/2023-05/nato-deutschland-zwei-prozent-verteidigungsausgaben?utm_referrer=https%3 A%2F %2Fwww.google.com%2F, zuletzt aufgerufen am 02. 07. 2023.

6 »Neue Sicherheitsstrategie«, *Bundesministerium der Verteidigung,* 14. 06. 2023, https://www.bmvg.de/de/nationale-sicherheitsstrategie, zuletzt aufgerufen am 15. 06. 2023.
7 Fabian Reinbold, David Schach und Julius Tröger, »Was von seiner wichtigsten Rede bleibt«, *Zeit Online*, 27. 02. 2023. https://www.zeit.de/politik/deutschland/2023-02/zeitenwende-rede-olaf-scholz-bundestag-analyse?wt_zmc=fix.int.zonaudev.push.lesetipp.zeitde.zonapush.link.x&utm_campaign=lesetipp&utm_medium=fix&utm_source=push_zonaudev_int&utm_content=zeitde_zonapush_link_x&utm_referrer=zona_lesetipp, zuletzt aufgerufen am 27. 02. 2023.
8 Hubertus Barth, Klaus Heiner Röhl, »Bundeswehr und Inflation: Was bleibt von der Zeitenwende?«, *Institut der deutschen Wirtschaft –* Kurzbericht 94/2022, 05. 12. 2022. https://www.iwkoeln.de/studien/hubertus-bardt-klaus-heiner-roehl-was-bleibt-von-der-zeitenwende.html, zuletzt aufgerufen am 27. 02. 2023.
9 Matthias Gebauer und Christian Reiermann, »Pistorius will zehn Milliarden pro Jahr mehr für die Bundeswehr«, *Spiegel Online,* 10. 02. 2023. https://www.spiegel.de/politik/deutschland/bundeswehr-boris-pistorius-will-zehn-milliarden-pro-jahr-mehr-a-5bda9278-ff2d-4fdc-81be-95e5c8533659?sara_ecid=soci_upd_KsBF0AFjflf0DZCxpPYDCQgO1dEMph, zuletzt aufgerufen am 27. 02. 2023.
10 »›This Week‹ Transcript 2-26-23: Jake Sullivan & Rep. Michael McCaul«, *ABC News*, 26. 02. 2023. https://abcnews.go.com/Politics/week-transcript-2-12-23-jake-sullivan-rep/story?id=97468998, zuletzt aufgerufen am 01. 03. 2023.
11 »US ›watching closely‹ for Chinese lethal aid«, Interview mit Jake Sullivan, *ABC, This Week*, 26. 02. 2023. https://www.youtube.com/watch?v=Tb1tP5f4mg4, zuletzt aufgerufen am 01. 03. 2023.
siehe auch: »Weißes Haus: Ukraine braucht Leopard-Panzer, keine Abrams«, *Süddeutsche Zeitung*, 26. 02. 2023. https://www.sueddeutsche.de/politik/militaer-weisses-haus-ukraine-braucht-leopard-panzer-keine-abrams-dpa.urn-newsml-dpa-com-20090101-230226-99-750704
12 Russland hatte im Vorjahr des Kriegsbeginns 34,1 Prozent des Erdöls nach Deutschland geliefert. Darauf folgten die USA (12,5 Prozent), Kasachstan (9,8 Prozent), Norwegen, (9,6 Prozent) und Großbritannien (9,3 Prozent). Laut dem Bundesverband Erdgas, Erdöl und Geoenergie (BVEG) stammen 98 Prozent des in Deutschland verbrauchten Rohöls aus dem Ausland. Siehe: »Erdölförderungen in Deutschland«, BVEG, 26. 04. 2023. https://www.bveg.de/die-branche/erdgas-und-erdoel-in-deutschland/erdoel-in-deutschland/, zuletzt aufgerufen am 02. 07. 2023.
13 »Aufruf: Europäischer Importstopp für russisches Öl und Gas!«,

Zentrum für Liberale Moderne, 25. 03. 2022. https://libmod.de/aufruf-sofortiger-importstopp-fuer-russisches-oel-und-gas-3/, zuletzt aufgerufen am 28. 02. 2023.

14 Liquified Natural Gas (LNG); dt.: Verflüssigtes Erdgas.

15 Siri-Marie Callsen, »Gaslieferanten für Deutschland: Aus diesen Ländern bekommen wir Gas«, *Focus Online*, 12. 12. 2022. https://praxistipps.focus.de/gaslieferanten-fuer-deutschland-aus-diesen-laendern-bekommen-wir-gas_153784#:~:text=Die%20wichtigsten%20Gaslieferanten%20f%C3%BCr%20Deutschland,Gasimporte%20aus%20dem%20Ausland%20angewiesen, zuletzt aufgerufen am 27. 02. 2023.

16 »Erster Anleger für Flüssigerdgaslieferung in Betrieb«, *Die Bundesregierung*, 17. 12. 2022. https://www.bundesregierung.de/breg-de/themen/klimaschutz/erstes-lng-terminal-2143122#:~:text=LNG%20%2DInfrastruktur%20k%C3%BCnftig%20f%C3%BCr%20Wasserstoff%20nutzen&text=Der%20Aufbau%20der%20LNG%20%2DInfra struktur,f%C3%BCr%20Wasserstoff%20nutzen%20zu%20k%C3%B6nnen, zuletzt aufgerufen am 27. 02. 2023.

17 »Haben LNG-Terminals eine klimaneutrale Zukunft?«, *Fraunhofer-Institut für System- und Innovationsforschung*, 03. 11. 2023. https://www.isi.fraunhofer.de/de/presse/2022/presseinfo-25-lng-terminals-wasserstoff-ammoniak.html, zuletzt aufgerufen am 28. 02. 2023.

18 »Bruttostromerzeugung in Deutschland nach Energieträger in den Jahren 2000 bis 2022«, *Statista*, Dezember 2022. https://de.statista.com/statistik/daten/studie/156695/umfrage/brutto-stromerzeugung-in-deutschland-nach-energietraegern-seit-2007/, zuletzt aufgerufen am 28. 02. 2023. »Europe«, *IEA*, kein Datum. https://www.iea.org/regions/europe, zuletzt aufgerufen am 28. 02. 2023.

19 »Stromerzeugung im 3. Quartal 2022: 13,3 % mehr Kohlestrom als im Vorjahreszeitraum«, *Statistisches Bundesamt*, 07. 12. 2023. https://www.destatis.de/DE/Presse/Pressemitteilungen/2022/12/PD22_518_433.html, zuletzt aufgerufen am 28. 02. 2023.

20 »Primärenergiegewinnung und -importe«, *Umwelt Bundesamt*, 16. 12. 2022. https://www.umweltbundesamt.de/daten/energie/primaerenergiegewinnung-importe, zuletzt aufgerufen am 27. 02. 2023.

21 Joachim Wille, »Die fossile Energiekrise wird uns lange begleiten«, *Frankfurter Rundschau*, 05. 01. 2023. https://www.fr.de/wirtschaft/die-fossile-energiekrise-wird-uns-lange-begleiten-92012225.html, zuletzt aufgerufen am 27. 02. 2023.

22 »Kabinett beschließt Beschleuniger für Wind- und Netzausbau – EU-Notfallverordnung wird umgesetzt – Verfahren werden noch schneller«, *Bundesministerium für Wirtschaft und Klimaschutz*, Pressemitteilung, 30. 01. 2023.

https://www.bmwk.de/Redaktion/DE/Pressemitteilungen/2023/01/20230130-kabinett-beschliesst-beschleuniger-fur-wind-und-netzausbau.html, zuletzt aufgerufen am 28.02.2023.

23 Ebd.

24 »Wissenswertes zu Grünem Wasserstoff«, *Bundesministerium für Bildung und Forschung*, 15.05.2022. https://www.bmbf.de/bmbf/shareddocs/kurzmeldungen/de/wissenswertes-zu-gruenem-wasserstoff.html, zuletzt aufgerufen am 27.02.2023.
»Deutschland bekommt Flüssiggas aus den VAE«, *Deutsche Welle*, 25.09.2022. https://www.dw.com/de/deutschland-bekommt-fl%C3%BCssiggas-aus-den-vae/a-63232284, zuletzt aufgerufen am 27.02.2023.

25 Wissenswertes zu Grünem Wasserstoff, *Bundesministerium für Bildung und Forschung*, 15.05.2022. https://www.bmbf.de/bmbf/shareddocs/kurzmeldungen/de/wissenswertes-zu-gruenem-wasserstoff.html, zuletzt aufgerufen am 27.02.2023.

26 Alice Hancock, Leila Abboud und Guy Chazan, »France and Germany split over EU green hydrogen rules«, *Financial Times*, 13.02.2023. https://www.ft.com/content/5c32002f-b095-49e3-aae0-660a48d38815, zuletzt abgerufen am 27.02.2023.

27 Ebd.

28 »Kein Gas, dafür Uran«, *Zeit Online*, 11.09.2022. https://www.zeit.de/politik/ausland/2022-09/uran-russland-frankreich-emsland-lingen, zuletzt aufgerufen am 02.05.2023.

29 Thomas Matussek, »Gastkommentar: Diversifizierung als Schlüssel zur Energiesicherheit«, *Deutsche Welle*, 17.10.2022. https://www.dw.com/de/gastkommentar-diversifizierung-als-schl%C3%BCssel-zur-energiesicherheit/a-63415252, zuletzt aufgerufen am 27.02.2023.

30 »Was ein Jahr Krieg in der Wirtschaft bewegt hat – und was nicht«, *Wirtschaftswoche*, 22.02.2023. https://www.wiwo.de/politik/konjunktur/ukraine-krieg-was-ein-jahr-krieg-in-der-wirtschaft-bewegt-hat-und-was-nicht/28996802.html, zuletzt aufgerufen am 27.02.2023.

Janka Oertel: Ende der China-Illusion. Wie wir mit Pekings Machtanspruch umgehen müssen. Piper Verlag, München 2023, S. 19–33, 80–84

1 Für einen hervorragenden Überblick über die Rolle Volkswagens in China lohnt sich die Lektüre von Felix Lee: *China, mein Vater und ich. Über den Aufstieg einer Supermacht und was Familie Lee aus Wolfsburg damit zu tun hat*, Ch. Links Verlag 2023.

2 BDI-Grundsatzpapier »China – Partner und systemischer Wettbewerber«, Januar 2019, https://bdi.eu/media/publikationen/#/publikation/news/china-partner-und-systemischer-wettbewerber.
3 https://open-telekom-cloud.com/de/blog/vorteile/die-sichere-cloud-made-in-europe.
4 https://www.handelsblatt.com/politik/deutschland/it-infrastruktur-deutsche-bahn-wegen-nutzung-von-huawei-technik-unter-druck/29049514.html.
5 https://www.spiegel.de/wirtschaft/unternehmen/vw-boss-oliver-blume-haelt-an-umstrittenem-werk-in-xinjiang-fest-a-a8060b7a-d1ba-4cb7-a0e6-3294db5439cf.
6 Siehe hierzu Julia Lovel: *Maoism. A Global History*, Vintage 2020, S. 445.

Ronen Steinke: Verfassungsschutz. Wie der Geheimdienst Politik macht. Berlin Verlag in der Piper Verlag GmbH, Berlin/München 2023, S. 13–38

1 Bundesverfassungsgericht, Urteil vom 26. April 2022–1 BvR 1619/17 –, juris Rn. 154.
2 Zu diesen historischen Zahlen vgl. Cornelia Kerth, Martin Kutscha (Hg.), *Was heißt hier eigentlich Verfassungsschutz? Ein Geheimdienst und seine Praxis*, Köln 2020, S. 97.
3 Steven Levitsky, Daniel Ziblatt, *Wie Demokratien sterben. Und was wir dagegen tun können*, München 2018, Umschlag.
4 Torsten Voß im Interview mit Ronen Steinke, *Süddeutsche Zeitung*, 23. September 2021.
5 Burkhard Freier im Interview mit Ronen Steinke, *Süddeutsche Zeitung*, 14. Dezember 2021.
6 Andreas Geisel im Interview mit Holger Stark, *Zeit.de*, 26. September 2019.
7 Herbert Reul im Interview mit Ronen Steinke, *Süddeutsche Zeitung*, 28. November 2018.
8 Bundesverfassungsgericht, Beschluss vom 17. September 2013–2 BvE 6/08 –, juris Rn. 108.
9 Bundesverfassungsgericht, Urteil vom 26. April 2022–1 BvR 1619/17 –, juris Rn. 154.
10 Verfassungsschutzbericht Bund 2021, S. 171.

Natasha A. Kelly: Schwarz. Deutsch. Weiblich. Warum Feminismus mehr als Geschlechtergerechtigkeit fordern muss. Piper Verlag, München 2023, S. 16–19, 179–198

1 Truth, Sojourner (1851): Bin ich etwa keine Frau*? In: Kelly, Natasha A. (Hg.) (2019): Schwarzer Feminismus. Grundlagentexte. Münster: Unrast Verlag, 16.
2 The Sojourner Truth Project: https://www.thesojournertruthproject.com/ (12. 06. 2023).
3 Minister, Meredith (2012): Female, Black and Able: Representations of Sojourner Truth and Theories of Embodiment. In: *Disability Studies Quarterly,* Vol. 32, No. 1, https://dsq-sds.org/article/view/3030/3057 (13. 01. 2023).
4 Henkel, Sebastian (2001): Imperialismus, Dekolonisation und koloniales Erbe. München: GRIN Verlag.
5 Arndt, Susan (2021): Rassismus begreifen. München: Verlag C. H. Beck.
6 Biskamp, Floris (2020): Sollte man Kant als Rassisten bezeichnen? Kritik der weißen Vernunft. In: *Tagesspiegel,* 21. Juni, https://www.tagesspiegel.de/kultur/kritik-der-weissen-vernunft-4176256.html (03. 03. 2023).
7 El-Tayeb 2001.
8 Melanin ist das farbgebende Pigment der Haut, Haare und Augen. Es gibt mehrere Arten von Melanin. Beim Menschen kommen Phäomelanin und Eumelanin vor. Letzteres ruft eine braune bis schwarze Färbung von Haut und Haaren hervor, das Phäomelanin hingegen eine rötliche bis gelbe. Das individuelle Anteilsverhältnis der beiden Melanine bestimmt den Hautton. Bei *weißen* Menschen beeinflusst zudem der rötliche Schimmer der Blutgefäße in der untersten Hautschicht den Farbton der Haut. https://mein.sanofi.de/themen/haut/hautfarbe-und-hauttyp (26.4.23).
9 Akeri, Winnie (2021): Über Befreiungsschläge, Bleaching Creme und den afrikanischen Weihnachtsmann. Ein Essay über Colorism. In: Obulor, Evein (Hg.) (2021): Schwarz wird großgeschrieben. München: &Töchter, 66–73.
10 Bradt, Steve (2010): One-Drop-Rule persists. Biracials viewed as members of their lower-status parent group. In: *The Havard Gazette,* 9. Dezember, https://news.harvard.edu/gazette/story/2010/12/one-drop-rule-persists/ (03. 03. 2023).
11 Hall, Ronald E. (2022): Field Negro and the House Negro. In: Hall, Ronald E. (Hg.) (2022): Interdisciplinary Perspectives on Colorism. Beyond Black and White. New York: Routledge.

12 Starkman, Evan (2022): What is Colorism? In: *WebMD,* 27. Juli, https://www.webmd.com/mental-health/what-is-colorism#091e9c5e8243229b-2-3 (03. 03. 2023).

13 Ramírez, Dixa (2018): Colonial Phantoms: Belonging and Refusal in the Dominican Americas, from the 19th Century to the Present. New York: University Press.

14 Brown, Aggrey (1978): Color, Class, and Politics in Jamaica. New Jersey: Transactio Publishers.

15 Ayim, May (1997): die farbe der macht. In: Ayim, May (1997): nachtgesang. Berlin: Orlanda Verlag, 72.

16 Todzi, Kim Sebastian (undatiert): Kolonialismus und Imperialismus 1864–1919, https://geschichtsbuch.hamburg.de/epochen/kolonialismus/ (04. 03. 2023).

17 Die Geschichte des Museums ist auf der Webpage zu finden: https://markk-hamburg.de/geschichte/ (04. 03. 2023).

18 Das Projekt »Kolonialismus und Museum« ist eine Kooperation zwischen dem Museum für Völkerkunde Hamburg und Prof. Dr. Jürgen Zimmerer, dem Leiter der Forschungsstelle »Hamburgs (post-)koloniales Erbe« an der Universität Hamburg. Vom Sommersemester 2014 bis zum Ende des Wintersemesters 2014/15 fanden insgesamt drei Seminare im Museum statt, die sich mit den kolonialgeschichtlichen Hintergründen des Museums und seiner Sammlungen befassten.
Eine Zusammenfassung der Ergebnisse ist online zu finden: https://artsandculture.google.com/story/_QXRWkBQpqlsLw?hl=de (04. 03. 2023).

19 Ursprünglich bis Dezember 2022 geplant, wurde die Ausstellung »Hey Hamburg, kennst Du Rudolph Duala Manga Bell?« bis Juli 2023 verlängert: https://markk-hamburg.de/ausstellungen/hey-hamburg/ (04. 03. 2023).

20 Hopmann, Suy Lan und Siegenthaler, Fiona (Hg.) (2021): »Hey Hamburg, kennst Du Rudolph Duala Manga Bell?« Katalog der Ausstellung. Hamburg: Museum am Rothenbaum – Kulturen und Künste der Welt.

21 Hopmann, Siegenthaler 2021.

22 Sephocle, Marilyn (1991): Die Rezeption der »Negritude« in Deutschland (Stuttgarter Arbeiten zur Germanistik) (German Edition). Stuttgart: Akademischer Verlag.

23 Die antikoloniale und antifaschistische Zeitschrift *Presence Africaine (Afrikanische Präsenz)* wurde 1949 in Paris gegründet und geht aus dem Engagement des Schwarzen französischen Intellektuellen Alioune Diop, Ehemann von Maria Mandessi Bells Tochter Christiane, hervor. Ziel war es, im Zuge der Négritude-Bewegung ein Schwarzes Medium zu etablieren, in dem Schwarze Stimmen weltweit zusammengebracht

werden konnten. Über die Jahre avancierte die Zeitschrift zu einem der bedeutendsten Schwarzen Medien unserer Zeit. 2019 feierte sie ihr 70-jähriges Bestehen. https://www.presenceafricaine.com/ (04.03.2023).

24 Ayim, May (1997): grenzenlos und unverschämt. Berlin: Orlanda Verlag.

25 Serbin, Sylvia (2006): Königinnen Afrikas. Wuppertal: Peter Hammer Verlag.

26 Brändle, Rea (2009): Zwischen den Welten. Die Schwestern Regina, Annie und Lisa Bruce in Togo. In: Bechhaus-Gerst, Marianne und Leutner, Mechtild (Hg.) (2009): Frauen in den deutschen Kolonien. Berlin: Christoph Links Verlag, 156–174.

27 Brändle, Rea (2007): Nayo Bruce. Geschichte einer afrikanischen Familie in Europa. Zürich: Chronos Verlag.

28 Das Museum Treptow-Köpenick und das Projekt »Dekoloniale Erinnerungskultur in der Stadt« zeigen seit Oktober 2021 die überarbeitete Dauerausstellung »zurückgeschaut/looking back – Die Erste Deutsche Kolonialausstellung von 1896 in Berlin-Treptow«. Sie widmet sich der Geschichte und den Nachwirkungen der Ersten Deutschen Kolonialausstellung. Im Fokus stehen 106 Kinder, Frauen und Männer aus Afrika und Ozeanien, ihre Biografien und ihr Widerstand. https://www.museumsportal-berlin.de/de/ausstellungen/zurueckgeschaut-looking-back (04.03.2023).

29 Aitken, Rosenhaft 2013.

30 Aitken, Rosenhaft 2013.

31 Aitken, Rosenhaft 2013.

32 Bechhaus-Gerst, Marianne (2009): »Schwarze Eva«. Konstruktionen der afrikanischen Frau in der Kolonialliteratur. In: Bechhaus-Gerst, Leutner 2009, 188–193.

33 Davies, Carol Boyce (2020): Panafrikanismus, transnationaler Schwarzer Feminismus und die Grenzen des kulturalistischen Blicks in afrikanischen Geschlechterdiskursen. Feministische Studien 1/20; DOI 10.1515/fs-2020–003, 39–57, https://www.degruyter.com/document/doi/10.1515/fs-2020-0003/html (05.03.2023).

34 Sephocle 1991.

35 PAWLO hat das Ziel, das öffentliche Bewusstsein über die Rolle des Panafrikanismus, insbesondere die Rolle der Frauen in afrikanischen Befreiungsprozessen, zu stärken: https://pawlo.org/ (04.03.2023).

36 Fejzula, Merve (2022): Gendered Labour, Negritude and the Black Public Sphere. In: *Historical Research,* Vol. 95, No. 269, 423–446, https://doi.org/10.1093/hisres/htac008 (04.03.2023)

C. Bernd Sucher: Unsichere Heimat. Jüdisches Leben in Deutschland von 1945 bis heute. Piper Verlag, München 2023, S. 47–65, 136–145

1 Brenner, a. a. O., S. 263.
2 Zitiert nach: https://www.deutschlandfunk.de/schaendung-der-koelner-synagoge-vor-60-jahren-beginn-einer-100.html.
3 zitiert nach: https://geschichtsbuch.hamburg.de/epochen/sechziger-jahre/die-antisemitische-welle-19591960/.
4 Münchner Jüdische Nachrichten, 30. 3. 1961.
5 Per Leo, a. a. O., S. 64.
6 Ebenda, S. 65.
7 Zitiert nach: https://www.konrad-adenauer.de/seite/16-januar-1960/.
8 Zitiert nach: https://dejure.org/BGBl/1960/BGBl._I_S._478.
9 https://de.wikipedia.org/wiki/Liste_von_antisemitischen_Anschlägen_und_Angriffen_im_deutschsprachigen_Raum_nach_1945.
10 Zitiert nach: Wolfgang Kraushaar: Die 68er Bewegung, 1998, 2. Band, S. 652.
11 https://de.wikipedia.org/wiki/Liste_von_antisemitischen_Anschlägen_und_Angriffen_im_deutschsprachigen_Raum_nach_1945.
12 Bulletin des Presse- und Informationsamtes der Bundesregierung vom 10. 11. 1978.
13 Jureit/Schnieder, a. a. O., S. 22.
14 Ebenda.
15 Bulletin des Presse- und Informationsamtes der Bundesregierung vom 10. 11. 1978.
16 Zitiert nach: https://www.bundespraesident.de>Reden>2013/11.
17 Ebenda, 2019712.
18 Per Leo, a. a. O., S. 88.
19 Ebenda, S. 88 f.
20 Ebenda, S. 91.
21 https://de.wikipedia.org/wiki/Liste_von_antisemitischen_Anschlägen_und_Angriffen_im_deutschsprachigen_Raum_nach_1945.
22 Jüdische Allgemeine, 7. 10. 2016.
23 https://de.wikipedia.org/wiki/Liste_von_antisemitischen_Anschlägen_und_Angriffen_im_deutschsprachigen_Raum_nach_1945.
24 Ebenda.
25 Süddeutsche Zeitung, 7. 8. 2019.
26 Süddeutsche Zeitung, 4. 10. 2019.
27 Tagesspiegel, 10. 10. 2019, https://www.tagesspiegel.de/politik/union-und-spd-sehen-nach-attentat-in-halle-mitschuld-bei-afd-4108738.html (zuletzt abgerufen 17. 8. 2019).

28 Matthias Dobrinski, Der Bruch eines Versprechens, in: Süddeutsche Zeitung, 10.10.2019, https://www.sueddeutsche.de/politik/halle-anschlag-kommentar-1.4634876 (zuletzt abgerufen 20.7.2023).

29 »Wir sind absolut erschöpft.« Interview von Thorsten Schmitz, in: Süddeutsche Zeitung, 9.11.2019, https://www.sueddeutsche.de/politik/max-privorozki-halle-anschlag-judentum-interview-1.4674420 (zuletzt abgerufen 20.7.2023).

30 »Ich sehe hier ein Abrutschen nach rechts.« Josef Schuster im Gespräch mit Stefan Henlein, in: Deutschlandfunk, 26.11.2018, https://www.deutschlandfunk.de/josef-schuster-zentralrat-der-juden-ich-sehe-hier-ein-100.html (zuletzt abgerufen am 20.7.2023).

31 Andreas Herholz, Es ist nicht so, dass man sich als Jude verstecken muss, in: NWZ Online, 9.11.2019, https://www.nwzonline.de/interview/es-ist-nicht-so-dass-man-sich-als-jude-verstecken-muss_a_50,6,1263787350.html (zuletzt abgerufen am 20.7.2023).

32 Stefanie Schüler-Springorum, a.a.O., S. 53f.

33 Ebenda S. 62.

34 Richard C. Schneider im Gespräch.

35 Charlotte Knobloch im Gespräch.

36 Tom Kučera im Gespräch.

37 Norbert Frei im Gespräch.

38 Antje Yael Deusel im Gespräch.

39 Moris Lehner im Gespräch.

40 Cristina Nord, Antisemitische Klischees bei Fassbinder. »Der reiche Jude«, in: taz, 29.9.2009, https://taz.de/Antisemitische-Klischees-bei-Fassbinder/!5155304/.

41 SZ, 6.11.1985.

42 Frankfurter Rundschau, 2.11.2015.

43 http://www.gallustheater.de/2015/11/kgesm03.php.

44 Spiegel, a.a.O.

45 https://www.cicero.de/kultur/antisemitismus-in-deutschland-empathie-gibt-es-nur-fuer-tote-juden.

46 Ebenda.

47 Jochen Leffers, Die lästige NS-Vergangenheit, Spiegel Online, 14.5.2002, https://www.spiegel.de/lebenundlernen/uni/studenten-und-holocaust-die-laestige-ns-vergangenheit-a-196024.html.

48 https://www.dw.com/de/die-documenta-15-endet-die-antisemitismus-vorwürfe-bleiben/a-63178310.

49 Ebenda.

50 Ebenda.

51 Hugo Müller-Vogg: Wer lügt? Der Documenta-Skandal könnte Claudia Roth noch zum Verhängnis werden, in: Focus online, 15.7.2022, https://www.focus.de/politik/deutschland/kommentar-von-hugo-

mueller-vogg-die-documenta-braucht-einen-neuen-anfang-und-wir-vielleicht-eine-neue-ministerin_id_116907280.html.

52 Matthias Meisner: Eklat um die Kulturministerin, in: taz, 21. 5. 2023, https://taz.de/Claudia-Roth-bei-Jewrovision/!5933183/.

53 Meisner: Eklat.

54 Erica Zingher, Kultur und Antisemitismuskritik, in: taz, 27. 5. 2023, https://taz.de/Enttaeuschung-ueber-Claudia-Roth/!5934395/.

55 https://de.wikipedia.org/wiki/Israelitische_Kultusgemeinde.

EINSICHTEN

Aus Philosophie und Wissenschaft

Julian Nida-Rümelin: »Cancel Culture« – Ende der Aufklärung? Ein Plädoyer für eigenständiges Denken. Piper Verlag, München 2024, S. 13–20, 85–102

1 Plutarch: *Nikias* 11 und *Alkibiades* 13 (417/15 v. Chr.). Es handelte sich um das letzte Scherbengericht (Ostrakismos). Das Verfahren richtete sich am Ende gegen den Antragsteller Hyperbolos selbst, was diese Form des Volksentscheids offensichtlich so stark diskreditierte, dass das Scherbengericht in Athen nicht mehr durchgeführt wurde.

2 Vgl. Nathalie Weidenfeld: *Das Drama der Identität im Film.* Marburger Schriften zur Medienforschung 2012; Dies.: »Das große Beichten«. *Süddeutsche Zeitung* vom 19. 12. 2018.

3 Julian Nida-Rümelin: *Per un nuovo umanesimo cosmopolitico. Lezioni milanesi per la Cattedra Rotelli.* Mailand: Mimesis Edizioni 2020.

4 Für eine gesamte Darstellung vergleiche Lucian Kern, Julian Nida-Rümelin: *Logik kollektiver Entscheidungen.* Berlin: De Gruyter [2]2015.

5 Lucian Kern, Julian Nida-Rümelin: *Logik kollektiver Entscheidungen.* Berlin: De Gruyter [2]2015, Kapitel 11.

Thomas Metzinger: Bewusstseinskultur. Spiritualität, intellektuelle Redlichkeit und die planetare Krise. Berlin Verlag in der Piper Verlag GmbH, Berlin/München 2023, S. 7–31

1 *The Trajectory of the Anthropocene: The Great Acceleration. The Anthropocene Review The Earth System, the Great Acceleration and the Anthropocene. Sustainability and the New Economics, The Great*

Acceleration Is Real and Provides a Quantitative Basis for the Proposed Anthropocene Series/Epoch. Episodes, Das Klima Buch.

2 Gute Einstiege bieten der deutsche Wikipedia-Artikel sowie https://www.effektiveraltruismus.de. Siehe dazu auch B. Gesang: *Mit kühlem Kopf: Vom Nutzen der Philosophie für die Klimadebatte.* München: Carl Hanser Verlag 2020.

3 Einen guten Überblick gibt Ulrike Herrmann im ersten Teil ihres Buches, insbesondere im zweiten Kapitel; vgl. U. Herrmann: *Das Ende des Kapitalismus. Warum Wachstum und Klimaschutz nicht vereinbar sind – und wie wir in Zukunft leben werden*. Köln: Kiepenheuer & Witsch 2022, S. 28–42.

4 L. Xia (u. a.): *Global Famine after Nuclear War* (Preprint). In: *Review*, 8. September 2021, https://doi.org/10.21203/rs.3.rs-830419/v1.

5 A. Robock (u. a.): *How an India-Pakistan Nuclear War Could Start – and Have Global Consequences*. In: *Bulletin of the Atomic Scientists* 75, Nr. 6, 2 November 2019, S. 273–279, https://doi.org/10.1080/00963402.2019.1680049; L. Xia: *Global Food Insecurity and Famine from Reduced Crop, Marine Fishery and Livestock Production Due to Climate Disruption from Nuclear War Soot Injection* (Tabelle 1). In: *Nature Food*, 15. August 2022, https://doi.org/10.1038/s43016-022-00573-0.

6 M. Oliveira (u. a.): *Biowarfare, Bioterrorism and Biocrime: A Historical Overview on Microbial Harmful Applications*. In: *Forensic Science International* 314, September 2020, https://doi.org/10.1016/j.forsciint.2020.110366; N. Rathjen und S. Shahbodaghi: *Bioterrorism*. In: *American Family Physician* 104 (2021), Nr. 4, S. 376–385.

7 Einen guten Einstieg in die Debatte bietet das im Internet frei verfügbare, von Silja Vöneky und ihrem Freiburger Team herausgegebene *Cambridge Handbook of Responsible Artificial Intelligence*, vgl. S. Vöneky (u. a.): *The Cambridge Handbook of Responsible Artificial Intelligence: Interdisciplinary Perspectives*. Cambridge: Cambridge University Press 2022.

8 Eine gute deutsche Einführung in die Große Beschleunigung und warum sie uns geistig überfordert, findet sich bei C. Stöcker: *Das Experiment sind wir*. München: Blessing 2020.

9 Ein gutes Beispiel dafür ist das zweite Kapitel von W. McAskill: *What We Owe the Future: The Million-Year View*. Oneworld Publications 2022.

10 Economist Intelligence Unit: *Democracy Index 2021. The China Challenge*. London: EIU 2022, https://ictlogy.net/bibliography/reports/projects.php?idp=4636.

11 U. Herrmann: *Das Ende des Kapitalismus*, a. a. O., Kapitel 9–15.

12 Ebd., S. 214.

13 Vgl. etwa ebd., S. 181 sowie Kapitel 19.

14 Einen guten Einstieg bieten J. Greco und J. Turri: *Virtue Epistemology*. In: *The Stanford Encyclopedia of Philosophy* (Winter 2011 Edition), http://plato.stanford.edu/archives/win2011/entries/epistemology-virtue.

15 A. Gamma und T. Metzinger: *The Minimal Phenomenal Experience Questionnaire (MPE-92M): Towards a Phenomenological Profile of »Pure Awareness« Experiences in Meditators*. In: *PLOS ONE* 16, Nr. 7 (14. Juli 2021), https://doi.org/10/gk6jvp; mehr zu diesem Thema findet sich in T. Metzinger: *Der Elefant und die Blinden*. Berlin: Berlin Verlag 2023.

16 Vgl. W. K. Clifford: *The ethics of belief* [1877]. In: T. Madigan (Hg.): *The ethics of belief and other essays*. Amherst: Prometheus, S. 70–96. Vgl. dazu A. Chignell: *The Ethics of Belief*. In: *The Stanford Encyclopedia of Philosophy*, Fall 2010 Edition, http://plato.stanford.edu/archives/fall2010/entries/ethics-belief.

17 Natürlich gibt es auch hierzu eine Fachdebatte. Als Einstieg empfehle ich den folgenden Lexikonartikel: D. Cox (u. a.): *Integrity*. In: *The Stanford Encyclopedia of Philosophy*, Spring 2012 Edition, http://plato.stanford.edu/archives/spr2012/entries/integrity.

Kerstin Decker: Eine kleine Geschichte des Windes. Berlin Verlag in der Piper Verlag GmbH, Berlin/München 2023, S. 71–91

1 William Ferrel, *An essay on the winds and currents of the ocean*, vgl. https://en.wikisource.org/wiki/An_essay_on_the_winds_and_the_currents_of_the_ocean

2 Immanuel Kant, *Über die verschiedenen Rassen der Menschen* (1777), am leichtesten zugänglich über https://blackcentraleurope.com/quellen/1750-1850-deutsch/kant-uber-die-verschiedenen-rassen-der-menschen-1777/

3 Theodor W. Adorno/Max Horkheimer, *Die Dialektik der Aufklärung. Philosophische Fragmente*, Amsterdam 1968, S. 13.